SEU CORAÇÃO ME PERTENCE

OBRAS DO AUTOR PUBLICADAS PELA RECORD

O bom sujeito
Do fundo dos seus olhos
Esconderijo
Irmão Odd
Lágrimas do dragão
Meia-noite
A noite mais escura do ano
Odd Thomas
Odd para sempre
Seu coração me pertence

DEAN KOONTZ

SEU CORAÇÃO ME PERTENCE

Tradução de
Gabriel Zide Neto

EDITORA RECORD
RIO DE JANEIRO • SÃO PAULO
2014

CIP-BRASIL. CATALOGAÇÃO NA FONTE
SINDICATO NACIONAL DOS EDITORES DE LIVROS, RJ

K86s

Koontz, Dean R. (Dean Ray), 1945-
Seu coração me pertence / Dean Koontz; tradução de Gabriel Zide Neto. – Rio de Janeiro: Record, 2014.

Tradução de: Your Heart Belongs to Me
ISBN 978-85-01-08979-3

1. Ficção americana. I. Zide Neto, Gabriel, 1968-. II. Título.

12-0862

CDD: 813
CDU: 821.111(73)-3

TÍTULO ORIGINAL EM INGLÊS:
Your Heart Belongs to Me

Texto revisado segundo o novo Acordo Ortográfico da Língua Portuguesa.

Editoração eletrônica: Abreu's System

Direitos exclusivos de publicação em língua portuguesa somente para o Brasil adquiridos pela
EDITORA RECORD LTDA.
Rua Argentina, 171 – Rio de Janeiro, RJ – 20921-380 – Tel.: 2585-2000,
que se reserva a propriedade literária desta tradução.

Impresso no Brasil

ISBN 978-85-01-08979-3

Este livro é dedicado a Tim e Serena Powers,
por razões que são óbvias a todos que os conhecem

As coisas desmoronam; o centro não consegue mais suportar;
A mais pura anarquia passa no mundo a se instalar,
A torrente manchada de sangue se arrebenta e, por toda parte,
A cerimônia da inocência é afogada...

W. B. Yeats, "A Segunda Vinda"

PARTE 1

Todas as casas submergiram no mar.
Todos os dançarinos foram soterrados pelo morro.

T. S. Eliot, "East Coker"

Capítulo 1

RYAN PERRY NÃO SABIA QUE ALGUMA COISA DENTRO DELE estava quebrada. Aos 34 anos, ele aparentava estar melhor fisicamente do que aos *24*. Sua academia doméstica era muito bem-equipada. Um personal trainer ia até a sua casa três vezes por semana.

Naquela quarta-feira, uma manhã de setembro, em seu quarto, quando Ryan abriu as cortinas e viu o azul do céu brilhando como uma baixela de prata e o azul do mar como se fosse um reflexo celeste, ele estava mais a fim de areia e surfe do que de tomar o café da manhã.

Entrou na internet, consultou um site especializado em surfe e ligou para Samantha.

Ela deve ter conferido o identificador de chamadas, porque, quando atendeu, falou:

— Oi, Pisca-Pisca.

De vez em quando ela o chamava de Pisca-Pisca, porque na tarde em que se conheceram, 13 meses antes, ele estava sendo tomado por um ataque de mioquimia que não queria passar, um cacoete incontrolável de piscar um dos olhos.

Às vezes, quando Ryan ficava obcecado em escrever um programa de software por 36 horas sem dormir, um tique nervoso no seu olho direito o obrigava a deixar o teclado de lado e fazia com que seus olhos parecessem enviar um dramático sinal de socorro em código morse.

Foi nesse momento mioquímico que Samantha chegou ao escritório dele a fim de entrevistá-lo para um artigo que estava escrevendo para a *Vanity Fair*. Por um momento, achou que ele estava flertando com ela — e muito mal.

Durante esse encontro, Ryan queria convidá-la para sair, mas percebeu nela uma seriedade tão grande em relação a ser objetiva que faria com que o rejeitasse enquanto estivesse escrevendo o artigo sobre ele. Só lhe ligou depois de saber que ela já havia entregado a matéria.

— E se, quando o artigo da *Vanity Fair* sair, você descobrir que eu estraçalhei você? — perguntou ela.

— Você não faria uma coisa dessas.

— Como é que você sabe?

— Porque eu não mereço ser estraçalhado e porque você é uma pessoa justa.

— Você não me conhece tão bem para ter tanta certeza.

— Pela maneira como me entrevistou, eu sei que você é inteligente, pensa com clareza, não se agarra a dogmas políticos e não é invejosa. Se eu não estiver seguro com você, então eu nunca vou estar seguro, a não ser que fique sozinho.

Ryan não falou só para agradar. Apenas disse o que veio à cabeça.

Com os ouvidos treinados para captar enganação, Samantha percebeu que ele estava sendo sincero.

Das qualidades que atraem uma mulher inteligente para um homem, a sinceridade só se iguala à gentileza, à coragem e ao senso de humor. Ela aceitou o convite dele para jantar e os meses desde então foram os mais felizes de sua vida.

Agora, nesta quarta de manhã, ele dizia:

— Ondas de mais de 2 metros, épicas e cristalinas. Sol que penetra até os ossos.

— Tenho um deadline para cumprir.

— Você é muito jovem para ficar falando de morte.

— Você está saindo de mais um daqueles estirões doidos sem dormir?

— Que nada, dormi feito um bebê. E não é de fralda molhada que eu estou falando.

— Quando se está com sono, uma prancha de surfe pode ser traiçoeira.

— Radical talvez, mas nunca traiçoeira.

— Pode fazer uma loucura, igual àquele dia do tubarão.

— De novo isso? Aquilo não foi nada.

— Não. Só um tubarãozinho branco.

— É, o carinha arrancou um belo pedaço da minha prancha.

— E aí, o que aconteceu mesmo? Você estava disposto a tomá-la de volta.

— Eu estou exausto, debaixo de uma onda, tudo escuro, puxando ar, e então a minha mão agarra uma coisa que eu acho que é a quilha.

A quilha, uma aleta fixa na parte de baixo da prancha, mantém sua popa na onda e permite que o surfista faça as manobras.

Mas o que Ryan efetivamente tinha pegado era a barbatana dorsal de um tubarão.

Samantha perguntou:

— Que tipo de surfista camicase monta num tubarão?

— Eu não estava montando. *Ele* é que me levou para passear.

— Ele subiu à superfície, tentou espantar você, e você se manteve firme e o obrigou a nadar.

— Estava com medo de deixá-lo ir embora. Mesmo assim, foram só vinte segundos.

— A maioria das pessoas fica em marcha lenta quando está com sono. Mas você fica hiperativo.

— Eu *hibernei* essa última noite. Estou descansado como um urso na primavera.

— Uma vez, num circo, eu vi um urso andando num triciclo — disse ela.

— E o que isso tem a ver comigo?

— Foi mais engraçado que ver um idiota montado num tubarão.

— Eu estou o próprio Ursinho Pooh. Estou descansado e carinhoso. Se um tubarão viesse bater na minha porta e me convidasse para dar um passeio, eu recusaria.

— Tive pesadelos com você lutando com aquele tubarão.

— Não foi bem uma luta, estava mais para uma dança de balé. Vamos para aquele lugar?

— Nunca vou conseguir terminar esse livro.

— Deixa o computador ligado a noite toda antes de dormir. Os gnomos vão terminar por você. Naquele lugar?

Ela suspirou, alegremente resignada.

— Em meia hora.

— Usa o vermelho — disse ele, e desligou.

A água estaria quente, e o dia, mais ainda. Ele não ia precisar da roupa de borracha.

Escolheu uma bermuda com desenho de palmeiras.

Sua coleção incluía também uma bermuda com desenho de tubarão. Mas, se ele usasse essa, Samantha daria um chute em sua bunda. Em sentido figurado.

Para mais tarde, Ryan pegou uma muda de roupas num cabide e um par de sandálias.

Dos cinco automóveis na garagem, o Ford Woodie Wagon 51 customizado — preto antracito, com painel de malva — parecia o mais adequado para o programa. Devidamente guardada no banco de trás, a prancha se projetava pela janela elevada com a quilha para cima.

No final da trilha de pedra, quando virou à esquerda para pegar a rua, ele parou para olhar a casa: um lindo telhado inclinado de telhas vermelhas, paredes revestidas de cal, janelas de bronze com vidros angulados que refletiam o sol como se fossem joias.

Uma empregada num uniforme branco imaculado abria as venezianas de uma varanda do segundo andar para arejar o quarto principal.

Um jardineiro cortava as trepadeiras de jasmim que se espalhavam pelas paredes que ladeavam a curva na entrada principal.

Em menos de dez anos, Ryan saiu de um apartamento atulhado em Anaheim, na Califórnia, para as colinas de Newport Coast, de frente para o oceano Pacífico.

Samantha podia tirar o dia de folga porque era uma escritora que, mesmo sem ser famosa, fazia a própria agenda. Ryan podia tirar uma folga porque era rico.

Raciocínio rápido e muito trabalho duro o haviam levado do zero até o topo. Às vezes, quando considerava onde estava e comparava com as suas origens, a distância o deixava tonto.

Quando ele saiu do condomínio fechado e começou a descer o morro em direção a Newport Harbor, onde milhares de barcos de lazer estavam ancorados e ficavam à toa nas águas mansas e douradas, ele fez algumas ligações.

Um ano antes, Ryan havia deixado seu posto de CEO da Be2Do, que ele transformara num dos mais bem-sucedidos sites de relacionamento da internet. Como acionista principal, ele continuava no conselho de administração da companhia, mas se recusava a ser o presidente.

Atualmente, ele se dedicava principalmente ao desenvolvimento criativo, imaginando e desenhando novos serviços a serem oferecidos pela empresa. E também tentava convencer Samantha a se casar com ele.

Ryan sabia que ela o amava, no entanto alguma coisa a impedia de se comprometer para sempre. Imaginava que fosse orgulho.

A sombra que sua riqueza projetava era muito grande e Samantha não queria se perder no meio dela. Embora nunca tenha expressado essa preocupação, ele sabia que ela esperava ser capaz de poder contar com o seu próprio sucesso como romancista, de modo que pudesse entrar no casamento num mesmo patamar criativo — mesmo que em um patamar financeiro diferente.

Mas Ryan tinha paciência. E insistia.

Feitas as ligações, ele pegou a ponte que liga a Pacific Coast Highway à península de Balboa, que separava o porto do mar. Dirigindo até a península, ele ouvia um *doo-wop* clássico, música mais jovem que o Woodie Wagon, mas, mesmo assim, 25 anos mais velha do que ele.

Estacionou numa alameda cheia de árvores e de casas charmosas e carregou a prancha por meio quarteirão até a principal praia de Newport.

O mar batia com ondas regulares na costa.

Samantha estava esperando "naquele lugar", onde haviam surfado juntos pela primeira vez, a meio caminho entre o píer e a entrada do porto.

O apartamento dela, em cima de uma garagem, ficava a três minutos de caminhada dali. Trouxera uma prancha, uma toalha de praia e um cooler pequeno.

Embora ele tenha pedido para que usasse o biquíni vermelho, ela veio de amarelo. Ryan queria que fosse o amarelo, mas, se tivesse pedido, ela teria aparecido de vermelho, azul, verde...

Era perfeita como uma miragem, cabelos louros e corpo dourado, um facho de luz, um oásis sedutor num grande declive de areia branca e ensolarada.

— Que sandálias são essas? — perguntou ela.

— Um charme, né?

— Foram feitas com pneus velhos?

— Foram. Mas de primeira classe.

— E esse chapéu? Foi feito com uma calota?

— Você não gostou?

— Se estourar, o Automóvel Clube vai te trazer uma sandália nova?

Tirando as sandálias, Ryan falou:

— Bem, *eu* gosto.

— Com que frequência elas têm que passar por um alinhamento e balanceamento?

Quente e macia, a areia escapava por baixo dos pés deles, mas logo se tornou compacta e fria, onde a água não parava de bater.

Enquanto entravam na água, ele gritou para Samantha:

— Eu jogo fora essas sandálias, se na próxima vez você usar o biquíni vermelho.

— Você queria era que eu usasse esse amarelo.

Ele segurou a surpresa diante da inteligência dela.

— Então, por que eu iria pedir o vermelho?

— Porque você *pensa* que é capaz de me ler.

— Mas eu sou um livro aberto, não sou?

— Pisca-Pisca, comparado com você, a história mais fácil do Dr. Seuss tem a complexidade de um Dostoievski.

Eles jogaram as pranchas na água e, montados em cima delas, remaram até a arrebentação.

Erguendo a voz por sobre o barulho das ondas, ele gritou:

— Aquele negócio do Dr. Seuss era para ser uma ofensa?

Sua gargalhada, clara como prata, fez despertar em Ryan as memórias das histórias de sereias, repletas dos mistérios das profundezas do mar.

Ela respondeu:

— Uma ofensa não, queridinho. Foi como um beijo de 17 palavras.

Ryan não se deu ao trabalho de contar o número de palavras que ela falou de *Pisca-Pisca* até *Dostoievski*. Samantha percebia tudo, não se esquecia de nada e tinha a capacidade de se lembrar de conversas inteiras que ocorreram meses atrás.

Às vezes, ele a achava tão intimidadora quanto atraente, o que devia ser algo bom. Samantha nunca seria chata ou previsível.

As ondas devidamente espaçadas apareciam como se fossem ônibus, quatro ou cinco de cada vez. Entre essas séries havia períodos de relativa calma.

Enquanto o mar estava manso, Ryan e Samantha nadaram até a linha de frente. Ali, deixaram a prancha em posição e viram a primeira onda de uma nova série se aproximar da linha de formação.

Dessa perspectiva mais íntima, o mar não estava tão plácido e azul quanto parecia do alto da montanha, mas escuro como uma pedra de jade e desafiador. O *swell* que se aproximava podia ser as costas de um grande Leviatã se elevando, maior que mil tubarões, nascido nas profundezas, mas erguendo-se agora para se alimentar de um mundo ensolarado.

Samantha olhou para Ryan e sorriu. O sol batia em seus olhos e neles revelava o azul do céu, o verde do mar e a alegria de se estar em harmonia com milhões de toneladas de água empurradas em direção à costa por tempestades a 5.000 quilômetros de distância e pela Lua, que agora se erguia no lado escuro da Terra.

Sam pegou o segundo *swell*: com os dois joelhos, depois um, agora em pé, rápido e sem erros, direto. Ela subiu pela onda, onde fez um *floater* sobre a crista espumante.

Enquanto ela sumia de vista, sendo levada pela onda, Ryan pensou que o *breaker* — muito maior que qualquer um na série anterior — tinha o tamanho e a força para se encrespar e formar um tubo. E, do jeito que era boa, Samantha passaria por ele com a tranquilidade do petróleo atravessando um oleoduto.

Ryan olhou na direção do mar, preparando-se para a próxima onda, ansioso para ficar de pé na prancha.

Mas alguma coisa aconteceu ao seu coração. Já batendo forte de antecipação, os batimentos subitamente se aceleraram e começaram a se manifestar com uma velocidade que tinha mais a ver com um momento de grande terror do que de excitação prazerosa.

Ele era capaz de sentir a pulsação batendo a toda nos tornozelos, nos pulsos, na garganta e em suas têmporas. A corrente de sangue nas artérias parecia executar um crescendo em sintonia com o mar que avançava contra e por baixo dele.

A voz sibilante da água ficou mais insistente, mais sinistra.

Agarrando-se à prancha, abandonando a tentativa de pegar a onda e manobrar, Ryan viu o dia escurecer e perder o brilho nas margens. No horizonte, o céu continuava aberto, só que cinza.

Nuvens de tinta começaram a se espalhar pelo mar de jade, como se o oceano Pacífico fosse ficar tão escuro na luz da manhã como em noites sem lua.

Sua respiração se tornou rápida e superficial. A própria atmosfera parecia estar mudando, como se metade do oxigênio tivesse sido sugado dela, o que talvez explicasse a cor cinzenta do céu.

Em toda a vida, ele nunca teve medo do mar. Mas agora tinha.

A água subiu como se tivesse uma intenção consciente e maliciosa. Agarrando-se à prancha, Ryan deslizou pela onda que se curvava sobre ele, usando o grande espaço vazio entre as vagas.

Sem o menor realismo, ele achou que o espaço ia se transformar numa trincheira e a trincheira num redemoinho. Teve medo de ser puxado para as profundezas do oceano.

A prancha subiu e desceu e Ryan quase caiu. Estava sem forças. Seu pulso tinha ficado fraco e trêmulo como se fosse de um velho.

Alguma coisa se mexeu na água e o assustou.

Quando percebeu que aquelas coisas pontudas não eram as barbatanas de um tubarão, nem tentáculos prestes a envolvê-lo, mas apenas os conceptáculos de um aglomerado de algas marinhas, ele não conseguiu ficar aliviado. Se um tubarão aparecesse agora, Ryan estaria totalmente à sua mercê, incapaz de fugir ou resistir.

Capítulo 2

Com a mesma velocidade que o ataque apareceu, ele sumiu. O coração acelerado de Ryan se aquietou. O azul voltou a assumir seu lugar no céu cinzento. A escuridão causticante da água desapareceu. E a força retornou.

Ele não se deu conta de quanto tempo o incidente durou até perceber que Samantha tinha pegado a onda até o litoral e, na relativa calma entre as séries, nadara mais uma vez até ele.

À medida que ela se aproximava, a preocupação que a levara a franzir a testa também transpareceu em sua voz:

— Ryan?

— Eu só estou aproveitando o momento — mentiu ele, continuando a postos na prancha. — Vou pegar uma na próxima série.

— Desde quando você virou um cabrerão? — perguntou ela, querendo dizer com isso que ele estava simplesmente boiando no *outside*, como se fosse um calouro medroso que ficava o dia inteiro no *swell* atrás da arrebentação e dizia que estava surfando.

— As duas últimas da série anterior foram as maiores. Estou com um pressentimento de que a próxima série pode ser um *overhead* duplo, daquelas que valem a pena esperar.

Sam moveu a prancha de lado e olhou para o mar, procurando o primeiro *swell* da próxima série.

Se Ryan conseguia lê-la corretamente, ela percebia que ele a estava enganando e se perguntava por quê.

Com o coração normalizado e a força de volta, ele parou de se agarrar à prancha, colocou-a em posição e se colocou a postos.

Esperando pelo próximo grupo de ondas, disse a si mesmo que não tivera um mal-estar físico, apenas uma crise de ansiedade. Em matéria de autoengano, ele tinha o mesmo talento que todo mundo.

Não tinha motivos para estar ansioso. Sua vida era doce, amanteigada e fatiada para um consumo fácil.

Concentrada na água adiante, Samantha chamou:

— Pisca-Pisca.

— Estou vendo.

O mar se ergueu para o sol da manhã, jade escuro e prateado, um grande muro d'água se levantando e rolando mansamente em direção ao *break*.

Ryan sentiu o cheiro da água salgada, do iodo que vazava das algas marinhas e o gosto de sal.

— Épica — gritou Samantha, medindo a onda.

— Monstruosa — concordou ele.

Em vez de se levantar para a posição de controle, ela deixou a onda para ele, mantendo a bunda na prancha e as pernas na água, como uma verdadeira isca para os tubarões.

Uma esquadrilha de gaivotas voava em direção à terra, gritando como que para alertar o litoral que uma onda gigante estava vindo para destruir castelos de areia e inundar cestas de piquenique.

À medida que se aproximava o momento da decisão, uma apreensão tomou conta de Ryan, preocupado com que a emoção da onda pudesse gerar outro... episódio.

Ele nadou para pegá-la, pôs-se de pé na hora certa, os braços buscando o equilíbrio, dedos esticados, palmas das mãos para baixo, e logo estava na onda, uma *peeler* perfeita que não dobrou sobre ele, mas formou um caminho escorregadio como gelo. A vaga em movimento tomou o lugar do ar, e um vento frio se ergueu pela parede em curva, batendo contra as suas palmas esticadas.

Então, ele se viu dentro de um tubo, uma casa de vidro, atrás da cortina da onda que quebrava, enfrentando a água, e aí a sua apreensão estourou como se fosse uma bolha, desaparecendo de vez.

Usando todos os truques que conhecia para aproveitar o embalo, ele saiu do tubo antes de ele se quebrar, no brilho do sol e na água ornamentada com o desenho da espuma. O dia era tão verdadeiro, tão bom. Ele se deu uma bronca: *sem medo*, que era a única maneira de se viver.

* * *

Durante a manhã inteira, e de tarde também, as ondas eram paredões. O vento que batia na praia aumentou, soprando a fumaça líquida dos lábios das ondas.

O lençol de areia não era um lugar para se bronzear, e sim para se recuperar, para massagear as dores dos músculos mais do que exigidos, para tirar a água de narizes inundados de mar, para tirar do cabelo pedaços de algas e de sal, sempre dando força um para o outro para a próxima série.

Em geral, Ryan gostava de ficar até o fim da tarde, quando o vento do litoral morria e as ondas paravam de fazer tubos; quando o desejo pela eternidade — representado pelo mar — se transformava no desejo de comer tacos e burritos mexicanos.

No entanto, às duas e meia, durante um descanso na toalha, um torpor agradável, do tipo que se segue a um trabalho bem-feito, tomou conta dele. Havia algo de delicioso nessa fadiga, uma doçura que o fez ter vontade de fechar os olhos e deixar o sol dissolvê-lo enquanto dormia...

E enquanto ele nadava sem esforço num abismo vagamente iluminado por nuvens de plânctons reluzentes, uma voz vinda das profundezas falou com ele:

— Ryan?

— Hummmm?

— Você estava dormindo?

Ele se sentia como se *ainda* estivesse dormindo quando abriu os olhos e viu o rosto dela bem de perto: uma beleza de um nível que parecia mitológico, os olhos radiantes com uma mistura precisa de um verde marinho com pinceladas do azul de um céu de verão, cabelos dourados encimados por uma coroa de raios de sol, uma deusa que tirou férias do Olimpo.

— Você *estava* dormindo — afirmou ela.

— Foi muito surfe. Estou pregado.

— Você? Em que momento da vida você já ficou pregado?

Sentando-se na toalha, ele disse:

— Tudo tem a sua primeira vez.

— Você realmente quer ir embora?

— Eu não tomei café. E nós passamos o almoço surfando.

— Tem barras de granola com chocolate e cereja no cooler.

— Nada a não ser um bom bife vai me levantar.

Eles levaram o cooler, a toalha e as pranchas até o furgão, e colocaram tudo na traseira.

Ainda exausto do calor do sol e com as pernas bambas por ficar tanto tempo dentro da água, ele quase pediu a Samantha para dirigir.

No entanto, mais de uma vez, ela olhou para ele especulando, como se percebendo que o rápido cochilo na praia tivesse relação com a outra situação, no início do dia, quando Ryan ficou boiando igual a um molengão na arrebentação, com o coração explodindo. Ele não queria deixá-la preocupada. E, além disso, não havia razão para se preocupar.

Mais cedo, ele tivera uma crise de ansiedade. Mas, verdade seja dita, a maioria das pessoas tinha esse tipo de ataque hoje em dia, considerando-se os acontecimentos e as previsões pessimistas que formavam os telejornais da noite.

Em vez de passar as chaves para Samantha, Ryan dirigiu as duas quadras até o apartamento dela.

* * *

Samantha foi tomar banho enquanto Ryan fazia um jarro de chá gelado com dois limões cortados em rodelas.

Sua agradável cozinha tinha uma única janela grande, além da qual ficava um gigantesco pimenteiro da Califórnia. Os galhos elegantes, ornamentados com folhas parecidas com samambaias choronas divididas em muitas folhinhas lustrosas, pareciam cobrir o mundo inteiro, dando a ilusão de que o apartamento ficava em cima de uma árvore.

O agradável cansaço que tomara conta de Ryan na praia havia agora se evaporado e uma nova vitalidade jorrava dele.

Começou a pensar em fazer amor com Samantha. E, uma vez que a vontade surgiu, logo se transformou num desejo com força total.

Com uma toalha em torno do cabelo úmido, ela voltou da cozinha, usando uma calça de moletom azul-turquesa, uma camisa branca novinha e tênis branco.

Se Samantha estivesse no clima, estaria descalça e só com um robe de seda.

Por semanas a fio, a libido dela batia com a dele, e ela o desejava com frequência. Ryan percebera que o desejo de Samantha era maior nos períodos em que ela estava mais ocupada escrevendo e menos inclinada a aceitar suas propostas de casamento.

Um período súbito de virtuosa restrição era sinal de que ela estava considerando a ideia de aceitar uma aliança, como se a perspectiva de um matrimônio exigisse que o sexo fosse visto como uma coisa séria demais, talvez sagrada demais, para se deleitar livremente.

Ryan aceitava alegremente cada virada em direção à abstinência, quando parecia que ela estava prestes a aceitar o compromisso. Com 28 anos, seis a menos que ele, eles tinham muitas transas pela vida à frente.

Ele serviu um copo de chá gelado para ela e então foi tomar banho. Começou com a água quase tão gelada quanto a bebida.

* * *

No sol que se punha no oeste, as morangueiras lançavam sombras alongadas sobre o piso de pedra do pátio do restaurante.

Ryan e Samantha dividiram uma salada caprese e sorveram suas primeiras taças de vinho, sem a menor pressa de pedir o prato principal.

Os troncos das árvores, macios e descascando, eram vermelhos, especialmente na luz condensada do sol que descia.

— Teresa adorava as flores — comentou Samantha, referindo-se à irmã.

— Que flores?

— As dessas árvores. Elas ficam com panículas de flores que têm a forma de caixinhas no final da primavera.

— Brancas e rosadas — lembrou-se Ryan.

— Teresa dizia que pareciam cachoeiras de sininhos, como carrilhões de vento pendurados pelas fadas.

Seis anos antes, Teresa sofrera um grave traumatismo craniano num acidente de carro. Depois de algum tempo, ela morreu.

Samantha raramente mencionava a irmã. Quando comentava sobre Teresa, ela se voltava para dentro antes de falar demais, mumificando suas lembranças em muitas voltas de silêncio.

Agora, enquanto olhava para a árvore sobre eles, a expressão em seus olhos parecia a mesma com que procurava alguma coisa quando, movendo a prancha na formação, ela estudava as águas ao longe esperando o primeiro sinal de um novo grupo de ondas.

Ryan não se importava com os silêncios ocasionais de Samantha, que ele sempre suspeitava estarem relacionados à irmã, mesmo quando ela não mencionava Teresa.

As duas haviam sido gêmeas idênticas.

Para melhor entender Samantha, Ryan leu sobre gêmeos separados por tragédias. Aparentemente, a tristeza do sobrevivente vinha frequentemente misturada com uma culpa injustificada.

Algumas pessoas diziam que o laço intenso existente entre gêmeos idênticos, especialmente entre irmãs, não podia ser desfeito pela morte. Uns poucos insistiam que ainda sentiam a presença do outro, do mesmo modo que uma pessoa que teve uma perna amputada ainda sente o membro que não existe mais.

O silêncio contemplativo de Samantha deu a Ryan a oportunidade de estudá-la e admirá-la com uma objetividade que não seria possível se ela estivesse se dando conta de seu olhar.

Enquanto a fitava, ele ficava quase sem se mover de admiração, incapaz de erguer a taça de vinho ou pelo menos sem o menor interesse nisso, só os seus olhos se movimentando, viajando pelos contornos do rosto dela e o desenho gracioso de sua garganta.

A vida de Ryan era uma busca pela perfeição, algo que o mundo por si só praticamente não oferecia.

Às vezes ele achava que chegava bem perto disso quando escrevia linhas de código de software. Mas uma incrível criação digital era tão fria quanto uma equação matemática. A mais meticulosa arquitetura de software era um objeto de mera precisão, e não de perfeição, pois não era capaz de evocar uma intensa resposta emocional.

Em Samantha Reach, ele encontrara uma beleza tão próxima da perfeição que podia se convencer de que sua busca havia terminado.

Olhando em direção à árvore, mas focada em algo muito além da geometria vermelha dos galhos, ela disse:

— Depois do acidente, Teresa ficou um mês em coma. Quando saiu... não era mais a mesma.

Ryan estava sem palavras devido à maciez da pele dela. Era a primeira vez que ele ouvia sobre o estado de coma de Teresa. No entanto, a radiância do rosto de Sam, acariciado pelo sol do fim da tarde, tornou-o incapaz de fazer qualquer comentário.

— Ela ainda tinha que ser alimentada através de uma sonda para o estômago.

As únicas sombras de folha que tocavam o rosto de Samantha formavam uma espécie de trança sobre as sobrancelhas e os cabelos dourados, como se estivessem recebendo uma coroa com a aprovação da Mãe Natureza.

— Os médicos disseram que ela ia ficar em estado vegetativo para sempre.

O olhar dela foi descendo pelos galhos e se fixaram na luz do sol em forma de cruz que batia na mesa, projetado por um raio que passava pelo sua taça de vinho.

— Nunca acreditei naqueles médicos. Teresa continuava inteira dentro de seu corpo, presa numa armadilha, mas continuava a ser Teresa. Eu não queria que eles desligassem o tubo de alimentação.

Samantha ergueu os olhos para encontrar os dele, que teve de transformar isso numa conversa.

— E, mesmo assim, eles desligaram? — perguntou Ryan.

— E a deixaram morrer de fome. Disseram que ela não ia sentir nada. Aparentemente, o dano cerebral garantia que ela não ia sentir dor.

— Mas você acha que ela sofreu.

— Eu sei que ela sofreu. Por todo o último dia, e pela última noite, eu fiquei sentada ao lado dela, segurando a sua mão, e eu a sentia olhando para mim, mesmo que ela nunca tenha aberto os olhos.

Ele não sabia como responder a isso.

Samantha pegou a taça de vinho, o que fez com que a cruz de luz se transformasse numa flecha que rapidamente tremeu como se fosse a agulha de uma bússola, buscando o verdadeiro norte nos olhos de Ryan.

— Perdoei muitas coisas que minha mãe fez, mas nunca vou conseguir perdoar o que fez com Teresa.

Enquanto Samantha bebericava o vinho, Ryan falou:

— Mas eu pensei... que a sua mãe tivesse estado no mesmo acidente.

— E estava.

— E eu tinha a impressão de que ela havia morrido no mesmo acidente. Rebecca. Não era esse o nome dela?

— Ela morreu. Para mim, Rebecca está morta num apartamento em Las Vegas. Ela anda, fala e respira, mas está completamente morta.

O pai de Samantha abandonara a família antes de as gêmeas completarem 2 anos. Ela não tinha qualquer lembrança dele.

Sentindo que Samantha deveria se agarrar a qualquer resquício mínimo de família que tivesse, Ryan quase a incentivou a dar alguma chance de redenção à mãe. Mas ele se manteve em silêncio quanto a isso, porque Samantha tinha sua simpatia e a compreensão.

Os avôs dele e os dela — todos mortos há muito tempo — pertenciam à geração que havia derrotado Hitler e vencido a Guerra Fria. Sua resistência à adversidade e sua retidão de caráter só foram passadas à frente, se é que foram, de uma maneira muito diluída à geração seguinte.

Os pais de Ryan, e os de Samantha também, foram daquela parte da geração do pós-guerra que rejeitou as responsabilidades da tradição e abraçou o merecimento. Às vezes parecia que ele era o pai e que seus pais eram seus filhos.

Independentemente das consequências do comportamento e das decisões deles, não viam a menor necessidade de se redimir. Dar-lhes a chance de obter perdão só iria ofendê-los. A mãe de Samantha muito provavelmente compartilhava da mesma mentalidade.

Samantha colocou a taça na mesa, mas dessa vez o sol não fez nenhum desenho.

Depois de um momento de hesitação, Ryan serviu mais vinho para os dois e disse:

— É engraçado como uma coisa tão bonita como as flores de um morangueiro pode arrancar a cicatriz de uma lembrança ruim.

— Eu sinto muito.

— Não precisa.

— Um dia tão bonito, eu não queria estragar tudo. Você está com a mesma fome feroz que eu?

— Por mim, pode trazer o boi inteiro.

No fim, eles pediram só o filé-mignon, sem os chifres e sem as patas.

Enquanto o sol poente colocava fogo em todo o céu do oeste, lacinhos de luzes brancas em miniatura apareceram nas morangueiras. Todas as mesas tinham velas em potes de âmbar com desenhos, e os funcionários as acenderam.

O pátio comum se transformou num lugar mágico e Samantha era o centro do encantamento.

Na hora que o garçom serviu os bifes, ela encontrou o astral mais leve que havia marcado o resto do dia e Ryan a acompanhou.

Depois da primeira mordida no filé, Sam ergueu o copo para um brinde.

— Ei, Pontocom, esse aqui é para você.

Pontocom era outro apelido que Ryan criara para si, usado principalmente quando queria fazer graça com a sua imagem pública de gênio dos negócios e mago da tecnologia.

— Por que para mim?

— Porque hoje você finalmente desceu do seu panteão e revelou que, na melhor das hipóteses, não passa de um semideus.

Fingindo indignação, ele falou:

— Eu não fiz nada disso. Continuo girando as rodas que fazem o sol se erguer de manhã e a lua, de noite.

— Você costumava pegar onda até que elas se rendessem e ficassem humilhadas. Hoje você foi se jogar na toalha às duas e meia.

— Você não pensou na hipótese de eu estar entediado, de que aquelas ondas simplesmente não eram desafio suficiente para mim?

— Pensei nisso por uns dois segundos, mas você roncava como se o desafio tivesse sido enorme.

— Eu não estava dormindo. Estava meditando.

— Você e o Rip Van Winkle. — Depois de assegurarem ao atencioso garçom que os filés estavam excelentes, Samantha perguntou: — Agora sério, estava tudo bem com você na praia hoje, não estava?

— Estou com 34 anos, Sam. Não posso mais enfrentar as ondas como um garoto.

— É só que... você ficou com a cara toda cinza naquela hora.

Ele levou a mão ao cabelo.

— Cinza em que lugar?

— No seu lindo rostinho.

Ele riu.

— Você me acha lindo?

— Você não pode fazer um estirão de 36 horas num computador e depois sair e enfrentar o oceano como se fosse O Cara.

— Não estou morrendo, Samantha. Só envelhecendo graciosamente.

* * *

Ryan acordou na mais absoluta escuridão, com o movimento ondulante do mar sob ele. Desorientado, pensou por um momento que ainda estava deitado em cima de uma prancha, de costas, no *outside*, debaixo de um céu onde todas as estrelas tivessem sido apagadas.

A rapidez das batidas de seu coração o deixou apavorado.

Quando Ryan sentiu a superfície embaixo dele, percebeu que estava em cima de uma cama e não de uma prancha. E as ondulações eram apenas percebidas, uma tontura que o tirava do prumo.

— Sam — disse ele, mas aí se lembrou de que ela não o acompanhava, que ele estava em casa, sozinho em seu quarto.

Tentou esticar a mão para acender o abajur... mas não conseguiu erguer o braço.

Quando tentou se sentar, a dor tomou conta de todo o peito.

Capítulo 3

Ryan tinha a sensação de que blocos de concreto haviam sido empilhados sobre o seu peito. Ainda que fraca, a dor o apavorava. O coração batia com tanta rapidez que não dava para contar os batimentos.

Ele recomendou a si mesmo ficar calmo, quieto e deixar o ataque passar, como havia passado enquanto flutuava na prancha.

A diferença entre aquele momento e agora era a dor. O coração acelerado, a fraqueza e a tontura incomodavam tanto quanto antes, mas o elemento adicional da dor impedia que ele se enganasse dizendo que isso não passava de uma crise de ansiedade.

Mesmo quando era criança, Ryan não tinha medo do escuro. Agora, a própria escuridão parecia pesar em seu peito. A infinidade negra do universo, a atmosfera espessa da noite terrena e a escuridão que o deixava cego no quarto se empilhavam uma sobre a outra, todas sobre ele, apertando seu esterno sem trégua para baixo até tocar no coração, que tentava fugir dali e cair na eternidade.

Entrou em desespero à procura de luz.

Quando tentou se levantar, não conseguiu. A pressão o segurou lá embaixo.

Descobriu que podia se empurrar no colchão com os cotovelos e calcanhares, gradualmente subindo de costas, com os três travesseiros formando uma rampa que elevava a cabeça e os ombros. A cabeça ia batendo na cabeceira.

O peso no peito o forçava a respirar muito superficialmente. Cada vez que exalava, um som mais fino que um choramingo era emitido, ofendendo o quarto escuro como um prego riscando um quadro negro.

Depois de se colocar numa posição recostada, não inteiramente sentado, mas pelo menos a meio caminho, um pouco de força voltou. Já conseguia levantar os braços.

Com a mão esquerda, tateou às cegas procurando o abajur da cabeceira. Localizou a base de bronze, e os dedos deslizaram por uma coluna com desenho de bambu.

Antes de encontrar o interruptor, sua dor no peito se intensificou e rapidamente se espalhou também para a garganta, como se a agonia fosse tinta, e a carne, um mata-borrão que a absorvia.

A dor parecia ser de alguma coisa que ele havia engolido ou que regurgitava intacta. Bloqueava as suas vias aéreas, limitava a respiração e baixava em meia nota o seu grito de espanto, seguido por um assobio.

Caiu da cama. Não teve a menor ideia de como aconteceu. A cama se tornou o chão, sem dar a Ryan qualquer consciência da queda, apenas percebendo que o colchão havia sido substituído pelo tapete.

Ele não estava sozinho em casa, mas era como se estivesse. A essa hora, Lee e Kay Ting, o casal que administrava a casa, já estaria dormindo em seus aposentos, no primeiro dos três andares e na ala mais distante da que continha a suíte master de Ryan no terceiro andar.

Da mesma maneira que caiu sem perceber da cama, ele chegou à conclusão de que estava se arrastando pelo chão, o torso erguido pelos braços, as pernas fracas como a parte quebrada de um besouro esmagado pela metade.

Intensificando-se rapidamente, a dor se espalhara da garganta para o queixo. Era como se tivesse mordido um prego com tanta força que ele houvesse penetrado entre dois dentes até a mandíbula.

De repente ele se lembrou de que o interfone da casa era parte do sistema telefônico. Poderia tocar a campainha no quarto de Lee e Kay discando 1-1-1. E eles poderiam chegar ali em um ou dois minutos.

Ele não sabia mais em que direção estava a cama, nem a cabeceira e nem o telefone. Estava totalmente desorientado.

O quarto era grande, mas não imenso. Ryan devia ser capaz de se virar no escuro.

Mas a dor era lancinante e a vertigem fazia sua cabeça girar, a fraqueza o consumia, e o medo torcia os seus pensamentos até ele perder totalmente a capacidade de cálculo. Embora a queda da cama fosse pouco mais que uns 50 centímetros, parecia que havia despencado de uma grande altura, toda a sua graça estilhaçada com o impacto, assim como toda a esperança.

Os olhos recebiam as pontadas de lágrimas quentes, e a garganta queimava com refluxos de ácidos do estômago. A sensação era de que a bola de fogo em seu queixo consumiria o osso e explodiria em seu rosto.

A escuridão dava voltas e inclinava. Ryan não conseguia rastejar mais, só podia agarrar o tapete, como se a lei da gravidade estivesse prestes a ser revogada e ele pudesse ser levado por um redemoinho, sem peso, para o vácuo.

O coração martelava com mais força do que a capacidade de contar os golpes, pelo menos uns duzentos batimentos por minuto.

A dor se espalhava da garganta para o braço esquerdo, irradiando para o ombro e para as costas.

Um príncipe da internet, mais rico do que a maioria dos reis, ele agora se prostrava como um plebeu qualquer intimidado pela presença da realeza, à mercê de seu corpo feito de barro.

O oceano negro se encrespava sob ele e não havia nada onde pudesse se segurar, nem uma prancha de surfe nem a barbatana dorsal de um tubarão. O mar era infinito e Ryan era insignificante como uma linha de espuma numa simples onda. Uma grande massa de água se erguia e ele deslizou por ela até cair num vale, e o vale se transformou num abismo, e o abismo num redemoinho que o engoliu.

Capítulo 4

O MODO DESPERTADOR DA TELEVISÃO HAVIA SIDO MARcado para as sete horas da manhã. O volume continuava baixo e Ryan acordou lentamente ouvindo vozes que murmuravam e a trilha sonora de um drama.

O brilho da tela não aliviou inteiramente a escuridão. À medida que a quantidade de luz mudava de uma cena para outra e os personagens se mexiam, fantasmas apareciam e desapareciam pelo quarto.

Ryan estava deitado no chão, em posição fetal, olhando para a tela. William Holden, muitos anos depois de *Crepúsculo dos deuses*, estava numa conversa intensa com uma bela jovem.

Em seus 34 anos, Ryan só havia enfrentado duas ressacas, mas agora parecia estar sofrendo a terceira. Dor de cabeça. Olhos pregados e fechados, visão tortuosa. Boca seca e amarga.

No início, ele não conseguia se lembrar dos acontecimentos da noite anterior ou do que o havia possuído, a ponto de fazê-lo dormir no chão.

Curiosamente, o mistério das circunstâncias o intrigava menos do que a narrativa na televisão: o homem mais velho, a jovem mulher, uma conversa preocupada sobre a guerra...

A sua mente, que um dia foi afiada, agora estava gasta, seus pensamentos parecendo um fluxo disforme de mercúrio. Mesmo depois da visão clarear, ele não conseguia acompanhar o filme ou entender as relações entre os personagens.

Mesmo assim se sentiu instigado a assistir, atormentado pelo pensamento de que havia acordado para ver esse filme não por acidente, mas pelos desígnios do Destino. O que estava para ser decifrado aqui era uma advertência sobre o seu futuro que ele precisava entender para poder se salvar.

A extraordinária convicção cresceu até ele se sentir impelido a se pôr de joelhos e, depois, em pé. Chegou mais perto do grande aparelho de TV.

Quando os cabelinhos se eriçaram na nuca, o coração dele disparou. Os batimentos no peito trouxeram de volta à memória as batidas muito mais furiosas que o tinham acordado de noite. Subitamente, ele se lembrou de cada detalhe do tenebroso ataque.

Ele se afastou da televisão e acendeu uma lâmpada. Olhou para as mãos trêmulas, cerrou os punhos, voltou a abrir, meio que esperando algum grau de paralisia, o que não aconteceu.

No banheiro, granito preto, ônix dourado e aço inox eram refletidos por uma enormidade de espelhos. Uma fila infindável de Ryan Perrys olhava para ele, todos cinza, abatidos e apavorados.

Como nunca antes, ele percebeu o crânio escondido por detrás da pele, cada curva, reta e reentrância dos ossos, como um lembrete constante do rosto sorridente da morte atrás de cada uma de suas expressões.

* * *

De barba feita, banho tomado e arrumado, Ryan encontrou o administrador da propriedade, Lee Ting, na garagem.

O enorme espaço subterrâneo proporcionava 18 vagas para estacionamento. O teto tinha 3,5 metros de altura para acomodar caminhões de entrega e — se algum dia ele quisesse comprar —, um trailer.

Ladrilhos de cerâmica dourado, do tipo usado nos showrooms das concessionárias, cobriam o chão. Azulejos brancos de luxo cobriam as paredes. O polimento do Woodie e dos outros automóveis clássicos brilhava sob as luzes dos refletores.

Ryan sempre achou a garagem bonita, até elegante. Agora, todo aquele azulejo frio o lembrava um mausoléu.

Na oficina do canto, Lee Ting estava polindo a moldura de uma placa sob medida para um dos carros.

Era um homem pequeno, mas forte. Parecia ter sido moldado em bronze, mas ainda não totalmente finalizado, com veias proeminentes que apareciam marcadamente em suas mãos.

Aos 50 anos, a vida dele era definida pela ausência de filhos e pela impossibilidade de formar uma família. Kay Ting havia gerado dois bebês, mas uma infecção uterina subsequente a deixou estéril.

A primeira criança foi uma menina. Com 2 anos, morreu de gripe. O segundo foi um menino e também morreu.

A visão de certas crianças despertava neles alguns dos sorrisos mais amáveis, mesmo que os olhos ficassem úmidos com a memória da perda.

Quando o motor do polidor foi desligado, Ryan disse:

— Lee, você tem alguma reunião geral essa manhã ou algum compromisso agendado?

Surpreso, Lee se virou. Seu rosto brilhou, o queixo se empinou e uma alegre expectativa tomou conta dele, como se nada lhe desse mais prazer do que prestar um bom serviço.

Ryan desconfiava que fosse isso mesmo. Todo o esforço e a satisfação pessoal de formar uma família, que fora retirado de Lee, agora se expressavam em sua profissão.

Deixando de lado a moldura da placa, Lee disse:

— Bom dia, Sr. Perry. Não tenho nada marcado que Kay não possa me substituir. O que o senhor precisa?

— Eu gostaria que você me levasse de carro a uma consulta médica que marquei.

Um momento de preocupação diminuiu a extensão do sorriso de Lee.

— Algum problema, senhor?

— Nada demais, eu só não estou me sentindo muito bem, um pouco enjoado. Prefiro não dirigir pessoalmente.

A maioria dos homens que eram ricos como Ryan empregava um motorista. Mas ele gostava demais dos seus carros para delegar a direção.

Lee Ting sabia perfeitamente que essa necessidade de um motorista era prova de que o patrão estava mais do que "um pouco enjoado". Na mesma hora, ele tirou uma chave do cofre e partiu com Ryan até a Mercedes S600.

A doçura na maneira de Lee e a expressão de tristeza em seus olhos sugeriam que ele via o patrão como mais do que um empregador. Afinal de contas, ele tinha a idade certa para ser pai de Ryan.

A Mercedes de 12 cilindros parecia flutuar em uma almofada de ar, e muito pouco dos ruídos da rua chegava até eles. Embora andar no sedã parecesse um sonho, Ryan sabia que se dirigia a um pesadelo.

Capítulo 5

O clínico geral de Ryan tinha uma clientela especial restrita a trezentos pacientes. Ele garantia uma consulta com 24 horas de antecedência, mas recebeu Ryan apenas três horas depois do telefonema.

De uma sala de exame no 14º andar, Ryan podia ver Newport Harbor, o oceano Pacífico e navios à distância se dirigindo a litorais desconhecidos.

Seu médico, Forest Stafford, já o havia examinado, e um técnico realizou um eletrocardiograma. Depois Ryan desceu para uma empresa de imagem médica no terceiro andar, onde passou por um ecocardiograma.

Olhando pela janela do 14º andar, ele agora esperava a volta do Dr. Stafford com a leitura e a interpretação dos exames.

Uma armada de grandes nuvens brancas rumava lentamente para o norte, mas as sombras que projetavam sobre o mar eram pretas como piche, dando a impressão de as águas estarem paradas.

A porta se abriu por trás de Ryan. Sentindo-se leve como uma nuvem e com um pouco de medo de que, mesmo com a luz inclinada, ele não fosse lançar *sombra alguma*, afastou-se da janela.

O poderoso corpanzil ereto de Forest Stafford contrastava com sua fisionomia retangular, cujas feições eram alongadas, como se o rosto fosse afetado por uma força da gravidade específica que só o atingia e que não havia distorcido o resto do corpo. Como ele era um homem sensível, essa força deformadora, que já existia havia anos, podia bem ser a dor por seus pacientes.

Inclinando-se sobre a bancada onde havia uma pia para lavar as mãos, o médico disse:

— Imagino que você queira que eu vá direto ao ponto.

Ryan não fez qualquer movimento em direção à cadeira. Continuou de costas para a janela e para o oceano que adorava.

— Você me conhece, Forry.

— Não foi um ataque cardíaco.

— Não podia ser uma coisa tão simples.

— O seu coração é hipertrofiado. Aumentado.

Ryan imediatamente passou a se defender, como se Forry fosse um juiz que, se devidamente convencido, pudesse declará-lo são.

— Mas... eu sempre me exercitei, sempre me alimentei direito — disse.

— Isso às vezes pode ser decorrente de uma deficiência de vitamina B1, mas no seu caso eu duvido que esteja relacionado à sua alimentação ou à prática de exercícios.

— Então o que é?

— Pode ser uma condição congênita que só agora está se expressando. Ou consumo excessivo de álcool, mas não é o seu caso.

A sala não havia esfriado, nem a temperatura despencado no dia que se via diante da janela. No entanto, uma sucessão de calafrios se ergueu pelas costas de Ryan e se quebrou no final da coluna dele.

O médico elencou as causas possíveis:

— Uma lesão no endocárdio, amiloidose, envenenamento, metabolismo celular anormal...

— Envenenamento? Quem é que ia querer me envenenar?

— Ninguém. Não é envenenamento. Mas para realizar um diagnóstico exato vou precisar que você faça uma biópsia do miocárdio.

— Não parece ser muito divertido.

— É desconfortável, mas não dói. Eu falei com Samar Gupta, um excelente cardiologista. Ele pode fazer um exame preliminar com você esta tarde e realizar a biópsia pela manhã.

— Isso não me deixa muito tempo para pensar.

— E o que você quer pensar sobre uma coisa dessas?

— Sobre a vida, a morte... Sei lá.

— Nós não podemos tomar uma decisão sobre o tratamento sem um diagnóstico definitivo.

Ryan hesitou, então disse:

— Isso tem tratamento?

— Talvez — disse Forry.

— Eu preferia que você tivesse dito que sim.

— Pode acreditar, Pontocom, eu também queria poder dizer que sim.

Antes de Forest Stafford ser médico de Ryan, eles se encontraram numa mostra de carros antigos e se tornaram amigos. Jane Stafford, a mulher de Forry, se apegou a Samantha como a uma filha, e desde então o apelido *Pontocom* foi amplamente utilizado.

— Samantha — murmurou Ryan.

Foi só quando falou o nome dela que ele percebeu que o diagnóstico preliminar havia pregado seus pensamentos inteiramente no ponto em que o destino dá uma guinada total em sua vida, no fato inexorável da própria mortalidade.

Agora, sua mente se livrava desse ponto focal e os pensamentos voavam.

A perspectiva de uma morte iminente em primeiro lugar viera como uma abstração que inspirara uma ansiedade gélida. Mas, quando ele pensou no que iria perder *junto* com a sua vida, quando levou em consideração as perdas específicas — Samantha, o mar, o amanhecer escarlate, o pôr do sol púrpura —, a ansiedade rapidamente se transformou em horror.

— Não conte nada a Samantha — pediu Ryan.

— É claro que não.

— E nem a Jane. Eu sei que ela não iria contar a Sam, mas logo ia perceber que alguma coisa estava errada e arrancaria a história inteira.

Como cera derretendo sob o fogo, as feições pesarosas do rosto de Forry Stafford se transformaram em tristeza.

— Quando é que você vai contar? — perguntou ele.

— Depois da biópsia. Quando eu tiver todos os fatos.

Com um suspiro, Forry falou:

— Há dias que eu preferia ter sido dentista.

— Um dente podre raramente é fatal.

— Gengivite também não.

Forry se sentou no banco com rodinhas, onde ele geralmente se inclinava para ouvir as reclamações dos pacientes e fazer anotações nas fichas.

Ryan se acomodou na única cadeira. Depois de algum tempo, falou:

— Você já se decidiu sobre aquele Mercury 1940 conversível?

— Acabei de me decidir. Vou comprar.

— Distribuição Edelbock, dois carburadores, certo?

— Está. Você devia ouvir o ronco.

— E o que segura essa belezinha?

— Imperials 1960. Quinze polegadas.

— Aerodinâmico?

— Em 4 polegadas.

— Deve dar uma visão muito boa pelo para-brisa.

— Excelente — confirmou Forry.

— Você ainda vai fazer umas melhoras?

— Estou com algumas ideias.

— Acho que vou comprar um coupé deuce 1932 — disse Ryan.

— Com cinco janelas?

— Talvez um highboy com três janelas.

— Vou te ajudar a encontrar um. Vamos a algumas mostras.

— Gostei.

— Eu também.

Eles passaram alguns momentos em silêncio.

A sala de exames tinha um teto com revestimento acústico, paredes azul-celestes e um chão cinza de vinil.

Numa parede se encontrava um quadro de Childe Hassam. Intitulado *O barquinho branco, Gloucester*, o ano era 1895.

Nas águas plácidas, uma mulher de cabelos lisos está sentada num barco. Veste uma longa saia branca, uma blusa cor-de-rosa plissada e um chapéu de palha.

Delicada, desejável, ela seria uma esposa muito boa na época em que os casamentos duravam a vida inteira. Ryan foi tomado de um desejo imenso de tê-la conhecido, de ter ouvido a sua voz, de ter sentido o gosto de seu beijo, mas ela havia se perdido no tempo, assim como logo poderia acontecer com ele.

— Que merda, hein? — disse ele.

— Falou e disse.

Capítulo 6

O Dr. Samar Gupta tinha um rosto moreno e redondo e olhos da cor de melado. Sua voz era melodiosa, a dicção precisa, e suas mãos finas impecavelmente manicuradas.

Depois de ver o ecocardiograma e examinar Ryan, Gupta explicou em que consistia uma biópsia do miocárdio. Para isso, ele usou um grande pôster do sistema cardiovascular.

Confrontado com uma descrição colorida do interior de um coração humano, Ryan viu sua mente pensar no quadro da mulher no barquinho branco, que ficava na sala de exame de Forry Stafford.

O Dr. Gupta parecia possuir uma calma sobrenatural, cada movimento eficiente, cada gesto econômico. Seu pulso devia bater a uns cinquenta por minuto. Ryan sentia inveja da serenidade do médico e da saúde dele.

— Por favor, esteja na recepção do hospital às seis horas da manhã — disse o cardiologista. — Não coma nem beba nada depois de meia-noite.

Ryan falou:

— Não gosto de ser sedado, nem de perder o controle.

— Você vai receber um sedativo leve para tranquilizar, mas vai permanecer acordado para seguir as instruções durante o procedimento.

— E os riscos...

— São como eu expliquei. Mas nenhuma das minhas biópsias jamais chegou a ter... complicações.

Ryan se surpreendeu dizendo:

— Eu confio na sua capacidade, Dr. Gupta, mas ainda estou com medo.

Nos negócios, Ryan nunca demonstrava incerteza, muito menos medo. Ele não permitia que ninguém percebesse alguma fraqueza nele.

— Desde o dia em que nascemos, Ryan, todos nós devemos ter medo, mas não de morrer.

* * *

No luxuoso banco traseiro da Mercedes S600, a caminho de casa, Ryan percebeu que ele não tinha entendido o último comentário do cardiologista.

Desde o dia em que nascemos, Ryan, todos nós devemos ter medo, mas não de morrer.

Naquela sala, naquele momento, as palavras pareceram sábias e apropriadas. Mas o temor de Ryan e seu desejo de suplantá-lo o haviam levado a ouvir esse último comentário como uma forma de conforto, quando não era.

Agora as palavras do médico pareciam misteriosas, até mesmo um código, e perturbadoras.

Ao volante do sedã, Lee Ting olhava repetidas vezes pelo espelho retrovisor. Ryan fingia não perceber a preocupação do caseiro.

Lee não tinha como saber qual dos muitos médicos Ryan havia visitado no edifício do Dr. Gupta e era muito discreto para perguntar. Mesmo assim, era um homem extremamente observador que sentia o formalismo do patrão.

No oeste, as palmeiras e os telhados eram banhados pela luz do sol. As sombras atenuadas desses edifícios e dessas árvores, dos postes de luz e dos pedestres, pendiam para o leste, como se todo o litoral estivesse pedindo para anoitecer.

Nas raras ocasiões em que Lee fizera as vezes de motorista, ele havia dirigido lentamente, como se fosse dezenas de anos mais velho do que realmente era e estivesse participando de alguma procissão real. Dessa vez, no entanto, ele ultrapassava os limites de velocidade junto com os outros carros e avançava cruzamentos mesmo com o sinal amarelo.

Ele parecia perceber que seu patrão precisava do conforto do lar, do seu refúgio.

Capítulo 7

No caminho do consultório do Dr. Gupta, Ryan ligou para Kay Ting e fez uma solicitação de jantar que exigia que ela fosse ao restaurante favorito dele e pedisse a comida para viagem.

Mais tarde, utilizando o elevador, os Ting levaram um carrinho de refeição até a sala de estar do terceiro andar que integrava a suíte principal. Eles levantaram as asas para transformar o carrinho numa mesa e alisaram a toalha branca por cima.

Exibidos para deleite de Ryan havia três pratos de sorvete caseiro — chocolate escuro, cereja preta e licor de limão —, cada qual aninhado num pote maior com gelo picado. Também havia fatias de uma torta de chocolate sem farinha, torta de limão e torta de manteiga de amendoim, morangos com creme amargo acompanhados de um pote de açúcar mascavo e uma seleção de biscoitos exóticos e garrafas de cerveja preta num balde de gelo.

Como Ryan só se permitia comer sobremesa uma ou duas vezes por semana, os Ting ficaram curiosos com uma indulgência desse tamanho, tão fora dos padrões.

Ele fingia estar comemorando a conclusão de um negócio particularmente vantajoso, mas já sabia que eles não acreditaram nele. A quantidade de doces sugeria mais a última refeição de um condenado, que, apesar de seus 34 anos, nunca chegou a crescer totalmente.

Comendo sozinho, sentado numa mesa com rodinhas, Ryan viu trechos de um monte de filmes antigos na grande TV de plasma. Ele procurava comédias, mas nenhuma delas parecia engraçada.

As calorias já não importavam mais, nem o colesterol, e no começo aquela permissividade sem culpa era tão nova que ele até se divertiu. Logo, no entanto, aquele *smörgåsbord* adolescente começou a ficar pegajoso, demasiadamente rico em calorias.

Para rir da cara da Morte, ele comeu mais do que desejava. A cerveja preta começou a ficar com gosto de xarope.

Ele retirou o carrinho da suíte master, deixou-o no corredor e usou o interfone para dizer a Kay que havia acabado.

Mais cedo, os Ting haviam lhe aprontado a cama e estufado os travesseiros.

Quando Ryan colocou o pijama e se esgueirou entre os lençóis, a insônia o atormentou. Se o medo ou a morte não o mantiveram acordado, as correntes de açúcar no sangue devem tê-lo deixado inquieto.

Descalço, procurando caminhar para diminuir a ansiedade, ele começou a perambular pela casa.

Atrás das janelas amplas ficava o panorama iluminado das várias cidades de Orange County na grande planície lá embaixo. A luz ambiente era suficiente para ele andar pela casa sem precisar acender uma lâmpada.

Pouco antes da meia-noite, as luzes num hall dos fundos o levaram à despensa principal, onde vidros e porcelanas eram armazenados em armários de mogno. Ele ouviu vozes na cozinha ali ao lado.

Embora outros empregados trabalhassem lá dentro durante o dia, os Ting eram os únicos que moravam na casa. No entanto, Ryan não conseguiu identificar imediatamente as pessoas que falavam como Lee e Kay, porque as vozes eram baixas, quase sussurradas.

Normalmente, os Ting já estariam na cama a essa hora. A jornada de trabalho deles começava às oito horas da manhã.

Embora por toda a vida Ryan nunca tenha sido incomodado por superstições, agora ele se via tomado por um senso do fantástico. De repente ele começou a sentir que sua casa escondia segredos, que dentro desses ambientes havia campos desconhecidos e que, para o próprio bem-estar, ele tinha que saber tudo o que estava sendo escondido dele.

Encostando a orelha na fresta entre a moldura e a porta de vaivém, ele se esforçou para ouvir o que estavam dizendo.

A espaçosa cozinha havia sido desenhada para acomodar uma equipe inteira quando grandes festas exigissem a preparação de um bufê elaborado. As vozes baixas ecoavam suavemente pelas grandes bancadas de granito e pelos objetos de aço inox.

Arriscando-se a ser descoberto, ele abriu a porta uns 2 centímetros. Ainda não dava para reconhecer as vozes, nem os sussurros e os cochichos se transformaram em palavras audíveis.

Mas Ryan conseguiu ouvir também as batidas e os cliques dos pratos, o que parecia curioso. Lee e Kay já deveriam ter lavado a louça várias horas atrás e, se quisessem fazer um lanche rápido, teriam-no preparado na quitinete que fazia parte de sua suíte particular.

Ele também ouviu o barulho peculiar de algo sendo moído, rítmico e suave. Esse não era um ruído que se ouvisse todo dia, mas soava vagamente familiar e — por razões que ele era incapaz de definir —, sinistro.

Gradativamente, aquele negócio de ouvir atrás da porta começou a parecer idiota. A única coisa sinistra naquela casa era a sua própria imaginação, que estava enevoada e conduzida por caminhos obscuros pelo espectro de sua mortalidade.

No entanto, quando ele pensou em empurrar a porta de vaivém e olhar quem estava na cozinha, o medo tomou conta de si. Seu coração começou a pular abruptamente como patas de cavalo sobre pedra, com tamanha rapidez que parecia que os Quatro Cavaleiros do Apocalipse estavam se aproximando.

Ryan fechou a porta devagar e se afastou dela.

Com a mão direita sobre o coração e a esquerda sobre um armário fixo para se equilibrar, ele esperou que outro ataque fizesse suas pernas desabarem e o deixasse desesperado no chão.

A despensa principal ficou escura à sua volta.

Ryan poderia até ter pensado que havia ficado cego se não fosse pelas luzes no corredor atrás da porta aberta pela qual havia entrado.

Atrás da porta fechada de vaivém, as luzes se apagaram na cozinha. Um interruptor naquele ambiente também controlava a despensa.

Agora, todo o corredor estava imerso na escuridão.

A despensa sem janelas não poderia ter ficado mais escura, mesmo que fosse um casulo acolchoado de seda num túmulo de bronze.

Sem conseguir escutar nada mais alto que o barulho de seu coração traiçoeiro, Ryan se convenceu de que alguém estava se aproximando, alguém cuja visão era tão perfeita na total escuridão como a visão de um gato vagando à luz da lua. Ficou esperando que uma das mãos pousasse em seu ombro ou que os dedos gélidos de um estranho pressionassem seus lábios.

O peso do coração insistia que ele devia se sentar no chão. Seus joelhos dobraram e Ryan escorregou pela frente de um armário, os ganchos das gavetas machucando suas costas.

Minutos se passaram durante os quais a luta em seu peito não conseguiu acelerar e virar uma anarquia completa. Muito pelo contrário, aos poucos um batimento normal foi sendo restabelecido, num ritmo equilibrado.

A fraqueza diminuiu e, com o retorno das forças, o medo deu lugar à humilhação.

Os ganchos das gavetas viraram apoios com a ajuda dos quais Ryan voltou a se erguer. Ele tateou o caminho pela escuridão pegajosa até a porta de vaivém.

Ali, ele ficou ouvindo a cozinha. Nenhum murmúrio, nenhum sussurro, nenhum bater de pratos e copos, nenhum barulho suave e sinistro de alguma coisa sendo moída.

Ryan atravessou a porta, fechou-a e ficou de costas para ela.

À sua direita, acima das pias e das bancadas principais ficavam as janelas que davam para o oeste. O brilho de Newport Beach lá embaixo e a lua no céu definiam os limites.

Ele se atreveu a acender a luz e descobriu que estava sozinho.

Além da porta para a despensa, a grande cozinha tinha três outras saídas: a primeira dava para um pátio, a segunda para uma sala de café da manhã e a terceira para um hall nos fundos. A sala de café da manhã também incluía uma porta para o pátio e outra para o corredor.

Claro que as vozes eram de Lee e Kay. Deviam estar ocupados com alguma tarefa comum, sem saber que ele estava na despensa principal.

Mas com Ryan supostamente dormindo em seu quarto no andar de cima e no ponto mais afastado daquela casa enorme, por que os Ting estariam cochichando?

De cada lado da cozinha e em outros pontos da casa, painéis Creston haviam sido embutidos nas paredes. Ele tocou num deles e a tela clareou. Por ela, Ryan podia controlar a iluminação, o som ambiente, o aquecimento, a refrigeração e outros sistemas.

Selecionou o aparato de segurança e viu que, de acordo com a rotina combinada, os Ting haviam ligado o alarme do perímetro da casa. Nenhum intruso poderia ter entrado nela sem disparar uma sirene e uma voz gravada identificando o ponto de entrada.

Vinte câmeras exteriores mostravam os arredores. Ele deu uma geral. Embora a tecnologia de filmagem noturna oferecesse uma variação de claridade entre uma câmera e outra, dependendo da luz ambiente, ele não viu nenhum invasor na propriedade, nenhum movimento a não ser o bater de asas branco de alguma mariposa.

Retornou à suíte principal, mas não foi para a cama. Numa alcova, perto da sala de estar onde jantara, havia uma mesa art déco de madeira de amboína, aproximadamente de 1928. Ele se sentou ali, mas não foi para trabalhar.

Lee e Kay já estavam lá havia dois anos. Eram pessoas talentosas, dedicadas e confiáveis.

O histórico do casal havia sido investigado inteiramente por Wilson Mott, um ex-detetive de homicídios, agora consultor de segurança, a quem Ryan se dirigia a todos os assuntos que não se relacionavam diretamente com a sua empresa, a Be2Do.

No entanto, Forry Stafford havia dito uma coisa que ficava repetindo em sua memória: "Lesão do endocárdio, amiloidose, envenenamento..."

A cada repetição, a voz que ele se lembrava de Forry parecia colocar uma ênfase mais sinistra na palavra *envenenamento*, mesmo que não tenha considerado a existência dessa possibilidade no caso de Ryan.

Para um homem que fora saudável a vida inteira, e não apenas saudável, mas vigoroso, uma doença séria do coração parecia exigir uma explicação maior do que uma predisposição genética para o mau funcionamento do corpo. Uma vida de luta e árdua competição havia lhe ensinado que nesse mundo existem pessoas cujos motivos são suspeitos e os métodos, inescrupulosos.

Envenenamento.

Um pequeno rufar desviou sua atenção para a janela do oeste. O ruído parou no momento em que ele virou a cabeça para ver de onde vinha.

A luz de aço da curva da lua não revelou quem havia batido no vidro. Muito provavelmente, apenas uma mariposa ou outro inseto noturno.

Ele então voltou a atenção para as suas mãos, que se encontravam cerradas sobre a mesa. Mais cedo, durante o ataque, o coração tinha dado a impressão de estar se comprimindo numa espécie de punho cruel.

Outra vez, um ruído chegou da janela, menos como o som de algo batendo, e mais o ruído de dedos deslizando para dentro de uma luva de lã.

Ryan estava no terceiro andar. Não havia nenhuma varanda nessa janela, nada além de uma queda livre até o gramado. Ninguém podia estar naqueles painéis de vidro iluminados pela lua, chamando a atenção dele.

A enfermidade no coração havia afetado sua mente, abalando a habitual confiança. Mesmo uma coisa tão inofensiva como uma mariposa era capaz de fazer um medo silencioso flutuar por ele.

Ryan se recusou a olhar novamente para a janela, pois fazer isso parecia convidar a entrada de milhares de medos. Sua resistência foi recompensada e as batidas leves se tornaram mais fracas, finalmente se transformando num insistente silêncio.

Envenenamento.

Seus pensamentos saíram dos problemas imaginários para os reais, para as pessoas que ele conhecera, no mundo dos negócios, cuja ganância, inveja e ambição os levaram a se utilizar de métodos imorais.

Ryan ganhara sua fortuna honestamente, sem esse tipo de método feroz. Mesmo assim, havia feito inimigos. Algumas pessoas não gostavam de perder, mesmo que fosse por causa das próprias falhas e erros de cálculo.

Depois de muito pensar, chegou a uma lista de cinco nomes.

Entre os números de telefone que ele tinha de Wilson Mott, havia um celular especial ao qual o detetive respondia pessoalmente, independentemente do dia ou da hora. Só dois ou três dos clientes mais ricos de Mott possuíam aquele número. Ryan nunca abusara.

Ele hesitou em fazer a ligação. Mas sua intuição lhe dizia que estava preso numa teia extraordinária de dissimulação e que precisava mais do que os médicos eram capazes de suprir. Digitou os sete algarismos.

Quando Mott respondeu, soando totalmente alerta e animado como em qualquer hora mais razoável do dia, Ryan se identificou, mas não citou nenhum dos cinco nomes de sua lista, nem pediu uma pesquisa mais aprofundada sobre os Ting, como tencionava. Em vez disso, ele disse uma coisa que surpreendeu tanto a si mesmo que chegou a ficar sem palavras depois de pronunciar a primeira frase.

— Quero que você encontre uma mulher chamada Rebecca Reach.

Capítulo 8

Rebecca Reach. A mãe de Samantha.

Ryan só havia tomado conhecimento na noite anterior, jantando com Sam, de que sua mãe estava viva. Por um ano, ela deixou que ele pensasse que Rebecca havia morrido.

Não, isso era injustiça. Samantha não o havia enganado. Ele é que partira do princípio de que Rebecca estava morta pelo pouco que Samantha contava sobre ela.

É evidente que mãe e filha eram tão distantes que elas não se falavam e provavelmente nunca mais se falariam. "Ela morreu. Para mim", foi o que Samantha dissera.

Ryan podia entender por que, depois que Rebecca havia desligado os fios que mantinham Teresa viva, Samantha quisera fechar a porta sobre as lembranças da irmã gêmea que perdeu e da mãe, que ela achava que as traiu.

— Você tem mais alguma coisa além do nome? — perguntou Wilson Mott.

— Las Vegas. Rebecca Reach aparentemente mora num apartamento em Las Vegas.

— E se escreve R-E-A-C-H?

— Isso.

— Qual o contexto, Sr. Perry?

— Eu prefiro não dizer.

— O que você espera que eu descubra?

— Não estou esperando nada. Só um histórico geral da mulher. E um endereço. E um número de telefone.

— Eu imagino que o senhor não queira que nós falemos com ela diretamente.

— Exatamente. Muita discrição, por favor.

— Talvez amanhã às cinco da tarde.

— Às cinco vai ser ótimo. De qualquer maneira, vou estar ocupado de manhã e no início da tarde.

Ryan desligou, sem ter certeza se o que tinha feito era intuitivamente brilhante ou uma burrice. Ele não imaginava que informação pudesse receber que teria qualquer utilidade para a sua crise atual.

Tudo o que sabia é que agora ele agiria como frequentemente agira nos negócios, confiando nas intuições que tinha, baseadas na razão. E seus instintos haviam feito dele um homem rico.

Se Samantha soubesse disso, ela poderia pensar que ele estava sendo insuportavelmente desconfiado, que não acreditava nela. Com sorte, ela nunca teria que saber o que acabara de fazer.

Ryan voltou para a cama. Ele sintonizou a TV num filme clássico, *A princesa e o plebeu*, com Audrey Hepburn e Gregory Peck, depois desligou o abajur.

Recostando-se numa pilha de travesseiros de pena, ele ficou olhando para o filme sem realmente vê-lo.

Ele nunca pedira a Wilson Mott para pesquisar o histórico de Samantha. Geralmente, reservava esse tipo de investigação para empregados em potencial.

Além do mais, ela o havia conhecido trabalhando para uma grande revista, uma escritora com experiência e boa reputação entre os críticos. Ryan não viu qualquer razão para investigá-la mais quando suas referências pareciam estar em ordem e quando ela não devia passar mais do que algumas horas com ele.

Ao longo dos anos, ele havia lidado com inúmeras pessoas da mídia. A maioria era inofensiva, às vezes armada, porém com nada mais perigoso do que uma inclinação, que, para alguns, era justificada, de não escrever o que ele realmente havia dito.

Mas, se alguma coisa sobre Rebecca Reach acabasse levantando suspeitas, então Mott teria que conduzir uma investigação completa do passado de Samantha.

Ryan estava decepcionado — não com Samantha, não havia razão para mudar de opinião sobre ela, mas consigo mesmo. Ele amava estar com ela. Ele *a* amava. Não queria acreditar que seu julgamento nesse caso tivesse sido ruim e que ele não tenha percebido que ela era alguém diferente do que parecia.

Pior ainda, Ryan ficou arrasado pela velocidade com que o seu medo o havia levado a desconfiar dela. Até hoje, as únicas crises com as quais teve de lidar eram questões empresariais: falta de capital, atrasos no lançamento de produtos, ofertas hostis de aquisição da empresa. Agora ele se defrontava com uma ameaça à própria existência, e o justificável medo de ficar incapaz ou morrer se enredava numa paranoia com olhos de serpente, que se preocupa menos com a fraqueza da própria carne do que com a possibilidade de haver inimigos dispostos a derrubá-lo.

Desconcertado, para não dizer embaraçado, de se ver tomado pelo medo a esse ponto, ele até pensou em ligar para Wilson Mott e cancelar o trabalho a respeito do histórico de Rebecca Reach.

Mas Forry Stafford *havia* levantado a possibilidade de um envenenamento. Se essa era uma causa potencial para a situação de Ryan, a prudência exigia que ele a levasse em consideração.

Ryan não tocou no telefone.

E, depois de algum tempo, desligou a televisão.

Ele não conseguia dormir. Em mais algumas horas, o cardiologista, Samar Gupta, colheria três pequenas amostras do tecido do coração de Ryan. A vida dele dependia do que as amostras revelariam. Se o diagnóstico fosse negativo, ele teria tempo o bastante para dormir: toda a eternidade.

Das profundezas da escuridão e do silêncio mórbido saíram mais alguns tapinhas leves em outra janela, abafados pelas cortinas; foi dessa janela ou daquela? Ele não sabia dizer qual.

Quando levantou a cabeça para ouvir, a mariposa ou besouro insistente, ou a mão na luva de pelica, parou de bater.

Cada vez que ele pousava a cabeça no travesseiro, seguia-se o silêncio, mas ele não se sustentava. Mais cedo ou mais tarde vinham um *bump* e outro *bump* e depois um *bump-bump-bump*: abafado, sem tom, oco, morto e chato.

Ele poderia ter ido até as janelas, uma de cada vez, e aberto as cortinas para pegar no flagra quem quer que estivesse fazendo aquele barulho. Mas, em vez disso, disse a si mesmo que os tapinhas abafados eram só sua imaginação e os tirou da cabeça, voltando-se para as batidas mais íntimas e preocupantes de seu coração.

Ele reconheceu um certo grau de covardia nessa negação. Sentia que, em algum nível, sabia quem estava chamando a sua atenção e que, se afastasse as cortinas e o confrontasse, seria o seu fim.

Capítulo 9

A LUA JÁ HAVIA SUMIDO, MAS O CÉU AINDA ESTAVA ESCURO naquela manhã de sexta-feira quando Ryan se pôs a caminho do hospital. As luzes da cidade obscureciam muitas estrelas, mas, a oeste, o mar e o litoral eram um só, negro e amplo.

Apesar da possibilidade de ter um ataque ao volante, ele se arriscou a dirigir. Preferia que Lee Ting não soubesse que passaria por uma biópsia do miocárdio.

Disse a si mesmo que não queria que pessoas que trabalhavam para ele ou que de alguma maneira fossem ligadas a ele se preocupassem. Mas o fato é que Ryan não queria dar ao inimigo, se existisse algum, a satisfação — e a vantagem — de saber que ele estava enfraquecido e vulnerável.

Enquanto andava pela garagem do hospital, onde uma mágica luz amarela, de mau gosto, transformava as carapaças dos carros em besouros luminosos, Ryan teve a sinistra sensação de que estava em casa dormindo, de que este lugar e o exame que estava por vir eram apenas um sonho dentro de um sonho.

Na recepção de pacientes não internados, um funcionário lhe indicou o caminho para o laboratório de diagnósticos cardíacos.

A enfermeira-chefe da cardiologia, Kyra Whipset, não poderia ser mais esbelta se não comesse nada além de aipo e corresse meia maratona por dia. Ela tinha tão pouca gordura no corpo que, mesmo num mar com alto teor de salinidade, ela não boiaria e afundaria direto como uma âncora.

Depois de se certificar de que Ryan não comeu nada depois de meia-noite, a enfermeira Whipset lhe deu um sedativo e água num pequeno copo de papel.

— Isso não vai fazer você dormir. Só vai deixar relaxado.

Uma segunda enfermeira, Ismay Clemm — uma negra mais velha e agradavelmente cheinha —, tinha olhos verdes nos quais os traços eram como lapidações num par de esmeraldas desenhadas com a maior complexidade. Os olhos seriam impressionantes em qualquer rosto, mas no dela eram especialmente cativantes graças ao contraste com a pele escura e macia.

Enquanto a enfermeira Whipset se sentava numa mesa de canto para preencher a ficha de admissão de Ryan, Ismay o observava tomar o sedativo.

— Está tudo bem, garotinho?

— Na verdade, não — respondeu ele, amassando o copo de papel vazio com a mão.

— Isso não é nada — assegurou ela, enquanto ele jogava o copo numa lata de lixo. — Eu estou aqui tomando conta de você. Vai ficar tudo bem.

Em contraste com a rigidez ascética da enfermeira Whipset, a abundância de Ismay, que incluía uma voz musical que passava uma demonstração de carinho como se fosse uma canção, confortava Ryan.

— Bem, vocês *vão* tirar três pedaços do meu coração — disse ele.

— Pedacinhos, meu amor. Imagino que você tenha arrancado pedaços muito maiores do coração tenro de algumas menininhas doces. E elas continuam vivas, não continuam?

Numa sala de preparação ao lado, ele ficou só de cuecas, calçou chinelos descartáveis e se embalou num robe fino e verde claro, sem colarinho e de mangas curtas.

De volta ao laboratório de diagnóstico, o Dr. Gupta havia chegado, assim como o radiologista.

A mesa de exame era mais confortável do que Ryan esperava. Samar Gupta explicou que o conforto era necessário porque, durante o procedimento, o paciente precisa ficar recostado, muito quieto, por pelo menos uma hora e em alguns casos por duas ou mais.

Suspenso sobre a mesa, um fluoroscópio instantaneamente projetava imagens de raios X numa tela fluorescente.

Enquanto o cardiologista, assistido pela enfermeira Whipset, se preparava para o procedimento, Ismay Clemm monitorava a pulsação de Ryan.

— Você está indo bem, garotinho.

O sedativo começou a fazer efeito e ele se sentiu mais calmo, embora bem acordado.

Kyra Whipset esfregou o pescoço de Ryan e pintou uma parte dele com iodo.

Depois de aplicar um anestésico tópico para amenizar a picada da agulha, o Dr. Gupta administrou um anestésico local com uma injeção na mesma área.

E logo Ryan não sentia mais nada quando o médico testou a resposta do nervo em seu pescoço.

Ele fechou os olhos enquanto alguma coisa com cheiro adstringente era esfregada em sua carne dormente.

Descrevendo suas ações em voz alta, o Dr. Gupta fez uma pequena incisão na veia jugular de Ryan e inseriu um cateter fino e altamente flexível.

Ryan abriu os olhos e conferiu o fluoroscópio enquanto acompanhava o lento progresso do cateter que o cardiologista manejava cuidadosamente até o interior do coração, guiado pela imagem na tela.

Ele imaginou o que aconteceria se, no meio do procedimento, sofresse um ataque igual ao que sofrera na prancha de surfe, com o coração martelando abruptamente a duzentos ou trezentos batimentos por minuto. Achou melhor não perguntar.

— Como está se sentindo? — perguntou o Dr. Gupta.

— Ótimo. Não estou sentindo nada.

— Basta relaxar. Estamos fazendo um ótimo progresso.

Ryan percebeu que Ismay Clemm reportava em voz baixa os batimentos do seu coração, que evidentemente se tornaram ligeiramente instáveis com a introdução do cateter.

Talvez isso fosse normal, talvez não fosse, mas a instabilidade passou.

E os batimentos continuam.

Depois que o primeiro cateter fora colocado, o Dr. Gupta inseriu um segundo, um biótomo, com serras minúsculas na ponta.

Ryan havia perdido toda a noção de tempo. Ele poderia estar na mesa há alguns minutos ou há uma hora.

As pernas doíam. Apesar do sedativo, os músculos da panturrilha estavam tensos. A mão direita tinha se fechado num punho; ele a abriu, como se esperasse receber a mão de outra pessoa como presente.

Ele passou muito tempo deitado, fazendo-se perguntas, com medo.

As presas do biótomo o morderam.

Inalando com um suspiro por entre os dentes trincados, Ryan não pensou ter imaginado que o rápido beliscão houvesse doído, mas que talvez estivesse apenas reagindo ao breve pulsar frenético de seu coração na tela fluorescente.

O Dr. Gupta retirou a primeira amostra do músculo cardíaco de Ryan.

A enfermeira Clemm recomendou:

— Não prenda a respiração, querido.

Soltando o ar, Ryan percebeu que havia esperado morrer durante o procedimento.

Capítulo 10

Em apenas setenta minutos a biópsia havia terminado e a incisão estava reparada com pontos.

O poder do sedativo estava no auge, e, como Ryan havia passado a noite sem dormir, a droga o afetou com mais força do que o previsto. O Dr. Gupta incentivou Ryan a ficar deitado na cama estreita da sala de preparação e descansar um pouco, até que se sentisse totalmente alerta e capaz de dirigir.

A sala não tinha janelas. Os painéis fluorescentes no teto estavam desligados e só uma lâmpada acima da pequena pia proporcionava iluminação.

O teto escuro e as paredes cheias de sombras inspiravam claustrofobia. Pensamentos sobre caixões e vermes o dominando o oprimiram, mas o momento fóbico passou rapidamente.

O alívio de que o procedimento tinha corrido bem e a exaustão eram reconfortantes. Ryan não esperava dormir, mas dormiu.

Ao som de uma melodia dissonante, ele caminhava por uma estrada de sonho, ao longo de um vale, em direção a um palácio no alto de uma montanha. Através das janelas iluminadas de vermelho, ele podia observar grandes formas que se mexiam fantasticamente, e seu coração começou a bater, a explodir, até destruir a visão e colocar outra no lugar.

Um lago bravio, totalmente cercado de rochas pretas e altos pinheiros, era lindo em sua solidão. Então a água escura se levantou numa série de pequenas ondas que batiam na costa onde Ryan se encontrava, e ele soube que o lago era uma poça de veneno. O golfo seria o seu túmulo.

Entre esses sonhos rápidos e outros mais, ele acordava parcialmente e sempre encontrava Ismay Clemm ao seu lado na cama, no quarto mal-iluminado, uma vez tomando o seu pulso, outra com a mão em sua testa, às vezes só observando, com o rosto escuro tão envolto na penumbra que os estranhos olhos verdes iluminados pareciam quase soltos do corpo.

Umas poucas vezes ela falou com ele e, na primeira, murmurou:

— *Você consegue ouvi-lo, não consegue, garotinho?*

Ryan não teve força suficiente para perguntar de quem ela estava falando.

A própria enfermeira respondeu à pergunta:

— *É claro que consegue.*

Mais tarde, entre os sonhos, ela falou:

— *Mas você não deve ouvi-lo, garotinho.*

E mais tarde:

— *Se ouvir os sinos de ferro, volte para mim.*

Quando ele acordou, depois de ficar mais de uma hora deitado, Ryan estava sozinho.

A única luz, as muitas sombras e a sala de preparação improvisada para ele pareciam menos reais do que o palácio com as janelas cheias de luzes vermelhas ou o lago negro, ou os demais lugares que apareceram em seus sonhos.

Para confirmar que estava mesmo acordado e que a lembrança da biópsia era verdadeira, ele levou uma das mãos ao pequeno curativo em seu pescoço, que cobria o corte na jugular e os pontos.

Ele se levantou, tirou o robe e vestiu suas roupas comuns.

Quando Ryan entrou no laboratório de exames adjacente, não encontrou Ismay Clemm. O Dr. Gupta e o radiologista também já haviam saído.

A enfermeira Whipset perguntou se ele estava bem.

Ryan se sentia irreal, sem peso e flutuando, como se fosse um fantasma, uma aparição que ela confundiu com um ser de carne e osso.

É claro que ela não estava perguntando se ele se sentia emocionalmente bem, apenas se o efeito do sedativo já havia passado. Ryan respondeu que sim.

Ela informou que a análise das amostras da biópsia seria acelerada. Mas que, em nome de uma maior exatidão e para reunir informações mais precisas, o Dr. Gupta havia solicitado o tipo de análise mais detalhado; ele não esperava receber o relatório antes de terça-feira.

A princípio, Ryan quis perguntar onde poderia encontrar Ismay Clemm. Desejava indagá-la sobre o que quisera dizer com as coisas estranhas que falara durante os curtos períodos em que estivera semiacordado.

Mas agora, na claridade estéril do laboratório de diagnóstico, ele não estava assim tão certo de que ela havia efetivamente falado com ele. Poderia perfeitamente ter sido apenas uma presença em seus sonhos.

Ryan retirou a Mercedes da garagem e foi para casa.

O céu claro exibia mais passarinhos e com mais frequência do que o normal. Bandos de aves voavam em formações esquisitas, uma caligrafia de pássaros em que só se poderia ler um significado se alguém soubesse em que língua havia sido composta.

Num sinal vermelho, quando olhou para o Lexus prateado na pista ao lado, percebeu que o motorista do carro estava olhando para ele: um homem de 40 e poucos anos, de cara dura e sem expressão. Os olhos deles se encontraram e a intensidade do estranho fez Ryan desviar o olhar primeiro.

Dois quarteirões à frente, em outro sinal vermelho, um jovem atrás do volante de uma picape aberta customizada da Ford falava pelo fone bluetooth de um telefone celular. Instalado no ouvido do cara, o telefone disparou em Ryan a lembrança de um antigo filme de ficção científica: um parasita alienígena, montado e controlando seu hospedeiro humano.

O motorista da picape olhou para Ryan e desviou o olhar imediatamente, mas no momento seguinte lançou os olhos furtivamente sobre ele outra vez; e seus lábios se mexiam mais rapidamente, como se Ryan fosse o tema da conversa telefônica.

Quilômetros à frente, quando Ryan saiu da Pacific Coast Highway em direção à Newport Road Coast, ele olhou repetidas vezes para o espelho retrovisor, procurando o Lexus prata ou a picape aberta da Ford.

Em casa, Ryan não encontrou, da escada ao corredor e em nenhum dos quartos, Lee ou Kay Ting, nem o assistente de Lee, Donnie, ou a de Kay, Renata.

Ele ouviu passos leves na laje de pedra e uma porta se fechando em outro quarto. Uma voz distante e uma resposta rápida, ambas ininteligíveis.

Na cozinha, ele rapidamente preparou um almoço antecipado. Evitou comidas frescas e recipientes já abertos e deu preferência ao que estivesse embalado a vácuo em latas ou frascos.

Uma salada de cogumelos, corações de alcachofra, beterrabas amarelas, grãos-de-bico e aspargos brancos ganharam o tempero de um molho de salada italiano saído de uma garrafa fechada e de queijo parmesão ralado de uma lata novinha que ele abriu depois de verificar se alguém já mexera nela.

Ele pôs a salada numa bandeja com talheres e um pacote lacrado de panetone importado. Depois de alguma hesitação, acrescentou um copo de vinho e meia garrafa de chardonnay Far Niente.

Enquanto carregava a bandeja para o seu escritório na ala oeste do andar principal, ele não viu ninguém, embora um aspirador de pó estivesse sendo ligado num cômodo distante.

Nenhum dos quartos tinha câmeras de segurança, mas os corredores, sim. Um vídeo do movimento nos corredores era gravado em DVDs que só eram vistos no caso de a casa ser arrombada ou vítima de algum ladrão que conseguisse penetrar nela.

Ninguém monitorava as câmeras em tempo real. Mas, mesmo assim, Ryan se sentia observado.

Capítulo 11

Em seu home office, Ryan comeu à mesa, olhando pelas amplas janelas para a piscina, em primeiro plano, e o mar, à distância.

O telefone tocou: sua linha mais particular, um número que só pouquíssimas pessoas possuíam. O identificador de chamadas revelou que era Samantha.

— Oi, Pisca-Pisca, você ainda está envelhecendo graciosamente?

— Bem, ainda não apareceu nenhum cabelo no meu ouvido.

— Isso é um bom sinal.

— E meus peitos também não cresceram.

— Você está desenhando um retrato irresistível de si mesmo. Escuta, eu quero pedir desculpas sobre a noite de quarta.

— O que houve na noite de quarta?

— Eu estraguei nosso programa todo, falando da Teresa, de tirarem seu tubo de alimentação, aquela coisa dela passar fome.

— Você nunca estraga nada, Sam.

— Você é um amor. Mas eu quero me redimir com você. Vem jantar aqui em casa essa noite. Vou preparar uma saltimbocca alla romana.

— Eu amo a sua saltimbocca.

— Com polenta.

— Vai dar muito trabalho.

— E Caponata de entrada.

Não tinha motivo para desconfiar dela.

— Por que nós não vamos jantar fora? — sugeriu ele. — Assim não é preciso lavar louça.

— Eu é que vou lavar a louça.

Ele a amava. Ela o amava. Ela era uma ótima cozinheira. Ele estava sucumbindo a um medo irracional.

— É tanto trabalho. E eu ouvi falar de um restaurante novo que é uma beleza.

— Como é que ele se chama?

"O restaurante novo que é uma beleza" era uma mentira. Ryan ia ter que encontrar um. Disse:

— Quero fazer uma surpresa.

— Tem alguma coisa errada?

— Eu só estou com vontade de sair. Quero experimentar esse lugar.

Eles conversaram sobre o que Samantha deveria vestir e a que horas ele iria passar para pegá-la.

— Eu te amo — disse ela.

— Eu te amo — repetiu ele e desligou.

Ryan não havia comido mais do que um terço do almoço, mas acabara de perder o apetite.

Com uma taça de Far Niente, ele saiu de casa, atravessou o pátio e ficou olhando para as fitas de cetim que eram os raios de sol batendo no azulejo italiano de vários tons de azul que margeavam a piscina.

Nisso, ele percebeu que estava mexendo no curativo do pescoço.

Assim como os ciganos liam as palmas das mãos e as folhas de chá, algum xamã leria as amostras daqueles tecidos e lhe diria o seu futuro.

A imagem mental de um cigano à luz de velas o levou a pensar em histórias onde um cacho de cabelo humano era utilizado por um praticante de magia negra para jogar uma maldição sobre ele.

Nas mãos de um feiticeiro vodu, três pedaços úmidos do coração de um homem — mais íntimos e portanto mais poderosos do que cachos de cabelo — podiam ser utilizados para destruí-lo de maneiras particularmente horripilantes.

Quando um calafrio centopeico subiu pela sua coluna, quando seu coração voltou a se acelerar, quando um fio de suor começou a aparecer nos seus cabelos, Ryan ralhou consigo mesmo por se submeter a um pensamento irracional. Uma suspeita sem fundamentos sobre Samantha havia feito uma metástase e se transformado num nonsense supersticioso.

Ele voltou para o escritório e ligou para Samantha.

— Pensando melhor, decidi aceitar a sua saltimbocca.

— O que fez você mudar de ideia?

— Não quero dividir você com um festival de homens invejosos.

— Que festival?

— O garçom, o assistente e todos os homens do restaurante que tiverem a sorte de pôr os olhos em você.

— Às vezes, Pisca-Pisca, há uma linha muito tênue que separa uma pessoa de ser um verdadeiro romântico e um conquistador de merda.

— Só estou falando de coração.

— Muito bem, querido, se você for fazer mais coisas desse tipo hoje à noite, é melhor trazer uma caixinha de areia porque eu não tenho uma.

Ela desligou e, antes que Ryan pudesse afastar o fone do ouvido, ele ouviu o que parecia ser uma rápida risada abafada.

Embora Samantha tenha desligado, o sinal da linha de telefone ainda não havia retornado. Ryan ficou escutando o ruído oco da linha aberta.

— Quem está aí? — perguntou.

Ninguém respondeu.

O telefone de casa era um sistema digital híbrido, com dez linhas, mais as funções de interfone e de campainha da porta. Nenhuma das linhas era compartilhada e nenhum outro telefone da casa podia ouvir uma conversa numa linha que estivesse sendo utilizada.

Ele esperou por mais algum som comprometedor, como alguém prendendo a respiração ou um ruído de fundo no ambiente em que o ouvinte estivesse, mas não conseguiu nada. Ele não tivera mais do que a *impressão* de alguma coisa no ar, uma presença hostil que podia ser real ou não.

Finalmente, recolocou o telefone no gancho.

* * *

Por volta das quatro horas da tarde, antes do prometido, Wilson Mott mandou por e-mail um relatório geral sobre a mãe de Samantha.

Assim que Ryan o imprimiu, ele mandou o e-mail para a lixeira e imediatamente o deletou de lá para se assegurar de que ninguém poderia recuperá-lo. Ele se sentou numa espreguiçadeira na beira da piscina e leu as descobertas de Mott.

Rebecca Lorraine Reach, 56 anos, morava em Las Vagas num condomínio de apartamentos chamado Oasis. Ela trabalhava como crupiê de vinte e um num dos cassinos mais luxuosos da cidade.

De uma maneira provavelmente muito questionável, Mott obteve a foto atual de Rebecca nos arquivos do Nevada Gaming Control Board. Ela não aparentava ter mais do que 40 anos e se parecia incrivelmente com a filha.

Ela era dona de um Ford Explorer. Sua carteira de motorista estava limpa, sem multas.

Rebecca nunca havia sido parte de uma ação penal ou civil em Nevada. Seu relatório de crédito indicava um histórico responsável de empréstimos contraídos.

De acordo com uma vizinha, Amy Crocker, Rebecca raramente mantinha relações sociais com os outros condôminos do Oasis, tinha uma atitude de "eu não estou atrapalhando ninguém", nunca falou que tinha uma filha, viva ou morta, e mantinha um relacionamento amoroso com um homem chamado Spencer Barghest.

Mott relatou que Barghest fora indiciado duas vezes por homicídio no Texas, e nas duas foi absolvido. Como um notório ativista do direito de morrer, ele estivera presente em inúmeros suicídios assistidos. Havia razões para crer que algumas das pessoas que ele assistira não eram doentes terminais — nem mesmo crônicos — e que as assinaturas em seus pedidos de pôr fim à vida teriam sido falsificadas.

Ryan não tinha a menor ideia de como se realizava um suicídio assistido. Talvez Barghest fornecesse uma overdose de sedativos, que seria uma espécie de envenenamento indolor, mas ainda assim um envenenamento.

O relatório de Mott incluía uma foto de Spencer Barghest. Ele tinha o rosto ideal para um humorista solo: feições agradáveis, mas flexíveis, um sorriso experiente, mas também insinuante, e uma mecha de cabelos brancos num estilo meio punk que parecia divertido num sujeito de 50 e poucos anos.

Como estava seriamente doente, Ryan ficou preocupado de se encontrar a apenas três graus de separação de um homem que se sentiria feliz em lhe garantir a paz eterna, desejasse ele isso ou não.

A descoberta, no entanto, não confirmava o seu sentimento intuitivo de que a mãe de Samantha — ou talvez a própria Samantha — estivesse ligada ao seu súbito problema de saúde.

A vida era frequentemente marcada por sincronicidades, conexões surpreendentes que pareciam significativas. Mas coincidência era só coincidência.

Barghest podia ser um sujeito dos mais desagradáveis, porém não havia nada de sinistro em seu relacionamento com Rebecca, e nada que o ligasse a Ryan.

Em seu atual estado mental, ele tinha que se cuidar contra uma tendência à paranoia. Uma inclinação infeliz desse gênero já o havia levado a encomendar um relatório a Mott sobre a mãe de Samantha.

Rebecca se mostrara uma mulher comum que levava uma existência sem nada de mais. A desconfiança de Ryan havia sido irracional.

Agora que pensava no assunto, a presença de Spencer Barghest na vida de Rebecca Reach não era sequer surpreendente. Não se qualificava nem na categoria das coincidências, muito menos de uma suspeita.

Há seis anos, ela tomara a difícil decisão de tirar o tubo de alimentação de sua filha com danos cerebrais. Um enorme fardo de culpa deve ter tomado conta dela — especialmente quando Samantha discordou tão visceralmente da decisão.

Para atenuar a culpa, Rebecca pode ter se interessado por livros sobre o direito de morrer, em busca de justificativas filosóficas por aquilo que fez. Ela pode até ter se juntado a uma organização de ativistas e num dos encontros ter conhecido Spencer Barghest.

Como Samantha não teve mais contato com a mãe desde a morte de Teresa, ela provavelmente nem devia saber da relação entre Barghest e Rebecca.

Envergonhado por ter nutrido qualquer desconfiança sobre Sam, Ryan se levantou da espreguiçadeira à beira da piscina e voltou ao estúdio.

Ele se sentou à escrivaninha e ligou o triturador de papéis. Por um longo período, ouviu o motor girando e as lâminas em ação.

Finalmente, desligou o aparelho. Colocou o relatório no cofre de uma parede atrás de um painel deslizante nos fundos de um armário embutido.

O medo havia tomado conta dele a tal ponto que não conseguia mais se desgrudar.

Capítulo 12

AO LONGO DOS ANOS, O IMENSO PIMENTEIRO FEZ A VOLTA ao longo da varanda do segundo andar. Consequentemente, a sensação de estar em uma casa da árvore era maior lá do que quando se olhava pela janela do apartamento.

Samantha havia estendido uma toalha quadriculada vermelha e branca sobre a mesa do pátio e colocou os pratos brancos, os descansos e um pote vermelho de rosas brancas.

Atravessando a árvore, os dourados raios de sol do fim de tarde a banharam com uma imensidão de moedas brilhantes quando ela serviu a Ryan um Cabernet Sauvignon que estava além do seu orçamento, enquanto ele mentia para ela sobre a razão do curativo no pescoço.

Em seguida a um pôr do sol escarlate e um anoitecer violeta, ela acendeu velas e serviu o jantar enquanto as estrelas apareciam, com um CD da Connie Dover de música celta tocando baixinho.

Permitindo que o medo levantasse desconfianças a respeito de Samantha e pedindo um relatório sobre a situação da mãe dela, Ryan no início esperava sentir-se meio confuso em sua companhia. Em certo sentido, ele havia traído a confiança dela.

No entanto, logo se sentia à vontade com Sam. Sua beleza singular fazia mais para levantar o astral de Ryan do que o vinho. Um jantar soberbamente preparado era menos nutritivo do que a maciez dourada e imaculada da pele dela.

Depois do jantar, depois de empilharem a louça na pia, e tomando os últimos goles de vinho, ela disse:

— Vamos para a cama, Pisca-Pisca.

De repente, Ryan passou a se preocupar com que a impotência pudesse ser outro sintoma da doença. Mas não precisava.

Na cama, em pleno ato, ele se perguntou rapidamente se uma transa poderia estressar seu coração e disparar outro ataque. Mas sobreviveu.

Mais tarde, enroscados, com o braço em volta de Samantha e a cabeça dela em seu peito, ele disse:

— Sou tão idiota.

Ela suspirou.

— Imagino que você só tenha chegado a essa conclusão agora — disse Sam.

— Não. Eu já tinha pensado nisso antes.

— Então, o que foi que aconteceu recentemente para te lembrar?

Se ele confessasse as suas desconfianças absurdas, seria obrigado a revelar sua questão de saúde. E não queria preocupá-la até receber o relatório do Dr. Gupta e conhecer o real tamanho do problema.

Em vez disso, falou:

— Joguei fora aquelas sandálias.

— Aquelas que foram feitas de pneus reciclados?

— O nome da empresa me fazia de bobo: Green Footwear.

— Você é uma gracinha, Pontocom, mas continua sendo um geek.

Por bastante tempo, eles não falaram nada de importante, o que às vezes pode ser o melhor tipo de conversa.

Samantha caiu no sono, uma imagem de ouro na luz, e Ryan logo trocou a visão tranquilizante pelos seus sonhos.

E um sonho fluía para outro, até que ele se encontrou numa cidade no fundo do mar, ao pé de um abismo. Torres, palácios e campanários eram iluminados pela luz sinistra que banhava os domos, as torres e os salões dos reis, os templos, os muros iguais aos da Babilônia. Ele flanou por ruas inundadas, afogado no silêncio do fundo do mar... até ouvir uma batida grave, carregada de uma ameaça melancólica. Embora conhecesse a fonte do som, não se atreveu a dar-lhe um nome, pois agir assim seria reconhecer que ela existia.

Despertou à meia-luz. O horror que pesava sobre Ryan não era de uma ameaça iminente, mas de um perigo monumental que sentia se aproximar nas semanas e nos meses seguintes. Não se referia à falência de seu corpo, mas uma ameaça pior e sem nome. Seu coração não se acelerava, mas cada batida era como a pesada queda de um pistão numa máquina enorme e lenta.

Embora o aroma cativante de Samantha se prendesse aos lençóis, ela levantara da cama enquanto Ryan dormia. E ele ficou sozinho no quarto.

O relógio digital na cabeceira marcava 23:24. Ele dormira menos de uma hora.

A luz que entrou pela porta entreaberta trouxe à memória o brilho estranho da cidade submersa de seu sonho.

Ele vestiu as calças e, descalço, partiu à procura de Sam.

Na sala de estar e de jantar conjunta, ao lado de um poltrona, um abajur feito de bronze e com uma cobertura de vidrinhos propiciava uma iluminação cor de conhaque, desenhando o chão com o brilho e a sombra dos pedacinhos de vidro.

A cozinha era uma continuação da sala principal e lá a porta se abria para a varanda, na qual eles se sentaram para jantar.

As velas estavam apagadas. Só o brilho leve da lua pairava no ar, com os galhos da árvore antiga e seus tentáculos na penumbra.

O ar fresco era levemente aromatizado pelo oceano ali perto e, mais generosamente, pelo jasmim que florescia à noite.

Samantha não estava na varanda. As escadas desciam até o pátio entre a garagem e a casa.

Vozes sussurrantes surgiram lá de baixo, afastando Ryan das escadas e o levando até o parapeito. Olhando para baixo, ele enxergou Samantha, pois a luz da lua desvalorizava seu cabelo, do ouro para a prata, e lhe acariciava o robe de seda perolado.

A segunda pessoa estava na sombra, mas, pelo timbre da voz, Ryan sabia que era um homem.

Ele não conseguia ouvir o que falavam e não conseguia sentir o clima da conversa pelo ritmo das palavras.

Como na despensa principal de sua casa na noite anterior, quando tentara, sem sucesso, ouvir uma conversa sussurrada na cozinha, ele estava sendo tomado por um desconforto arrebatador, por uma sugestão atemorizante de dimensões ocultas e significados secretos em coisas que até então pareciam simples, claras e totalmente fáceis de se entender.

Pela mudança do tom em suas vozes, Ryan inferiu que o par lá embaixo havia chegado ao fim da conversa. De fato, o homem se afastou de Samantha.

Enquanto o estranho ia embora, as sombras primeiro se agarraram a ele, mas depois cederam. O brilho da lua iluminava, mas era, ao mesmo tempo, nebuloso e misterioso, escondendo tanto quanto revelando.

Alto, magro e se movendo com a confiança de um atleta, o homem cruzou o gramado banhado pela luz da lua em direção à ruazinha atrás da garagem, o cabelo branco e cortado ao estilo punk, como se usasse uma coroa de gelo recortada.

Spencer Barghest, suposto amante de Rebecca Reach, um guia ansioso e compassivo para os suicidas, só ficou visível por um breve instante. A luz da lua se encolheu em seu corpo, e as sombras o envolveram. Os galhos e as folhas do pimenteiro da Califórnia atrapalharam e bloquearam qualquer chance de enxergá-lo um pouco mais.

Lá embaixo, Samantha se virava para subir a escada.

Capítulo 13

Ryan recuou descalço na varanda e atravessou a porta aberta. Ele se virou e correu pela cozinha, em direção ao quarto da frente.

Lá, ele tirou as calças, estendeu-as sobre a poltrona, como estavam, e voltou para a cama.

Sob as cobertas, Ryan percebeu que não havia pensado friamente em recuar, mas que instintivamente escolhera evitar qualquer confronto. Olhando para trás, não tinha tanta certeza se optara pelo melhor caminho.

Fingindo dormir, ele ouviu Samantha entrar no quarto e o farfalhar de seda de seu robe sendo retirado.

Mais uma vez sob as cobertas, ela perguntou suavemente:

— Ryan?

Quando ele não respondeu, Sam repetiu o nome dele.

Se pensasse que ele estivesse fingindo dormir, ela poderia desconfiar de que Ryan tivesse visto ou ouvido alguma coisa do encontro embaixo do pimenteiro. Por isso, ele respondeu sonambulamente:

— Hmmmm?

Ela se esfregou nele e pegou o que queria.

Nas atuais circunstâncias, ele não pôde acreditar como conseguiu estar à altura dos acontecimentos. Ficou surpreso — e horrorizado — ao descobrir que o tesão falava mais alto do que a preocupação de que ela fosse culpada de dissimulação, para não falar de jogo duplo.

As qualidades que achava serem mais eróticas numa mulher eram inteligência, humor, afeto e doçura. Samantha possuía todas as quatro e não tinha como fingir as duas primeiras, embora agora ele suspeitasse que a inteligência dela fosse do tipo que levasse à manipulação e à crueldade. Ryan se perguntou se ela de fato o amava e queria o melhor para ele ou se passara esse tempo todo o enganando.

Durante a vida, Ryan nunca havia feito amor quando seu coração era um caldeirão de sentimentos tão disparatados, quando a paixão física estava desacompanhada das emoções mais sensíveis. Aliás, amor parecia não ter nada a ver com o que fazia.

Quando o momento passou, Samantha o beijou na testa, no queixo, na garganta e murmurou:

— Boa noite, Pisca-Pisca.

E se afastou dele, virando para o outro lado.

Logo sua respiração de boca aberta indicava que ela dormia. Ou fingia que dormia.

Ryan pôs dois dedos na própria garganta para sentir o pulso. Ficou maravilhado com o batimento regular e lento, o que parecia ser mais uma enganação, a mais íntima de todas até agora: seu corpo fingindo estar saudável quando, na verdade, estava em pleno processo de deixá-lo na mão.

Por uma hora, ele ficou olhando para o teto. Estava, porém, examinando, com o olho da memória, esse ano em que havia amado Samantha. Tentou se lembrar de qualquer incidente que, sob essa nova perspectiva, pudesse sugerir que ela tivesse intenções mais obscuras do que as que ele atribuíra, na época.

A princípio, nenhuma de suas ações ao longo dos meses parecia minimamente dissimulada. No entanto, quando Ryan examinava os mesmos momentos uma segunda vez, sombras começavam a cair onde não existiam e cada lembrança era tingida com uma impressão de motivos ocultos e conspirações secretas assomando nos bastidores.

Nenhuma trapaça específica lhe ocorria, nenhum exemplo de um possível jogo duplo antes desses últimos dias; no entanto, uma corrente de desconfiança rastejava pelos seus nervos.

A tendência à paranoia que contaminava a cultura contemporânea sempre o deixava inquieto. Ryan se envergonhava em se refestelar no mesmo tipo de autoengano que o incomodava nos outros. Ele dispunha de alguns fatos perturbadores, mas estava tentando fabricar outros a partir de fantasias febris.

Ryan se levantou silenciosamente da cama e Samantha não se mexeu.

Uma janela convidava a luz da lua, que caía tão fraca nesse ambiente que ele não teria percebido a posição dos móveis se já não estivesse familiarizado com o quarto.

Mais do que meio cego, mas um cego com intuição, ele encontrou suas roupas, vestiu-se e silenciosamente navegou pelo quarto. Sem fazer um ruído, fechou a porta atrás de si.

A familiaridade com a planta da casa e os olhos adaptados ao escuro permitiram que ele chegasse à cozinha sem dar um passo em falso, nem bater em nada. Acendeu a luz em cima da pia.

Num bloco ao lado do telefone, ele deixou um recado:

Sam, aquela insônia maluca me atacou outra vez. Estou muito agitado para ficar deitado. Te ligo amanhã. Te amo, Pisca-Pisca.

Ele voltou de carro para casa, onde preparou uma mala.

A grande casa estava tão silenciosa quanto o vácuo entre os planetas. Embora ele só tenha feito alguns poucos ruídos, cada um parecia ter a intensidade de um trovão.

Dirigiu até um hotel, onde nenhum dos funcionários da casa ou de sua vida particular pensaria em procurá-lo.

Num quarto anônimo, numa cama macia demais, ele dormiu tão profundamente por seis horas que nem chegou a sonhar. Quando se levantou no domingo de manhã, estava na mesma posição fetal com a qual tinha ido dormir.

Suas mãos doíam. Evidentemente, ele havia cerrado os punhos mais uma vez, pela maior parte da noite.

Antes de pedir o café da manhã no quarto, Ryan deu dois telefonemas. O primeiro para Wilson Mott, o detetive. O segundo foi para pedir que um dos jatinhos executivos da Be2Do fosse preparado para levá-lo a Las Vegas.

Capítulo 14

As FACAS EMPUNHADAS PELO SOL DO DESERTO CORTAVAM o ar até os ossos, e o calor que subia da pista do aeroporto era seco como os restos de um mar morto.

O Learjet e a tripulação ficariam à espera para voltar com Ryan para o sul da Califórnia na manhã seguinte.

Uma Mercedes sedã preta com motorista o esperava no terminal dos aviões particulares. O motorista se apresentou como George Zane, empregado da empresa de segurança de Wilson Mott.

Vestia um terno preto, camisa branca e gravata preta. Em vez de calças, ele usava botas, e as pontas dos pés pareciam ser revestidas de aço.

Duas ataduras de gaze marcavam sua cabeça raspada em cima das sobrancelhas. Alto, musculoso, com um pescoço enorme, grandes narinas e olhos intensos e escuros como a casca de uma ameixa, Zane dava a impressão de que sua linhagem de antepassados incluía sangue de touro, o que sugeria que as cicatrizes na sua testa seriam o resultado da retirada cirúrgica dos chifres.

Ele não só era motorista, como também guarda-costas e mais alguma coisa. Depois que Zane guardou a mala de Ryan no porta-malas, abriu a porta traseira do sedã para ele e o presenteou com um telefone celular descartável.

— Enquanto estiver aqui, faça todas as suas ligações com isso. Nunca ninguém vai conseguir chegar até você.

Como uma limusine, esse sedã customizado era equipado com um painel de privacidade elétrico entre os bancos da frente e de trás.

Pelas janelas escuras, Ryan olhou para as montanhas nuas do deserto no horizonte, até que o labirinto de hotéis e cassinos que se aproximava bloqueou a visão do mundo natural.

No hotel onde Ryan iria ficar, Zane estacionou numa área VIP. Enquanto Ryan esperava no carro, o motorista levou a mala para dentro.

Quando Zane retornou, ele abriu a porta de trás para entregar a Ryan um cartão eletrônico, a chave.

— Quarto 1.100. É uma suíte. Está registrada em meu nome. O seu não aparece em lugar nenhum, senhor.

Enquanto se afastavam do hotel, o celular descartável tocou e Ryan atendeu.

Uma mulher falou:

— O senhor está pronto para ver o apartamento de Rebecca?

Rebecca Reach, a mãe de Samantha.

— Estou — afirmou Ryan.

— É o número 34, no segundo andar. Já estou dentro dele.

E desligou.

Longe da famosa Strip, Las Vegas era um subúrbio queimado e estatelado. As casas de estuque claro refletiam o sol incruento do Mojave, e muitos desenhos paisagísticos incluíam pedrinhas, rochas, cactos e árvores de frutas.

As folhas das palmeiras pareciam ressecadas. As oliveiras estavam mais cinza do que verdes.

Faixas de calor, elevando-se de enormes estacionamentos, faziam os shopping centers tremeluzirem e mudarem de forma, igual à cidade submersa em seu sonho perturbador.

Areia, ervas secas e lixo sufocavam trechos de terrenos não cultivados.

* * *

O Oasis, um condomínio de alto nível de dois andares, era uma estrutura cor de creme com teto de azulejos azul-turquesa. O muro que escondia o pátio interno era decorado com uma caravana de camelos art déco em cerâmica que combinava com a cor do telhado.

Atrás dos apartamentos ficavam as garagens, assim como o estacionamento dos visitantes, protegidas por treliças horizontais enfeitadas com buganvílias roxas.

Zane abaixou o painel de privacidade e as duas janelas da frente antes de desligar o motor.

— É melhor entrar sozinho — instruiu ele. — Aja naturalmente.

Depois de sair do carro, Ryan chegou a pensar em voltar na mesma hora e cancelar toda essa operação altamente questionável.

Mas a lembrança de Spencer Barghest, debaixo do pimenteiro, falando com Samantha, e a mecha de cabelos superbrancos à luz da lua fizeram Ryan se lembrar do que precisava saber e por que precisava saber.

Depois do portão havia um caminho coberto até o pátio, mas ele só podia ser aberto com a chave do morador. Ryan teve de dar a volta até a entrada pública.

O portão de ferro tinha o desenho de uma palmeira e recebeu um acabamento para parecer uma pátina verde de cobre.

No meio do pátio ficavam uma grande piscina e um spa com azulejos turquesa. Leves fumaças de cloro tremiam no ar seco e pareciam vibrar nas narinas de Ryan.

Morenos e cobertos de bronzeador, uns poucos moradores se deitavam nas espreguiçadeiras à procura de um melanoma. Nenhum olhou em sua direção.

O grande deque que servia aos apartamentos do segundo andar formava o teto de uma varanda contínua que beneficiava as unidades do primeiro andar. O paisagismo elegante incluía jerivás de diversas alturas, que ajudavam muito a evitar as três alas do prédio de se verem.

Ryan subiu pela escada externa e encontrou o apartamento 34. A porta estava entreaberta e se abriu mais quando ele se aproximou.

Esperando por ele no hall se encontrava uma morena atraente com uma boca de lua de mel e olhos fúnebres do granito cinzento de um túmulo.

Ela trabalhava para Wilson Mott. Embora fosse totalmente feminina, dava a impressão de que poderia proteger qualquer virtude que possuísse e ainda deixar as marcas da sola de sapato no rosto de seu eventual agressor.

Fechando a porta atrás de Ryan, ela disse:

— Rebecca é crupiê diurna. Ainda vai ficar horas no cassino.

— Encontrou alguma coisa incomum?

— Ainda não olhei, senhor. Não sei o que está procurando. Só estou aqui para ficar de guarda na porta e tirá-lo daqui num instante.

— E qual é o seu nome?

— Se eu lhe dissesse, não seria o verdadeiro.

— Por que não?

— Porque o que nós estamos fazendo aqui é ilegal. E eu prefiro o anonimato.

Pelo jeito como agia, Ryan percebeu que ela não aprovava a missão. Evidentemente, não era a vida dela, mas a dele que estava em risco.

Na ausência de Rebecca Reach, o ar-condicionado estava ligado a 21 graus, o que sugeria que ela não vivia com as contas apertadas.

Ryan começou a busca pela cozinha, meio que esperando encontrar uma variedade de venenos na despensa.

Capítulo 15

No começo, vasculhando o apartamento de Rebecca Reach, Ryan se sentia como um ladrão, embora não tivesse intenção de roubar coisa alguma. Um rubor brilhava em seu rosto, e a culpa fazia o ritmo de seu coração se acelerar.

Quando terminou a cozinha, a sala de jantar e a sala de estar, ele decidiu que não podia se dar ao luxo da vergonha ou de qualquer emoção mais forte precipitar um ataque. E dali em diante prosseguiu com o distanciamento de um cirurgião.

Pela decoração, deduziu que Rebecca se importava pouco com os prazeres da casa e do fogão. Os pouquíssimos móveis eram de tons monótonos, cinza e bege. Só uma peça de arte — um nada abstrato — estava pendurada na sala de estar e nenhuma na sala de jantar.

A falta de um único souvenir ou lembrança de viagem indicava que ela não era uma mulher sentimental.

Pela falta de poeira, pela ordem alfabética dos temperos na cozinha e pelo arranjo preciso das seis almofadas do sofá, Ryan estabeleceu que Rebecca valorizava a limpeza e a ordem. Os indícios apontavam que ela era uma pessoa formal, com um coração austero.

Enquanto Ryan passava para o estúdio, o telefone celular descartável tocou. Nenhuma identificação de chamada aparecia no visor.

Quando disse alô, ninguém respondeu, mas depois que Ryan saudou pela segunda vez, uma mulher começou a murmurar uma canção suavemente. Ele não reconheceu a música, mas o canto era doce e melodioso.

— Quem é? — perguntou ele.

A voz macia suavizou ainda mais, diminuiu um pouco, ficou fraca, mas ainda alegre, e diminuiu um pouco mais até se transformar em silêncio.

Com a mão livre, ele tocou o curativo no pescoço, onde um dia antes um cateter havia sido inserido em sua jugular.

Embora a cantora não tivesse dito uma palavra, talvez subconscientemente Ryan tenha reconhecido a voz — ou pensado que reconhecera —, porque em sua mente destravada surgiram os olhos verde-esmeralda e o rosto escuro e macio de Ismay Clemm, a enfermeira do laboratório de diagnósticos cardíacos do hospital.

Depois de ter esperado quase um minuto para a cantora recuperar a voz, ele apertou DESLIGAR e devolveu o celular ao bolso das calças.

Na memória, Ryan ouvia o que Ismay havia lhe dito enquanto ele cochilava e acordava, recuperando-se do sedativo:

Você consegue ouvi-lo, não consegue, garotinho? É claro que consegue. Mas você não deve ouvi-lo, garotinho.

Um grande arrependimento tomou conta de Ryan e por um instante ele quase saiu correndo do apartamento. Lá não era o seu lugar.

Inspirando profundamente e expirando devagar, ele lutou para equilibrar os nervos.

Ryan havia vindo a Las Vegas descobrir a verdade sobre uma ameaça contra sua vida, para determinar se ele só teria que temer a natureza ou se, em vez disso, a uma rede de conspiradores. Sua sobrevivência poderia depender do término dessas investigações.

O escritório de Rebecca se mostrou tão pouco decorado e impessoal quanto os demais cômodos. A mesa dela não tinha nada em cima.

Uns cem livros de capa dura cobriam um conjunto de prateleiras. Todos eram de não ficção, relacionados ao autoaperfeiçoamento e a investimentos.

Uma investigação mais profunda revelava que nenhum dos livros oferecia um programa sério, fosse para o autoconhecimento ou para o gerenciamento inteligente do dinheiro. Falavam sobre o poder místico do pensamento positivo, sobre desejar o sucesso, sobre um ou outro antigo segredo que garantiam que revolucionaria a sua vida e as suas finanças.

Essencialmente, eram livros que prometiam uma riqueza rápida. Prometiam grande prosperidade com pouco trabalho.

Que Rebecca colecionasse tantos livros desse gênero sugeria que ela havia atravessado os anos sonhando com a riqueza. Agora, aos 56 anos, a decepção e a frustração a haviam deixado amargurada — e impaciente.

Nenhum desses livros iria sugerir que você devesse casar a sua filha com um homem rico e envenená-lo para assumir o controle da fortuna dele. Qualquer analfabeto poderia conceber um plano assim, sem necessidade de se inspirar num livro.

Na mesma hora, Ryan lamentou ter chegado rapidamente a uma conclusão tão pouco lisonjeira. Ao desconfiar que Rebecca fosse capaz de uma vilania desse tipo, ele estava sendo injusto com Samantha.

Alguns meses atrás, ele a havia pedido em casamento. Se ela estivesse envolvida num esquema para assassiná-lo e ficar com o dinheiro, teria aceito a proposta no ato. E a essa altura já seriam marido e mulher.

Numa das gavetas da escrivaninha, Ryan encontrou oito revistas. No alto da pilha estava a edição da *Vanity Fair* com o perfil que Samantha havia escrito sobre ele.

Cada uma das outras sete revistas, publicadas num período de dois anos, trazia um artigo escrito por Samantha.

Sam podia não falar mais com a mãe, mas Rebecca aparentemente acompanhava a carreira da filha com bastante interesse.

Ele folheou todas as revistas, procurando por uma carta, um bilhete, um post-it, qualquer coisa que provasse que Samantha teria mandado as revistas para a mãe. Mas a busca foi inútil.

No bem-arrumado banheiro e no grande quarto, ele não encontrou nada de interessante. No que dizia respeito a Rebecca, para não falar da filha, Ryan tinha descoberto o suficiente para transformar a sua desconfiança numa falta de confiança.

A funcionária sem nome de Wilson Mott esperava no hall. Depois de trancar a porta atrás deles, ela saiu do apartamento com Ryan.

Ela o surpreendeu ao pegar na sua mão e sorrir como se fossem dois namorados saindo para o almoço e uma tarde de aventuras. Talvez utilizando a teoria de que ninguém iria suspeitar deles se chamassem a atenção para si, ela tagarelou animadamente sobre um filme que havia visto recentemente.

Enquanto eles seguiam pela varanda comum que servia o segundo andar e desciam as escadas ao ar livre para o pátio, Ryan tentou responder duas vezes. Nas duas ela riu animada, como se ele fosse dono de uma conversa das mais inteligentes.

Tanto a voz como a risada dela eram musicais, os olhos brilhando com o sentimento de alegria de uma criança.

Quando atravessaram o portão da frente verde-cobre, saindo do pátio para a calçada pública em frente ao Oasis, a voz dela perdeu toda a musicalidade. Os traços bem-humorados em sua boca madura ficaram totalmente planos, e os olhos voltaram a ficar cinzentos como um túmulo.

Ela se soltou dele e esfregou a mão no vestido.

Morto de vergonha, Ryan percebeu que sua mão estivera empapada de suor enquanto ela o conduzia.

— Meu carro está na outra quadra — disse ela. — George vai levar o senhor até o seu hotel.

— E Spencer Barghest?

— Está em casa agora. Temos razões para crer que ele vá sair hoje à noite. Aí vamos te levar até onde ele mora.

Enquanto Ryan a observava se afastar, ele se perguntou quem seria ela quando não estava trabalhando para Wilson Mott. Seria aquele olhar frio e cinzento a melhor indicação de quem era realmente — ou seriam a sua risada musical e os olhos de criança que falavam a verdade?

Agora ele já não tinha mais confiança alguma de que podia descobrir a verdade essencial de ninguém.

Voltou à Mercedes sedã, onde George Zane o esperava.

Na volta para o hotel, olhando pelos vidros fumê, o mundo parecia mudar sutil, mas continuamente, diante dos olhos cansados de Ryan — endurecido pelo sol, dobrado pela sombra, cada superfície mais dura do que ele se lembrava, cada canto mais afiado —, até parecer que essa não era a Terra em que ele havia nascido.

Capítulo 16

Do hotel, usando o seu celular em vez do telefone descartável, Ryan Perry ligou para Samantha, porque prometera fazer isso nas poucas linhas que escrevera no bloquinho da cozinha, na noite passada.

Ele ficou aliviado quando a ligação foi parar no correio de voz. Disse que tinha voado a Denver para um compromisso inesperado e que voltaria na terça.

Falou também que a amava e, para ele, isso pareceu ser verdade.

Embora raramente bebesse vinho antes do jantar, Ryan pediu meia garrafa de Lancaster Cabernet Sauvignon com o almoço no quarto.

Ele tinha a intenção de ir até o cassino onde Rebecca Reach trabalhava como crupiê de vinte e um. Queria olhá-la em carne e osso.

Embora ele não tivesse intenção de jogar na mesa dela, agora parecia pouco inteligente até mesmo observá-la à distância. Se Rebecca tivesse lido o artigo que a filha escreveu para a *Vanity Fair*, teria visto as fotos de Ryan.

Talvez Rebecca tenha mantido contato com a filha, ao contrário do que dissera Samantha, e nesse caso não deveria nem ver Ryan de relance ali, quando ele dizia estar em Denver.

Após o almoço, ele pendurou o aviso de NÃO PERTURBE na porta. Relaxado pelo vinho, deitou-se inteiramente vestido na cama.

A luz dura do deserto tentava entrar pelas cortinas fechadas, mas o quarto estava fresco, sombreado e narcoléptico.

Ryan sonhou com a cidade submarina. Uma luz lúgubre brilhava por entre o abismo, projetando sombras atormentadas através das torres, dos campanários, dos palácios, sobre pavilhões de ervas esculpidas e flores de pedra.

Flanando através das ruas escuras, mas estranhamente iluminadas, ele se movia mais como um fantasma do que como um nadador. Logo percebeu que estava perseguindo uma figura espectral, algo ou alguém pálido.

Quando a sua presa olhou para trás, viu que era Ismay Clemm. A palidez vinha do uniforme de enfermeira. Ryan tinha uma pergunta urgente, embora não conseguisse se lembrar. Por todo o sonho, ele não se aproximou o suficiente de Ismay para sua voz chegar até ela, através das ruas submersas.

O dia estava desaparecendo por trás das cortinas quando Ryan acordou. Num lago de escuridão, os móveis da suíte assomavam como ilhas cinzentas.

Tenha sido ele acordado ou não pelas batidas leves e insistentes, Ryan podia ouvi-las agora. A desorientação que acompanhava o desembarque repentino de um sonho desapareceu lentamente, até que ele identificasse o quarto ao lado como a fonte do ruído.

Na sala de estar, acendeu uma luz, e as batidas o conduziram até a porta. Ele observou através do olho mágico que dava para o corredor, mas não havia ninguém lá.

Agora que Ryan estava totalmente acordado, o *tap-tap-tap* parecia vir de uma janela na sala de estar que oferecia uma ampla vista da Strip de Las Vegas.

No horizonte, a gota de sangue que era o sol pressionava sobre montanhas recortadas, inchadas, arrebentadas e tingidas de vermelho através dos céus do oeste.

Aqui, no 11º andar, nada batia na janela a não ser as luzes piscantes e o neon tremeluzente dos cassinos que, com a noite chegando, usavam o pisca-pisca das luzes e um falso glamour para seduzir os rebanhos endinheirados das ruas em direção à ruína.

Afastando-se da janela, Ryan ouviu a batida leve vindo de outra direção. Ele a seguiu até a porta do banheiro, que havia deixado fechada.

A porta só podia ser trancada por dentro. Ninguém poderia estar lá no interior, pedindo para sair.

Hesitando, e com uma sensação cada vez maior de estar em perigo, Ryan entrou no banheiro, acendeu a luz e piscou, ofuscado por tantos reflexos luminosos.

Uma qualidade nova, oca e sonora do ruído sugeria que podia estar vindo de um cano. Depois de abrir a porta para o chuveiro e se abaixar sob as duas pias, ele ainda não conseguira identificar a fonte.

Atraído de volta ao quarto, Ryan agora achava que o *tap-tap-tap* vinha de uma grande tela de TV de plasma, embora nunca a tivesse ligado.

Você não deve ouvi-lo, garotinho.

A súbita deterioração de sua saúde o havia deixado emocionalmente vulnerável. Ele começou a duvidar de sua estabilidade mental.

Na cabeceira, o telefone celular descartável começou a tocar.

Quando Ryan atendeu, George Zane falou:

— O caminho está livre para a sua segunda visita. Vou estar aí na frente em meia hora com o meu carro.

Ryan apertou a tecla DESLIGAR, pôs o telefone na mesa e esperou o som das batidas voltar.

O silêncio insistente não diminuiu sua ansiedade desfocada. Ele não havia deixado ninguém entrar na suíte; no entanto, tinha a sensação de não estar mais sozinho.

Resistindo a um desejo irracional de vasculhar todos os cantos e armários, Ryan tomou uma chuveirada rápida. Quando o vapor embaçou a porta de vidro, ele a esfregou para manter uma visão clara do banheiro.

Vestido e pronto para a noite, ele não se sentia nem refrescado nem menos preocupado com a possível presença de outra pessoa na suíte. Rendendo-se à paranoia, procurou nos armários e atrás dos móveis.

Tentou arrastar a porta que dava para a varanda. Travada. E, de qualquer maneira, não havia ninguém lá fora.

No espaçoso hall, Ryan olhou para o seu reflexo no espelho acima da penteadeira. E, embora meio que esperasse que alguém surgisse por trás dele na suíte, ninguém apareceu.

Capítulo 17

Spencer Barghest, duas vezes indiciado por homicídio no Texas e duas vezes absolvido, morava num bairro de classe média de casas de rancho de um só andar.

Depois que George Zane passou pelo endereço e estacionou meio quarteirão além, do outro lado da calçada, Ryan foi a pé até lá.

O ar da noite quente estava tão seco que não sustentava os aromas das árvores e dos arbustos em flor, apenas o cheiro alcalino genérico do deserto que a cidade incorporou, mas não conseguiu suplantar.

Os holofotes de iluminação, presos no alto de melaleucas rendilhadas, projetavam na calçada da frente sombras de folhas tão quebradiças que poderiam se despedaçar debaixo dos pés.

A luz brilhava atrás das cortinas das janelas, e a morena sem nome de boca doce e olhos de pedra o cumprimentou antes que ele tocasse a campainha.

Lá dentro, depois que a mulher fechou a porta, Ryan perguntou:

— Quanto tempo eu tenho?

— No mínimo, umas três ou quatro horas. Ele saiu para jantar com Rebecca Reach.

— E eles vão passar todo esse tempo jantando?

— Jantar e uma dança horizontal no apartamento dela. Segundo nossas fontes, Barghest é um cowboy movido a Viagra. Não passa um dia sem tomar uma dose e cavalgar.

— Quer dizer que o Dr. Morte é um Don Juan?

— Você está enchendo demais a bola dele. Ele está mais para uma vagabunda.

— E se vierem para cá?

— Não vão vir. Talvez algumas mulheres malucas achem que a decoração daqui é estimulante, mas a maioria não. Rebecca é uma das que não acham.

Na sala, ela mostrou o que queria dizer. Além dos móveis que já se esperava encontrar, havia dois homens e uma mulher mortos, todos nus.

Depois de ler um artigo de jornal sobre exibições de arte cadavérica que faziam tours por importantes museus, galerias e universidades no país inteiro, Ryan percebeu imediatamente que os corpos não eram esculturas, nem cópias de pessoas mortas. Eram cadáveres muito bem-conservados.

Os mortos haviam sido tratados com soluções antibacterianas, agentes de secagem e inúmeros conservantes. Depois foram submersos em poliuretano, que os lacrou numa espécie de verniz que não deixava o ar entrar e impedia a decomposição, e foram fixados em armações que os apoiavam em diversas posições.

Um dos homens aparentemente havia morrido de uma doença que destruíra o seu corpo; estava emaciado. Os lábios estreitos estavam bem-cerrados. Um olho estava fechado, o outro aberto. Aparentemente, ele não tivera coragem de encarar de frente a Morte que se aproximava.

O segundo homem parecia saudável; a causa da morte não era evidente. Ele parecia estar vivo, a não ser pelo fato de que o poliuretano o fazia brilhar da cabeça até os pés como um peru de Natal todo besuntado.

Evidentemente, a mulher de meia-idade havia morrido logo depois de uma cirurgia para a retirada de um seio, porque as terríveis cicatrizes não haviam se fechado antes de ela falecer. Do mesmo modo que os homens, sua cabeça tinha sido raspada.

Seus olhos azuis encararam Ryan com um olhar de mortificação e horror, como se soubesse das atrocidades a que fora submetida depois de morta.

Quando conseguiu falar, Ryan disse:

— As autoridades sabem que ele guarda essas coisas aqui?

— Cada... pessoa da coleção autorizou, antes de morrer, que Barghest exibisse os seus corpos; ou então a família autorizou. Já foram mostrados em vários eventos.

— Algum perigo para a saúde pública?

— Os especialistas dizem que não há nenhum.

— Certamente não é muito bom para a saúde *mental* de ninguém.

— Já foi tudo autorizado. Os tribunais acreditam que se trata de uma forma legítima de arte, uma declaração política, antropologia cultural, educacional, moderna, engraçada, o maior barato.

Nauseado — não por se encontrar na companhia de gente morta, mas porque achava que a exploração delas era uma afronta à dignidade humana —, Ryan desviou o olhar das três pessoas.

— E quando é que os cristãos vão começar a ser jogados aos leões? — perguntou ele.

— Os ingressos começam a ser vendidos na próxima quarta-feira.

Ela voltou ao hall de entrada para que ele pudesse fazer o tour pela casa sozinho.

Um corredor saía da sala, e um quarto cadáver reluzente ficava no final, iluminado por um spot de luz artisticamente posicionado.

Este homem devia ter falecido num acidente ou provavelmente em consequência de um espancamento brutal. O olho esquerdo estava fechado no rosto amassado e o direito estava vermelho de sangue. Um dos malares havia quebrado. O osso frontal do crânio se partira em dois e um estava levemente deslocado do outro.

Ryan se perguntou se o cérebro havia permanecido dentro do crânio ou se fora retirado. E o mesmo sobre os órgãos internos. Ele não conhecia todos os passos do processo de preservação.

A essa altura, já estava começando a se acostumar à "arte" bárbara, achando-a tão ofensiva quanto antes, mas permitindo que uma certa curiosidade mórbida criasse nele uma armadura contra a pena e a indignação.

Disse a si mesmo que sua resposta a essas coisas abomináveis não era apatia, nem mesmo indiferença, mas um estoicismo necessário. Se Ryan não fosse capaz de reprimir a simpatia que sentia por essas pessoas e o nojo ao que havia sido feito com os seus restos mortais, não teria condições de continuar com a busca que ele fora até lá realizar.

No quarto, uma armação apoiava uma mulher morta em posição sentada. Sua postura sugestiva e a intensidade de seu olhar morto deixaram Ryan tão perturbado que ele fez apenas uma inspeção superficial do cômodo e do armário ao lado.

O escritório particular de Barghest trouxe a única descoberta significativa no que dizia respeito à situação de Ryan.

Numa estante, entre vários livros, havia dois fichários de argolas com fotografias coloridas de 20x25cm, de alta qualidade. Rostos.

Nenhum deles exibia uma expressão e nem um único par de olhos olhava para a câmera ou parecia estar direcionado a coisa alguma. Esses eram os rostos de gente morta.

Uma aba de plástico transparente protegia cada foto. Pregada em cada aba, uma pequena etiqueta oferecia aquilo que devia ser um número de registro, escrito cuidadosamente em letras de imprensa, à mão.

Ryan imaginou que aquelas pessoas — ou as famílias delas — haviam pedido a Barghest sua assistência para embarcar desse mundo se suicidando ou, no caso dos mentalmente incapazes, pela administração de alguma substância letal que não aparecesse nos exames.

A ausência de nomes e das datas dos óbitos sugeria que Barghest devia achar que aquelas fotos poderiam incriminá-lo, apesar da atual tolerância da sociedade pelo tipo de compaixão que ele tanto gostava de prestar.

Aliviado por aquele cômodo não ter nenhum cadáver para observá-lo, Ryan se sentou à mesa com os dois fichários. Ele não sabia por que deveria se obrigar a estudar os rostos de tantos cadáveres, mas sua intuição lhe dizia que esse sacrifício iria recompensá-lo.

Barghest tinha troféus de ambos os sexos, jovens e idosos, e de todas as raças. A palavra “troféus” surpreendeu Ryan quando lhe ocorreu, mas, depois de uma dezena de rostos, nenhum outro termo parecia tão preciso.

Em alguns casos, os olhos dos mortos pareciam ter sido congelados na hora da morte. No entanto, algumas vezes, pequenos pedaços de fita durex fixavam as pálpebras às sobrancelhas.

Ryan tentou não considerar por que os olhos abertos seriam tão importantes para Barghest. Mas, num momento de fantástica percepção, ele *soube* que os ativistas em favor da eutanásia curtiam o olhar dos mortos com a mesma insistência de um estuprador que queria que a vítima o encarasse, que cada uma daquelas fotos tinha um propósito quase pornográfico.

De repente, o álbum pareceu ficar gorduroso e ele o pousou na mesa.

Ryan rolou a cadeira e se afastou um pouco, inclinou-se para a frente e deixou a cabeça tombar. Respirando pela boca, lutou para sufocar uma ânsia de vômito.

Seu coração não disparou, mas cada batimento parecia uma onda, um grande *swell* arrebentando em seu peito. O chão pareceu subir e descer, como se ele estivesse flutuando, e um leve *crii* lhe lembrou o som de gaivotas voando à distância, embora ele percebesse que o que ouvia era o assobio fraco da sua respiração arfante.

As ondas internas subiam em sequências, da mesma maneira que as ondas de verdade se formavam no mar, algumas maiores do que as outras, com intervalos entre elas. Ele sabia que ataques de força desigual e a perda do ritmo podiam ser precursores de um ataque cardíaco.

Levou uma das mãos ao coração, como se pudesse obrigá-lo a se acalmar.

Se Ryan morresse ali, os agentes de Wilson Mott poderiam abandonar o seu corpo em vez de se arriscar a explicar o que faziam. Encontrado pelo Dr. Morte, ele poderia acabar se transformando em mais um item na sua exibição de cadáveres.

Totalmente nu, bem-conservado e envernizado depois de colocado em alguma posição humilhante, ele adornaria algum canto atualmente vazio da casa, e a partir daí estaria sujeito à atenção do Dr. Spencer Barghest e a seu toque nada sagrado.

Capítulo 18

Quer por um ato de mera força de vontade ou por obra e graça do Destino, Ryan sobreviveu ao incidente e, depois de alguns minutos, sentiu o coração retomar os batimentos ritmados e uma força equilibrada.

O ar seco e fresco na casa de Barghest não tinha aroma, mas sim um leve gosto metálico. Aconselhando-se a não contemplar a fonte daquele sabor, Ryan parou de respirar pela boca.

Ele se sentou ereto na cadeira do escritório e a rolou de volta até a escrivaninha. Depois de certa hesitação, abriu o primeiro fichário na fotografia que estava analisando quando foi acometido pelo ataque de náusea.

Ainda funcionando instintivamente, folheou com determinação o primeiro livro de fotos. Sua paciência foi finalmente recompensada quando olhou para o terceiro rosto do segundo fichário.

Samantha. Os olhos dela estavam abertos com fita durex, seus lábios cheios levemente separados, como se tivesse exalado um suspiro de satisfação quando clicada pelo fotógrafo.

Essa, obviamente, não era Samantha, mas Teresa, sua irmã gêmea idêntica. Antes de morrer, ela ficara num estado vegetativo, na cama por vários meses depois do acidente de carro, e essa experiência diminuíra sua beleza. Mesmo tão pálida, Teresa continuava parecendo adorável, e o fato é que o seu sofrimento lhe dava um brilho etéreo, um frágil encanto de outro mundo, como de uma mártir a caminho de se tornar uma santa num quadro dos antigos mestres.

Evidentemente, Barghest já conhecia Rebecca há seis anos. Ele devia ter estado presente na morte de Teresa.

Pelo que ela mesma havia dito, Samantha também estivera presente na cabeceira de Teresa naquelas horas finais. No entanto, nunca havia mencionado Barghest.

Ela raramente falava da irmã gêmea. Mas isso era compreensível e não suspeito. Com toda a certeza, a perda ainda doía.

Ela revelara a extensão do calvário de Teresa apenas algumas noites atrás, debaixo do morangueiro. Antes disso, havia deixado que Ryan pensasse que sua irmã havia morrido no próprio acidente ou logo a seguir.

Mais uma vez, a reticência de Samantha não provava nada além da dor que a morte de Teresa ainda lhe causava.

Na foto, a cabeça da morta estava apoiada num travesseiro. Com um cuidado que sugeria afeição, seus cabelos dourados haviam sido penteados e bem-arranjados ao redor do seu rosto.

Em contraste com o cabelo, a fita que mantinha abertos os seus olhos que nada enxergavam era uma afronta, até mesmo uma violação.

Da mesma maneira que o coração de Ryan antes batera alto e irregular, agora ele estava calmo e silencioso. A casa também estava quieta, assim como a noite lá fora. Como se todas as almas em Las Vegas houvessem adormecido no mesmo instante ou virado pó. Como se todas as roletas tivessem parado de rodar e todas as máquinas barulhentas tivessem ficado sem energia. Como se os pássaros noturnos não pudessem bater as asas ou encontrar suas canções. Como se todos os répteis fossem dominados por uma paralisia enquanto rastejavam ou deslizavam. Uma quietude absoluta tomou conta do ar, não permitindo uma única brisa, rajada ou corrente. O tempo parou nos relógios que não tiquetaqueavam.

Se esse silêncio era real ou imaginário, o momento foi tão extraordinário que Ryan sentiu vontade de gritar e quebrá-lo, antes que o mundo ficasse permanentemente petrificado.

No entanto, ele não gritou, porque sentiu um significado nesse silêncio intacto, como uma verdade insistindo em ser descoberta.

O silêncio parecia partir da foto em frente a Ryan, saindo de uma poça interior e inundando o mundo, como se o rosto morto de Teresa tivesse o poder de parar a Criação e compelir a atenção de Ryan. Seu subconsciente ordenou: *Observe, veja, descubra.* Nessa imagem havia algo de uma importância fora do comum para ele, uma revelação estonteante que até agora não havia percebido, mas que poderia salvá-lo.

Ryan estudou o rosto morto que olhava para o nada, perguntando-se se os riscos de luz e de sombra refletidos em seus olhos revelariam o quarto em que ela morreu e as pessoas que a cercavam ou que estavam passando, ou qualquer outra coisa que fosse explicar sua própria situação atual e mortal.

Os reflexos eram pequenos demais. Por mais que forçasse os olhos, eles não iriam se transformar em imagens inteligíveis.

Seu olhar viajou pelas bochechas adoráveis, pelas elegantes subidas e curvas do nariz, pela boca generosa e de formato perfeito.

Seus lábios abertos não exalavam qualquer suspiro, só silêncio, mas Ryan meio que esperava escutar, com o ouvido da mente, algumas palavras que explicassem seu coração hipertrofiado e revelassem o seu futuro.

Na periferia da visão de Ryan, um movimento o assustou.

Olhou para cima, esperando que um dos cadáveres conservados tivesse se livrado do suporte e caminhado até ele.

A morena sem nome entrou no escritório, vinda do corredor, e a voz dela quebrou o silêncio:

— Eu não me assusto facilmente, mas esse lugar realmente está me dando nos nervos.

— Nos meus também.

Ele tirou a foto de Teresa da aba de plástico, colocou-a de lado e fechou o fichário.

— Ele vai dar pela falta — alertou a morena.

— Talvez dê. Não me interessa. Deixa ele ficar adivinhando.

Ryan devolveu os dois fichários à estante onde os havia encontrado.

No corredor, encostada ao umbral da porta, braços cruzados no peito, a mulher falou:

— Nós temos uma pessoa atrás deles. Acabaram de jantar. Agora estão no apartamento dela.

A morena devia ter entre 30 e 35 anos, mas tinha o ar de alguém mais velho. Irradiava uma autoconfiança que parecia ser mais sabedoria do que orgulho.

— Você permitiria? — perguntou Ryan.

— Permitiria o quê?

— Que ele te tocasse?

Afinal, seus olhos não eram de granito como um túmulo, mas como a fortaleza de um castelo que só um louco pensaria em atacar.

Ela respondeu:

— Eu daria um tiro no pau dele.

— Eu acredito.

— Seria um serviço para a humanidade.

Ryan perguntou:

— E por que Rebecca permite?

— Ela tem alguma coisa errada.

— O que é?

— Não é só ela. Meio mundo é apaixonado pela morte.

— Eu, não.

Como numa silenciosa acusação, a morena olhou para a foto de Teresa sobre a mesa.

— Isso é só uma prova — justificou Ryan.

— Do quê?

— Ainda não sei.

Antes, ele fizera uma busca na mesa. Voltou-se para a gaveta que guardava o material de escritório e escolheu um envelope de 22,5x30cm, no qual enfiou a foto.

— Já acabei por aqui.

Os dois andaram juntos pela casa, apagando as luzes, fingindo não ouvir os passos dos cadáveres quando eles passavam.

No hall, ao lado do painel do sistema de segurança, ela falou:

— O alarme estava ligado quando eu cheguei. Tenho que reativar.

Quando ela teclou um código que havia descoberto de alguma maneira, Ryan perguntou:

— Como foi que você desarmou sem disparar o alarme?

— Algumas ferramentas e anos de prática.

As ferramentas, evidentemente, eram suficientemente pequenas para caber em sua bolsa, já que ela não levava mais nenhuma sacola.

Do lado de fora, ela disse:

— Fique ao meu lado.

E depois de passar pelos ramos chorosos das melaleucas, a mulher se dirigiu para o sul na calçada pública.

— Meu carro está a uma quadra e meia daqui.

Ryan sabia que ela não precisava dele ao seu lado para proteção. Não mais do que o volumoso George Zane.

Na ausência de postes de iluminação e com a luz fraca que vinha da lua, eles não lançavam sombras.

Ali, a quilômetros das luzes feéricas dos cassinos, o céu oferecia estrelas desconsoladas.

Como todos os condomínios no Mojave, independentemente de tamanho e história, esse parecia ter uma existência tênue. Um antigo oceano havia recuado daquele território há milhares de anos, deixando para trás um grande mar de areia, mas o deserto não era mais eterno do que as águas que existiram antes dele, e a cidade era ainda muito mais efêmera do que o deserto.

— O que quer que esteja errado na sua vida não é problema meu — disse ela.

Ryan não discordou.

— Do jeito que Wilson Mott comanda a organização dele, eu seria despedida se falasse uma palavra a mais do que acabei de dizer.

Curioso para saber aonde isso estaria levando, Ryan lhe garantiu:

— Não tenho nenhum motivo para contar a ele qualquer coisa que você diga.

Depois de um silêncio, ela disse:

— Você é um homem assombrado.

— Eu não acredito em fantasmas.

— Isso não me surpreende.

Do outro lado da rua, Zane estava sentado atrás do volante da Mercedes. Os dois passaram por ele e continuaram andando

Ela prosseguiu:

— Não estou falando de fantasmas. Você está assombrado pela própria morte.

— E isso significa o quê?

— Significa que você está esperando a guilhotina cair.

— Se eu fosse paranoico, me perguntaria se Wilson Mott está *me* investigando.

— Sou boa em ler gente.

Com um zumbido, uma presença passou por cima deles. Olhando para cima, para as asas brancas, Ryan pensou que devia ser uma coruja.

— Do jeito como leio — falou ela —, você não consegue perceber quem.

— Quem o quê?

— Quem vai te matar.

Pela noite, a música monótona das cigarras soava como navalhas afiando navalhas.

Enquanto andavam, ela disse:

— Quando tentar descobrir quem é... você tem que ter na cabeça as raízes da violência.

Ele se perguntou se ela teria sido policial antes de trabalhar para Mott.

— Só existem cinco: luxúria, inveja, raiva, avareza e vingança — explicou a morena.

— Motivos, você quer dizer.

Chegando ao carro, ela falou:

— É melhor pensar nisso como falhas, e não motivos.

O pisca alerta e o motor lento de um carro preparando para estacionar passaram por eles.

— Mais importante do que as raízes é a raiz fundamental.

Ela abriu a porta do motorista do Honda e se virou para encará-lo solenemente.

— A raiz fundamental é o último e mais verdadeiro motivo do assassino.

Dentre os vários momentos esquisitos dos últimos quatro dias, essa conversa começava a parecer a mais estranha.

— E qual é a raiz fundamental da violência?

— O ódio à verdade.

O carro se preparando para estacionar acabou se revelando a Mercedes sedã. George Zane a parou no meio da rua, paralelo, mas um pouco à frente do Honda, deixando Ryan e a mulher à sombra da lua.

Ela disse:

— Para o caso de algum dia você precisar conversar, meu nome... é Cathy Sienna. — Ela soletrou o sobrenome.

— Hoje de manhã, você me disse que nunca me revelaria o seu nome.

— Eu me enganei. Mais uma coisa, Sr. Perry...

Ele esperou.

— O ódio à verdade é um vício. Dele advêm o orgulho e um entusiasmo pela desordem.

A luz da lua transformava seus olhos cinzentos em moedas de prata. E ela finalizou:

— Há alguns instantes, nós estivemos na casa de um homem que tinha um *imenso* entusiasmo pela desordem. Tome cuidado. Pode ser contagioso.

Embora Cathy tenha oferecido a mão, ela não o cumprimentou, mas tomou a mão dele entre as suas, o que estava mais para o gesto afetuoso de uma amiga do que o adeus de uma prestadora de serviço.

Antes que ele pudesse dizer qualquer coisa, ela entrou no carro, fechou a porta e ligou o motor.

Ryan ficou no meio da rua, vendo-a se afastar. Depois, entrou no banco de trás da Mercedes.

— Voltamos para o hotel, senhor? — perguntou Zane.

— Sim, por favor.

Nas mãos de Ryan estava o envelope pardo que continha a foto de Teresa Reach e que ele suspeitava que guardasse alguma pista que pudesse salvá-lo.

Para estudar a foto mais detalhadamente, ele precisaria escaneá-la em alta resolução e examiná-la com o melhor software de aperfeiçoamento de imagem que existisse. Esta noite não poderia fazer mais nada com ela.

No caminho para o hotel, os pensamentos de Ryan repetidas vezes se voltaram para Cathy Sienna e para a dúvida de se a preocupação dela era autêntica.

À luz dos últimos acontecimentos, ele se perguntou se o seu conselho e o oferecimento de conversar mais no futuro lhe teriam sido oferecidos se não fosse um homem rico.

Capítulo 19

Na Mercedes, Ryan fez algumas ligações. Na hora em que chegou ao hotel, já se sentia à vontade para deixar o envelope pardo com George Zane.

Embora as sedes principais de Wilson Mott fossem em Nova York, Los Angeles e Seattle, ele também tinha relações com firmas de segurança em outras cidades, inclusive Las Vegas. Conseguiu arranjar o processamento digital da foto de Teresa por profissionais locais de confiança e providenciara a aquisição do software e do hardware que permitiriam a Ryan estudá-la melhor.

Às seis e meia da manhã, quando o jato da empresa tirava Ryan de Las Vegas, o pacote de Teresa já teria sido entregue à suíte do seu hotel em Denver pelo pessoal de Mott.

Depois de dizer a Samantha que havia sido chamado a Denver a negócios, agora ele queria ir para lá. Não sabia por quê.

Essa viagem não diminuiria a mentira que ele havia contado, nem faria dela uma mentira menor. E, a essa altura, Ryan não tinha qualquer intenção de revelar sua investigação sobre a mãe dela e Spencer Barghest, o que era uma omissão — calculada — que contava como uma traição muito maior do que a mentira sobre o seu destino.

Voltar para casa em Newport Coast bem antes de seu encontro com o Dr. Samar Gupta na terça não era uma alternativa. Depois dos sussurros de Lee e Kay Ting na cozinha, ele havia se sentido — e ainda se sentiria —, vigiado na própria casa.

Las Vegas não lhe oferecia mais do que jogos de azar. E ele já se encontrava num jogo onde a aposta era a mais alta possível, e nem os dados, nem o vinte e um, nem o bacará iriam tirar sua concentração do fato de que a sua vida estava em risco.

E assim ele foi para Denver, de manhã bem cedo.

Do mesmo modo como almoçou em seu quarto de hotel, ele também jantou. Não estava com fome, mas comeu.

E, sem que isso o surpreendesse, naquela noite Ryan sonhou. Podia até ter esperado que alguns cadáveres, conservados ou não, surgissem em seu sonho, mas eles não apareceram.

Seus pesadelos não versavam sobre pessoas ou fantasmas, mas sobre paisagens e estruturas arquitetônicas, inclusive, mas não se limitando a, aquela cidade submarina.

Ele caminhava pela estrada de um vale em direção a um palácio no alto de uma montanha. Algum dia aquele vale fora verde. Agora, a grama ressecada, as flores murchas e as árvores doentes ladeavam um rio por onde corria uma massa túrgida de águas negras, detritos e cinzas. As janelas do palácio, que um dia foram cheias de luzes douradas, agora eram de um vermelho estranho, com sombras vivas e insinuantes, e quanto mais Ryan se aproximava da porta, mais ficava apavorado com o tipo de turba cavernosa que pudesse sair dali e avançar para cima dele.

Depois do vale, ele aparecia na beira de um lago selvagem cercado de rochas negras e árvores que se erguiam por toda a volta. A luz sorridente no céu preto era de uma lua que rosnava para a água escura do lago. Ondas venenosas batiam nas pedras sobre as quais ele se encontrava e alguma coisa se ergueu no meio do lago, um monstro enorme e incomensurável, do qual escorreram a água escura e, com ela, a lua retorcida.

De manhã, enquanto tomava banho, enquanto tomava café, enquanto voava para Denver no jatinho da empresa, as imagens dos pesadelos apareciam frequentemente em seus pensamentos. Ryan se sentia como se aqueles tivessem sido lugares que ele havia visitado anos antes, não nos sonhos, mas acordado, porque eram reais demais para serem meros produtos da fantasia, detalhados demais, evocadores demais e despertavam sentimentos íntimos demais.

Ele voltou a se perguntar se não apenas o corpo fraquejava, mas também a mente. Talvez o funcionamento inadequado de seu coração também resultasse numa diminuição da circulação, com consequências nefastas para o seu cérebro.

Capítulo 20

O HOTEL ANUNCIAVA TER CINCO ESTRELAS. AS JANELAS da suíte presidencial — as únicas acomodações disponíveis de última hora — tinham vista para uma linha dentada de prédios de vidro e aço.

No oeste, as grandes montanhas cobertas de florestas despontavam em direção às nuvens: Andes de cumulus congestus, sobre os quais ascendiam Himalaias de cumulonimbus, de modo que o peso da arquitetura celestial, se algum dia ela desabasse, parecia ser grande o suficiente para arrasar a terra aqui embaixo.

Esperando por Ryan na aconchegante biblioteca da suíte se encontravam um computador e equipamentos ligados a ele suficientes para permitir um estudo exaustivo da foto da falecida Teresa. Ao lado do teclado estava uma caixa de biscoitos da melhor padaria de Denver. Wilson Mott sempre entregava mais do que prometia.

O software de análise fotográfica incluía um tutorial muito bem-elaborado. Embora Ryan tivesse ganhado uma fortuna com a internet e fosse talentoso tanto para entender como para desenhar softwares, ele passou a maior parte da manhã fazendo experiências antes de se sentir à vontade com o programa.

Ao meio-dia precisou fazer uma pausa. Depois de se empanturrar de biscoitos, queria almoçar. Mas ficou com vontade de andar de carro só por prazer e desejou estar com o Ford Woodie Wagon ou um de seus outros automóveis customizados.

Talvez, pelo estado de seu coração, ele devesse contratar um motorista, mas preferiu dirigir sozinho. Depois de sair de Las Vegas, o piloto havia pedido ao hotel para deixar uma SUV alugada à disposição de Ryan, 24 horas por dia.

O Cadillac Escalade preta dispunha de todo conforto e conveniência possível. Ele era capaz de dirigir como quisesse pela cidade e não se preocupar em ficar perdido, porque, quando estivesse a fim de voltar para o hotel, o sistema de navegação do veículo lhe indicaria o caminho.

Embora já tivesse estado duas vezes em Denver, ele nunca se aventurara além do centro de convenções e da vizinhança imediata. Agora queria conhecer mais a cidade.

O trânsito de domingo era tranquilo. Em meia hora, Ryan chegou a um pequeno parque que ocupava algo entre 8 e 12 mil metros quadrados, no máximo. Ficava ao lado de uma velha igreja de tijolos.

O que o inspirou a estacionar o Escalade e continuar sua exploração a pé foram as faias, ou assim ele pensou. Com seu modelito de outono, as árvores eram um espetáculo dourado ainda mais exuberante por conta do contraste que faziam com o céu avermelhado.

O parque não oferecia nenhum playground ou memorial de guerra, apenas sinuosos caminhos de tijolos cheios de folhas caídas e eventualmente um banco onde ele podia se sentar e contemplar a glória da natureza.

Nessa tarde suave, o primeiro dia de neve ainda parecia estar a semanas de distância.

Enquanto galeões de nuvens vagavam para o leste nas grandes altitudes, ao nível do solo o mundo parecia bem tranquilo. No entanto, mesmo com toda a calmaria, as faias tremulavam, como sempre faziam.

Andando, ele pausava com frequência para ouvir o farfalhar das árvores, um som que sempre amara ouvir. As faias eram muito sensíveis ao movimento do ar porque seus pés eram apenas fitas estreitas e ficavam em ângulos retos às folhas mais largas penduradas.

Enquanto descansava num banco, ele percebeu que não conseguia se lembrar de alguma outra oportunidade em que tivesse ouvido as faias farfalhando ou visto o desenho das folhas mais largas que lhes propiciavam essa voz incessante.

A visão inicial do parque havia tocado num nervo simpático dentro dele. Ao caminhar pela primeira vez por entre as árvores, Ryan sentia uma afeição por elas que era totalmente familiar.

Agora, em seu banco debaixo de uma cobertura de folhas amarelas e brilhantes, a afeição havia amadurecido e se transformado num sentimento mais intenso, num desejo de todo o coração que tinha uma característica nostálgica. Inexplicavelmente, apesar de nunca ter estado ali antes, sentia que havia se sentado debaixo dessas mesmas faias muitas vezes, em todo o tipo de tempo, em todas as estações.

Felosas prestes a migrar para o sul assobiavam nas árvores farfalhantes, em doces e nítidas notas agudas: *suí-suí-suí-ti-ti-ti-suí...*

Ryan não sabia onde tinha aprendido que esses pássaros se chamavam felosas-assobiadeiras, mas de repente aquele canto o transportou de um desejo curioso e nostálgico para uma sensação completa de déjà vu. Hoje não era a primeira vez que ele entrava nesse parque.

A certeza de já ter estado ali antes, não só uma vez, mas várias, era tão eletrizante que Ryan acabou saindo do banco e se pôs de pé, tão instigado por uma sensação de forças sobrenaturais em ação que sua cabeça sentiu uma pontada, os cabelos na nuca se eriçaram e um calafrio correu pelo contorno da sua coluna vertebral com a acuidade de um diligente professor de fisiologia usando uma caneta a laser.

Embora a igreja só o tivesse interessado como um pano de fundo, Ryan se voltou em direção a ela com a convicção de que, em alguma ocasião agora esquecida, já havia estado lá dentro. Antes, não havia chegado nem perto da igreja para saber o nome, mas de alguma maneira sabia que era Católica Romana.

O dia permaneceu agradável; no entanto, ele sentia cada vez mais frio. Enfiou as mãos nos bolsos do casaco e atravessou o parque em direção à igreja.

Como haviam sido varridos para a missa da manhã, os degraus de cimento de Santa Gemma só estavam ornamentados com algumas folhas de faia. A última missa do dia já havia acontecido e a igreja agora estava em silêncio.

Hesitando no primeiro degrau, Ryan sabia que o crucifixo acima do altar seria de madeira entalhada, que a coroa de espinhos na cabeça de Cristo seria dourada, assim como os pregos em suas mãos e seus pés. Atrás da cruz, um fundo oval dourado. E radiando dessa forma oval, raios dourados e entalhados de luz sagrada.

Ele subiu os degraus.

Na porta, quase se virou para ir embora.

As sombras se juntavam no nártex e em quantidade menor na nave, onde a luz do dia passava colorida pelas janelas pintadas e onde algumas luzes do altar continuavam acesas.

Em todos os detalhes, o impressionante crucifixo revelava ser exatamente o que havia previsto.

Sozinho na igreja, Ryan ficou em pé no meio do corredor, extasiado, tremendo como as faias farfalhantes no parque.

Continuava certo de que nunca estivera ali antes e não era católico. No entanto, estava sendo inundado por uma sensação de conforto que as pessoas sentem nos lugares que lhes são queridos.

Esse conforto, porém, não o aquecia nem o acalmava, mas o instava a recuar.

Do lado de fora, nos degraus, ele precisou de um minuto para retomar o controle da respiração arfante.

Mais uma vez no parque, num banco para onde suas pernas bambas o haviam carregado, ele usou o telefone celular para ligar para o número mais particular de Wilson Mott.

Depois de falar com Mott, Ryan esperava ficar sentado ali por algum tempo, porque ainda não estava calmo nem em condições de dirigir. Mas o brilho das faias, os postes de ferro preto com os vidros craquelê, o banco de ferro forjado pintado de preto e a trilha de tijolos vermelhos o enchiam de saudades de um passado que ele não conseguia se lembrar, aliás de um passado que ele nem sequer viveu.

Toda essa maluquice virou uma coisa grande demais para Ryan, que saiu do parque num ritmo menor que uma corrida e maior que uma caminhada normal.

Depois de Ryan digitar o nome do hotel no navegador do Escalade, a voz melíflua de uma paciente jovem o guiou com êxito através de Denver, apesar de algumas curvas que ele se esqueceu de tomar.

Capítulo 21

NA BIBLIOTECA DA SUÍTE PRESIDENCIAL, BEM ACIMA DE Denver, Ryan Perry trabalhou obsessivamente sobre a foto digitalizada de Teresa. O pacote de análise fotográfica fornecia inúmeras ferramentas com as quais ele podia ampliar os olhos do cadáver e aumentar e clarear a cena refletida nas superfícies transparentes. Algumas das técnicas podiam ser utilizadas em conjunto. E, quando a área de interesse estava tão ampliada que perdia resolução, o computador conseguia clonar os pixels até que a densidade e a definição fossem restituídas à imagem.

Apesar de tudo isso, às sete e cinco de domingo, quando o agente de Wilson Mott chegou, Ryan não havia conseguido enxergar nada nos padrões de luz e de sombra dos reflexos ópticos.

Mais cedo, antes de sair do parque, quando ligou para Mott para solicitar os serviços de um discreto e confiável flebotomista, Mott lhe disse que o médico mais próximo que podia ser encontrado para fazer esse tipo de trabalho era George Zane, que ainda não havia voltado de Las Vegas para o escritório da empresa de segurança em Los Angeles. Antes de ser contratado por Mott, Zane havia pertencido ao Corpo Médico do Exército americano, administrando os primeiros socorros nos campos de batalha do Iraque.

Agora, Ryan estava esticado numa cama no quarto principal, com uma toalha debaixo do braço, enquanto Zane fazia uma vivisecção e retirava 40 mililitros de sangue para frascos de 5 mililitros.

— Quero ser testado para todo o tipo de veneno que exista — disse Ryan.

— Sim, senhor.

— Não só os que causam hipertrofia cardíaca.

— Nós localizamos um laboratório amigo aqui em Denver e dois especialistas em sangue que vão passar a noite toda trabalhando nisso. O senhor nem imagina quanto eles vão cobrar.

— Não me interessa quanto vai custar.

Uma das maiores vantagens de ser rico de verdade é que, se você conhece os melhores prestadores de serviço — gente como Wilson Mott —, você pode conseguir o que quiser, quando quiser. E, não importa o quanto o pedido for excêntrico, ninguém ergue uma sobrancelha, e todos lhe tratam com o maior respeito, pelo menos na sua frente.

— Também quero ser testado para ver se há alguma droga. Inclusive... aliás não, especialmente alucinógenos e drogas que causem alucinações e visões como efeito colateral.

— Sim, senhor — disse Zane, colocando de lado o quarto frasco. — O Sr. Mott já me informou de tudo isso.

Com os maços de gaze na testa careca, os olhos intensos numa tonalidade púrpura de tão escura, e as narinas grandes dilatadas como se o cheiro de sangue o deixasse excitado,

George Zane devia ser uma figura assustadora. No entanto, era uma presença reconfortante.

— Você é muito bom com a agulha, George.

— Obrigado, senhor.

— Eu nem senti a picada. E você também é uma pessoa bondosa no atendimento.

— Por causa do Exército.

— Eu não sabia que no Exército eles ensinavam bondade no atendimento.

— O campo de batalha ensina. O sofrimento que se vê ali. Você acaba querendo ser gentil.

— Eu nunca servi ao Exército.

— Ao Exército ou não, todos nós vamos à guerra todo dia. São mais dois frascos, senhor.

Enquanto Zane retirava o recipiente cheio de sangue da seringa e colocava mais um, Ryan disse:

— Você provavelmente deve achar que eu sou paranoico.

— Não, senhor. Tem muita maldade no mundo. Saber que ela existe não faz de alguém um paranoico, mas um realista.

— A ideia de que alguém possa estar me envenenando ou me drogando...

— O senhor não seria o primeiro. O inimigo nem sempre está do outro lado de uma arma ou atira uma bomba. Às vezes, ele está muito perto. Às vezes, até se parece com a gente, o que o torna quase invisível, e é aí que ele é mais perigoso.

* * *

Ryan também passou instruções a Wilson Mott para conseguir um remédio para dormir obtido sob prescrição médica e mandá-lo por Zane. Ele queria um remédio forte o suficiente não só para impedir a insônia completa que o deixava de olhos abertos, com a mente a toda velocidade, as pernas beliscando e louco o suficiente para montar num tubarão, mas um que também fosse suficientemente potente para fazê-lo dormir tão profundamente que nem fosse capaz de sonhar.

Depois que Zane saiu com o sangue, Ryan pediu um jantar no quarto tão pesado que o mero consumo deveria deixá-lo sedado com a mesma certeza de um coquetel de barbitúricos.

Depois do jantar, consultou a posologia na garrafa de comprimidos, pegou duas cápsulas em vez de uma só, que era o recomendado, e as engoliu com um copo de leite.

Na cama, Ryan utilizou o controle remoto para surfar pelo mar de alternativas de entretenimento oferecida pelo sistema de televisão por satélite que o hotel assinava. Num canal de filmes antigos, encontrou um sobre prisioneiras tão tedioso que talvez nem tivesse sido necessário o sedativo obtido sob receita médica.

Ele dormiu.

* * *

Uma escuridão silenciosa, a consciência vaga de um lençol amarrotado e então uma escuridão calada, só os sons rítmicos de dentro do corpo, das contrações do coração e do sangue nas artérias, pretos como um lago sem lua, como as asas de um corvo, só a escuridão e nada mais, só isso e nada mais...

E então um sonho breve, numa moldura retangular, cercado pela escuridão.

Um homem e uma mulher conversam, a voz do homem é conhecida, ouve-se uma música e há um senso de urgência. E tiros.

O sonho tremeu porque Ryan piscou os olhos e tinha uma moldura retangular porque não era um sonho, nem o filme das prisioneiras, mas o que quer que o canal de filmes clássicos chamava de "clássico" a essa hora da noite.

Os números brilhantes no relógio da cabeceira da cama indicavam 2h36. Ele havia dormido por quatro horas, talvez cinco.

Ryan queria mais, precisava de mais, tateou em busca do controle remoto, encontrou, desligou o retângulo de imagens coloridas, silenciou as armas, silenciou a música, silenciou a mulher e silenciou William Holden.

Quando o controle remoto escapuliu de sua mão mole, e enquanto caía no conforto do esquecimento, Ryan percebeu que o filme que tinha acabado de desligar era o mesmo com o qual ele havia acordado na quinta-feira de manhã, depois do terrível ataque na noite anterior que o havia feito procurar seu clínico geral, Forry Stafford.

Acordando na quinta de manhã no chão de seu quarto, enroscado na posição fetal, os olhos totalmente fechados, a boca seca e azeda, ele havia se convencido de que o desconhecido filme de William Holden na TV guardava um significado especial para ele, que nele havia uma mensagem a ser decifrada, uma advertência sobre o seu futuro.

O sentimento havia passado à medida que ia acordando completamente e se lembrava das contrações e da dor lancinante que o haviam acometido durante a noite.

Mas hoje, quase quatro dias depois, a sensação de uma revelação iminente voltara a emergir, e Ryan achava que devia lutar contra a gravidade que o puxava de novo em direção ao sono, levantar-se, ligar a televisão, ver o nome do filme e acompanhar as cenas para sugar da história qualquer prenúncio sinistro que elas pudessem conter.

Um jantar pesado, um remédio poderoso, um peso enorme de exaustão e uma espécie de covardia, no entanto, o instigaram a deixar os últimos grãos de areia de sua consciência escapulirem por entre os seus dedos.

* * *

Ryan dormiu mais de dez horas e acordou na segunda de manhã com a dor de cabeça que um bêbado provavelmente teria depois de beber três dias sem parar.

No chuveiro, a água martelava seu crânio, como se as gotas fossem chuva de granizo. Até a luz baixa machucava os olhos e todos os cheiros o incomodavam.

Ryan procurou rebater a ressaca com bules de café. Bebeu o primeiro com café puro, e o segundo com creme, sem açúcar.

Depois ele pediu torradas secas. E, mais tarde, um bolinho inglês amanteigado. De tarde, quis um pote de sorvete de baunilha.

O serviço de quarto trouxe uma coisa de cada vez, a cada pedido, como se ele fosse uma criança doente fazendo exigências a uma mãe atenciosa.

Sem parar, Ryan continuou trabalhando no computador, lutando para melhorar os reflexos nos olhos mortos de Teresa Reach e descobrir o significado que ele achava que encontraria neles. Mesmo horas depois de saber que não havia significado algum a ser identificado, continuou trabalhando nas imagens gêmeas.

Se não tivesse essa tarefa a ocupá-lo, ele poderia ter chamado o manobrista para tirar o Escalade da garagem do hotel e ter dirigido mais uma vez até o parque das faias, se conseguisse encontrá-lo. Uma vez no parque, não teria condições de resistir a Santa Gemma e tinha medo de que uma segunda visita à igreja não viesse a contribuir para qualquer resolução do mistério, a nenhum nível de esclarecimento, mas só para desorientá-lo ainda mais.

Os muitos fatos estranhos dos últimos dias num primeiro momento o deixaram espantado e atiçaram sua curiosidade. Mas o espanto agora estava abrindo espaço para uma confusão pantanosa que, se persistisse, o enfraqueceria mental e emocionalmente.

Na segunda-feira à tarde, ele finalmente reconheceu o fato de que nada nos olhos de Teresa iria trazer qualquer informação sobre a identidade das pessoas que poderiam estar conspirando contra ele, nem sobre os seus motivos.

No entanto, Ryan continuava achando que havia *algo* importante nessa última foto. Não restava dúvida de que Spencer Berghast tinha segurado a câmera; e, assim, Berghast havia assistido Rebecca Reach a pôr um fim à vida de Teresa.

Samantha alegava ter rompido com a mãe.

Ela morreu. Para mim, Rebecca está morta num apartamento em Las Vegas. Ela anda, fala e respira, mas está completamente morta.

No entanto, na sexta-feira à noite, menos de 48 horas depois de ter feito essa declaração tão forte, Sam havia saído de seu apartamento enquanto Ryan dormia e foi se encontrar com Barghest debaixo do pimenteiro, à luz da lua.

Spencer Barghest era parte disso tudo, e, como ele parecia, na melhor das hipóteses, perturbado e, na pior, depravado, não estava envolvido porque se preocupava com o bem-estar de Ryan. Barghest havia posto um fim à vida de Teresa e podia ser parte de um complô para pôr fim à vida de Ryan, o que queria dizer que a reação intuitiva de Ryan à fotografia — que ela contivesse a chave para resolver esse mistério — não podia ser facilmente descartada.

Se a resposta não estava nos olhos, devia então ser encontrada em outra parte da foto.

Em seguida, sua atenção se voltou para a boca, que se encontrava aberta. Seus lábios cheios estavam separados, como se o sopro de vida os tivesse afastado para poder sair por entre eles.

A escuridão além de seus lábios, dentro da boca, não era uniforme em matéria de iluminação e textura, como pareceria numa olhada superficial. Agora ele via que Teresa tinha alguma coisa presa na boca, um objeto logo depois dos dentes, a sombra de uma figura geométrica demais para ser sua língua.

Ele aumentou seus lábios até que eles enchessem a tela. Copiou os pixels para dar maior definição, numa escala maior.

A formosa boca da mulher parecia gritar para ele, mas o silêncio não foi quebrado, e a quietude não deu pistas sobre as últimas palavras que Teresa possa ter falado enquanto Barghest acabava com ela, seja lá com que métodos.

Ryan se debruçou sobre esse novo trabalho com a mesma obsessão com que havia estudado o reflexo nos olhos dela.

* * *

Às oito e quarenta de segunda-feira, enquanto Ryan comia um sanduíche de queijo Stilton com picles e trabalhava no computador, George Zane ligou com os resultados dos exames de sangue.

Depois de uma análise exaustiva, os dois especialistas em sangue e seus assistentes no laboratório não encontraram qualquer sinal de veneno, drogas ou outras substâncias químicas perigosas nos 40 mililitros que Zane havia tirado de Ryan.

— Eles podem estar errados — disse Ryan. — Ninguém é tão bom que não cometa um erro de vez em quando.

— Você quer que eu tire mais umas amostras e arranje outra pessoa para analisá-las?

— Não. O que quer que seja é sutil demais para ser detectado pelos testes comuns. Você poderia drenar meu sangue até a última gota, empregar mil hematologistas e eu não saberia mais do que já sei.

* * *

Ryan despejou os sedativos na privada e pediu um bule de café ao serviço de quarto.

Sentia que o tempo estava se esgotando para ele e não apenas porque seu compromisso com o Dr. Samar Gupta, para receber os resultados da biópsia do miocárdio, estava a pouco mais de 18 horas dali.

À medida que a noite passava e a madrugada se estendia, o contorno dos lábios, os dentes e a cavidade oral de Teresa se tornaram seu universo, tão sedutor e lhe consumindo tanto que Ryan nem foi para cama. Caiu no sono na própria cadeira em frente ao computador, em algum momento depois das três da manhã, sem qualquer tipo de recompensa em sua busca pela verdade.

* * *

De Denver até o aeroporto John Wayne, em Orange County, na Califórnia, acomodado no Learjet da empresa, Ryan volta e meia estudava a fotografia sem os benefícios da ampliação do computador, perguntando-se se a pista que procurava poderia estar escondida no cabelo de Teresa, na concha delicada da única orelha que aparecia na foto ou nas dobras do travesseiro visíveis de um dos lados de seu rosto...

O avião aterrissou e taxiou para o terminal menos de uma hora antes do horário de Ryan com o cardiologista.

Em vez de revelar seus segredos e pedir que Lee Ting o encontrasse no aeroporto com um carro, Ryan providenciara seu transporte com uma empresa de limusines. Eles mandaram um Cadillac branco superestendido com um motorista cortês que não achava que conversar fosse parte da descrição de seu serviço.

No veículo, por todo o caminho até o escritório do Dr. Gupta, Ryan ficou olhando para o rosto morto de Teresa.

Ele havia chegado a um estado que não lhe era característico. A confusão que se apossara dele em Denver chegara a tal ponto que Ryan não estava apenas confuso, mas desconcertado, suas faculdades mentais assoladas pelo que havia descoberto, pelo que havia passado e por sua impossibilidade de tirar qualquer sentido de tudo isso.

Ficar desconcertado pela primeira vez na vida teria sido o suficiente para afundar seu espírito, mas ele também sentia uma silenciosa resignação crescer dentro de si, o que era ainda pior porque ele não se achava capaz de qualquer forma de entrega.

O egoísmo de seus pais e a indiferença deles em relação ao filho só o haviam inspirado a se realizar, não só mais tarde na vida, mas também como criança, quando estabeleceu que nunca seria como eles.

Nos negócios, ele sempre vira qualquer passo em falso como uma nova oportunidade para alcançar ainda mais. Nunca desistia, nunca se rendia, nunca cedia, a não ser quando aceitava conceder sua posição numa questão para ganhar uma vantagem muito maior em outra.

Ele gostaria de pensar que essa crescente resignação trazia em si um elemento de força de vontade que o ajudaria a afastar o desespero. Mas a força de vontade era a resistência animada pela coragem e, a cada curva feitas pelas rodas da limusine,

Ryan se sentia mais isolado de suas habituais fontes de força e menos capaz de evocar a coragem.

Começou a se perguntar se todos os seus atos dos últimos cinco dias — toda a investigação sobre Barghest e Rebecca Reach, tudo — não teriam sido apenas uma tentativa desesperada de desviar seu foco e não pensar na notícia que provavelmente iria receber na consulta com o cardiologista esta tarde. Odiando aceitar um diagnóstico mortal sobre o qual ele não podia fazer nada, talvez tenha se ocupado procurando um bicho-papão contra o qual poderia mais prontamente batalhar.

Quando chegaram ao centro médico no qual o Dr. Gupta tinha seu consultório, a limusine parou numa área onde era proibido estacionar.

Ryan enfiou a fotografia de Teresa no envelope pardo.

O motorista saiu de trás da direção e foi até a traseira do carro abrir a porta para Ryan.

À beira da loucura, Ryan levou a foto da mulher morta com ele, não para mostrá-la ao cardiologista, mas só para poder segurá-la, como se fosse um talismã, cujo poder poderia ser o de impedir que ele descesse o último degrau que o separava da resignação e do desespero.

Capítulo 22

— CARDIOMIOPATIA — DISSE O DR. GUPTA.

Ele estava sentado com Ryan não numa sala de exames, mas em seu consultório particular, como se sentisse a necessidade de dar a notícia num ambiente menos clínico e mais reconfortante.

Numa prateleira atrás da mesa, em porta-retratos prateados, estavam as fotos da família do médico. A mulher dele era linda. Eles tinham duas filhas e um filho, todos bem-apessoados, e um golden retriever.

Também na estante havia um barco em miniatura e duas fotos da família de Gupta, inclusive o cachorro, tiradas dentro da embarcação verdadeira.

Escutando o diagnóstico, Ryan Perry invejou o cardiologista pela família que tinha e pela evidente riqueza de sua vida, que era uma bênção bem diferente — e bem superior — à do dinheiro.

— Uma doença do músculo do coração — disse Samar Gupta. — Leva a uma redução na força das contrações e um declínio na eficiência da circulação.

Ryan queria perguntar sobre a causa, a possibilidade de envenenamento que Forry Stafford havia citado, mas preferiu esperar.

A dicção do Dr. Gupta era precisa, como sempre, mas a musicalidade da sua voz era temperada agora com uma compaixão que impunha uma formalidade contida:

— As cardiomiopatias se dividem em três grupos principais: a cardiomiopatia restritiva, a dilatada e a hipertrófica.

— A que eu tenho é a hipertrófica.

— É. Uma anormalidade das fibras do músculo do coração. As próprias células do coração não funcionam como deveriam.

— E a causa?

— Geralmente, uma herança genética.

— Meus pais não têm isso.

— Às vezes, um avô tem. Em alguns casos não há qualquer sintoma, só uma morte súbita, que é rotulada simplesmente de ataque cardíaco.

O avô paterno de Ryan morrera de um ataque cardíaco fulminante aos 46 anos.

— E qual é o tratamento?

O cardiologista pareceu constrangido em dizer "Não tem cura", como se o fracasso da ciência médica em identificar uma cura fosse um fracasso seu, pessoal.

Ryan fixou os olhos no golden retriever no retrato da família. Há muito tempo ele queria ter um cachorro, mas andara ocupado demais para dar espaço a um em sua vida. Parecia que sempre haveria bastante espaço para um cachorro nos anos futuros.

— Só podemos tratar os sintomas com diuréticos para controlar a insuficiência cardíaca e remédios contra a arritmia para controlar os batimentos anormais.

— Eu surfo. Levo uma vida vigorosa. Que tipo de restrições eu vou ter? Como é que isso tudo vai mudar?

A hesitação do cardiologista fez Ryan afastar os olhos do golden retriever.

— A questão principal não é de que maneira a sua vida vai ficar limitada... mas a quanto tempo ela vai se limitar.

Nos olhos bondosos do médico, como numa bola de cristal, Ryan viu seu futuro.

— A sua situação não é estática, Ryan. Os sintomas... eles podem ser atenuados, mas a doença não vai parar de avançar. As condições do coração vão piorar inexoravelmente.

— Quanto tempo eu tenho?

O Dr. Gupta desviou o olhar de Ryan e pousou noutra foto da família, que ficava em sua mesa.

— Eu acho que... não mais do que um ano.

Na noite de quarta, contorcendo-se de dor no chão de seu quarto, Ryan achava que ia morrer ali mesmo, naquele exato instante. Desde aquele dia, ele pressentia que a guilhotina cairia a qualquer momento.

Um ano, nesse caso, deveria parecer uma dádiva, mas em vez disso o prognóstico era uma guilhotina psíquica cortando seu corpo inteiro, e sua angústia foi tão intensa que Ryan não conseguiu falar.

— Posso falar dos avanços nas pesquisas com células-troncos, mas não vai aparecer nada em um ano, talvez não apareça nunca, e você não é um homem que vai encontrar conforto apenas num pensamento otimista. Portanto, a única saída é um transplante.

Ryan tirou os olhos do envelope com a fotografia de Teresa, que ele segurava com as duas mãos, como se fosse uma boia que o mantivesse na superfície da água.

— Um transplante de coração?

— Vamos colocar o seu nome na lista da RNDO imediatamente.

— RNDO?

— Rede Nacional de Doadores de Órgãos. Eles garantem uma correta alocação dos órgãos.

— Então, existe uma chance.

— Frequentemente, os resultados de um transplante de coração são bastante bons. Tenho uma paciente que viveu a melhor parte de sua vida durante 15 anos com um coração novo e ainda vai muito bem, obrigado.

Em vez de atenuar a angústia de Ryan, a possibilidade de que ele poderia escapar da morte através de um transplante o deixou ainda mais melancólico.

Ele não queria se debulhar em lágrimas diante de Samar Gupta e, ao procurar alguma coisa para dizer que ajudasse a conter seu constrangimento, voltou ao tema dos últimos dias:

— Você acha que eu posso ter sido envenenado?

O médico franziu a testa.

— Com certeza não.

— O Dr. Stafford citou essa como uma das possíveis causas de um coração aumentado. Embora ele também tenha... descartado.

— Mas, ao estudar o tecido da biópsia — disse o cardiologista —, eu posso ter quase certeza de se tratar de um caso familiar.

— Familiar?

— Hereditário. As características da célula são um caso clássico de atribuição genética.

— E você está bem certo disso, mas não tem certeza absoluta.

— Talvez nós não tenhamos certeza absoluta de nada na vida.

Depois de conter as lágrimas com sucesso, Ryan deu um pálido sorriso e disse:

— Só a morte e os impostos.

O Dr. Gupta ficou agradecido pelo sorriso de Ryan e também sorriu. Falou:

— Mas pelo menos o imposto de renda te dá uma chance de se defender num tribunal.

Capítulo 23

Nos dias que se seguiram ao seu encontro com o Dr. Gupta, Ryan se deixou levar por rompantes de negar a verdade, durante os quais ele passava horas pesquisando obsessivamente nos sites de medicina em busca dos últimos avanços no tratamento da cardiomiopatia.

Quando não encontrou nenhuma novidade científica suficientemente dramática para levantar seu astral, ele passou para os sites de medicina alternativa. Ansiosamente, ele procurou histórias sobre pacientes curados com a casca de alguma árvore brasileira exótica ou com o chá feito das folhas de uma planta só encontrada nos confins das selvas da Tailândia.

Inúmeras vezes, leu um calhamaço bastante grosso de matérias sobre transplantes de coração, enviado pelo Dr. Gupta. A cada leitura, sua admiração pela técnica dos cirurgiões contemporâneos acabava se transformando em frustração em face do desnível entre o número de pacientes precisando de um transplante e o número de doadores de órgãos, e em impaciência com o sistema montado pela burocracia médica que tinha autorização para tratar desse desequilíbrio.

Enquanto lutava para se adaptar a seu futuro radicalmente alterado — ou falta de futuro —, Ryan evitava Samantha fingindo ainda estar em Denver a negócios.

Antes de vê-la, ele queria viver tempo suficiente com o diagnóstico para aceitá-lo. Queria estar em controle de si quando compartilhasse a notícia com ela, porque, independentemente do que acontecera entre eles, o encontro provavelmente seria o mais importante de sua vida. Ryan precisava estar suficientemente preparado para ficar alerta a todas as nuances do que ela dissesse, a cada sutileza das suas expressões ou sua linguagem corporal.

A fotografia de Teresa continuava a intrigar Ryan.

No voo de volta do Colorado, trouxera o equipamento de análise fotográfica que William Mott preparara para ele no hotel de Denver. Agora o material estava sobre a mesa num canto da suíte principal.

Quando não conseguiu determinar se algum objeto estranho estava alojado na boca da mulher morta, ele se pôs a dividir a fotografia em oitenta quadradinhos de 6 centímetros quadrados, aumentou um por um e os analisou exaustivamente. Algum item revelador podia estar preso em seus belos cabelos dourados ou meio que dobrado num dos vincos do travesseiro. Ou talvez de um jeito impossível de se imaginar totalmente, uma marquinha apagada no rosto dela pudesse propiciar uma pista que ligasse a morte de Teresa à atual situação de Ryan.

Porém, depois de estudar vinte quadradinhos em dois dias, ele começou a se sentir dedicado a uma busca idiota, que a foto só o havia deixado tão elétrico porque era da irmã gêmea de Samantha, e vê-la nessa situação pareceu uma visão antecipada da morte de Samantha, causando assim um choque profundo.

No fim das contas, Ryan desligou o computador, com o intuito de abandonar a análise do retrato.

Embora a foto digitalizada no monitor não lhe trouxesse mais qualquer fascínio, a fotografia original de 20x25cm, mesmo cansado dela, ainda o instigava quando a retirou mais uma vez do envelope pardo. Novamente se sentia apunhalado, como havia se sentido no escritório de Barghest, pela certeza de que, com essa foto, estava tremendo no limiar de uma descoberta que poderia mais do que explicar toda a maluquice dos últimos tempos, mas também, literalmente, *salvá-lo*.

No mundo dos negócios, ao longo dos anos, sempre valera a pena ir atrás dos seus instintos. Mas os momentos recentes de especulações irracionais e sua recém-desenvolvida tendência à paranoia podiam ser consequências da reduzida eficiência de seu coração e da menor oxigenação de seu sangue. Nesse caso, não dava mais para confiar na intuição nem era possível ter certeza de que os pensamentos sempre teriam a mesma clareza que tiveram.

Em nenhum momento, ele divagou sobre a injustiça de receber uma sentença de morte aos 34 anos. Naquele caso, como em qualquer mudança negativa na vida, você poderia ou chorar ou agir. E a ação oferecia a única esperança.

Ao contrário dos negócios, onde os cursos de ação numa emergência só eram limitados pela rapidez de raciocínio e pela disposição de trabalhar duro, as alternativas numa crise de saúde eram mais limitadas. Mas Ryan se recusou a ser uma vítima. Se havia uma saída para escapar do terrível prognóstico que o amarrava, ele descobriria como desfazer o nó e se livrar das cordas.

Enquanto se adaptava à situação e rapidamente se educava sobre as formalidades da doação de órgãos e das técnicas cirúrgicas de transplantes, Ryan esperava ser acometido a qualquer momento por outro ataque súbito, mas isso não aconteceu. O Dr. Gupta havia receitado três remédios que, aparentemente, pelo menos por enquanto, estavam reprimindo os sintomas que recentemente o haviam atormentado.

Por toda a quinta-feira, ele ficou na suíte principal e não saiu para nenhum outro lugar da casa. Não queria ver ninguém, pois estava preocupado com que, mesmo numa conversa inocente, ele pudesse insinuar — ou alguém pudesse inferir —, que ele estivesse com um problema sério de saúde. Não queria que uma única pista da sua situação pudesse chegar a Samantha antes que estivesse pronto para dar a notícia a ela.

No correio de voz de Kay Ting, ele deixou uma lista de refeições e lanches que iria querer e a que horas deveriam ser entregues. As remessas eram feitas pelo carrinho de comida que era deixado na alcova do elevador ao lado da suíte.

Às vezes, quando caía num fluxo hiperativo de energia ao escrever um programa de software, Ryan passava dias como um eremita, vestindo pijama e só fazendo a barba quando ela começava a incomodar. Portanto, esse tipo de regime não iria parecer incomum para a equipe que cuidava da casa.

Ele não se preocupava muito com o fato de que aquilo que comia ou bebia pudesse estar contaminado de veneno ou drogas alucinógenas. Desde que a sua suspeita o havia levado a Rebecca Reach e depois a Spencer Barghest na casa das múmias modernas, os Ting e os outros funcionários da residência pareciam ser as pessoas menos prováveis do mundo de estar conspirando contra ele.

Além do mais, o mal já havia sido feito ao seu coração. O envenenador, se existisse, não ganharia mais nada administrando doses supérfluas e só se arriscaria a revelar sua identidade.

Os sonhos de cidades submersas, de lagos solitários, de palácios habitados por demônios não atormentavam mais o sono de Ryan. Ele não ouvia mais nenhuma batidinha inexplicável, nenhuma mariposa, pássaro ou mão enluvada tamborilando nas janelas, na parede ou na porta do quarto.

Talvez o fato de ter recebido um diagnóstico preciso e um prognóstico sóbrio tenha feito com que ficasse tão focado numa ameaça *real* que a mente não precisava mais gastar energia nervosa com ameaças imaginárias e, de fato, nem poderia fazê-lo se ele precisasse se concentrar em sobreviver até que um coração estivesse disponível para o transplante.

Na sexta-feira, Ryan estava pronto para compartilhar a terrível notícia com Samantha. Telefonou para avisar que havia chegado de Denver e que gostaria de jantar com ela.

— Que tal se nós experimentássemos aquele restaurante novo que você falou tanto na semana passada? — sugeriu ela.

— Esses últimos dias foram muito ocupados, Sam. Eu preferia uma noite mais quieta, só nós dois. Na sua casa, pode ser?

— Eu estou exausta, Pontocom. Mas, se você trouxer uma comida boa, então está bem.

— Vejo você às cinco e meia da tarde — disse ele e desligou.

Considerou levar a foto de Teresa morta para o caso da noite caminhar numa direção que exigisse perguntas frias e respostas duras.

Mas, depois de olhar outra vez para o retrato da falecida, Ryan decidiu que, mesmo que surgisse uma razão para ficar mais desconfiado de Samantha do que havia se permitido, usar essa fotografia para minar a confiança dela seria uma crueldade da qual ele não seria capaz.

Ryan devolveu a foto ao envelope, que então guardou numa gaveta da mesa.

Capítulo 24

De chinelo de seda e com um quimono azul e dourado, Samantha era tão mais bonita do que Ryan se lembrava que, na mesma hora, ele se sentiu desarmado e atiçado pelo desejo.

Nos últimos dias, passara tanto tempo olhando para a falecida irmã gêmea, cujo semblante fora consumido pelo sofrimento, que a lembrança de como o rosto dela era estonteante havia ficado enevoada.

Assim que Ryan pôs as sacolas do supermercado de luxo na bancada da cozinha, Samantha correu para os seus braços. Ela o teria carregado aos beijos direto para o quarto, e ele quase se permitiu ser levado.

Mas de uma maneira meio doida, na memória, ele ouviu a voz da jovem que o guiara no sistema de navegação do Cadillac Escalade, levando-o de volta para o hotel em Denver e para longe do parque das faias. A associação bizarra diminuiu o fogo do seu desejo e ele retomou o controle de si mesmo.

— Estou morto de fome.

— Tá brincando.

— Totalmente morto.

— Deve estar mesmo.

— Olha só: sanduíches de rosbife.

— E eu que pensava que esse quimono me deixasse irresistível.

— Com aquele queijo que você gosta e mostarda especial.

— Na próxima vez vou vestir rosbife e queijo.

— Não se esqueça da mostarda especial.

— Com picles no lugar dos brincos.

— Para mim esse tipo de moda é arriscado demais. Olha só: salada de repolho cru, salada de batata e aquele prato de três grãos, pimenta e aipo que eu nem sei como se chama.

— Só a salada de repolho já seria o suficiente. O que é isso? Bolo com creme?

— E, então, aqueles maravilhosos biscoitos.

— Por que você está me bajulando tanto?

— Eu simplesmente não consegui me controlar naquele supermercado. Não deviam me deixar ir lá sem um bedel.

Eles tiraram tudo das sacolas e dos recipientes plásticos e colocaram nos potes e nas travessas e, então, carregaram o banquete até a mesa na varanda.

— Estou surpresa por você não ter trazido um garrafão de cerveja.

— Você não bebe cerveja.

— E também não como 5 quilos de comida de uma só vez, mas isso não refreou você.

— Eu trouxe vinho — disse ele, apontando para uma garrafa que havia deixado na mesa ao chegar, antes de ir para a cozinha. — Um Meritage excelente.

— Vou pegar as taças.

Depois de se servir e antes de se sentarem à mesa, eles tilintaram os copos e uma nota doce como a de um sino de prata correu pelo pimenteiro que os cercava.

Beberam um pouco, beijaram-se, sentaram-se e Ryan se sentiu imediatamente tão à vontade com ela que sabia que, mesmo que essa Sam fosse uma mentira, ele a amaria e continuaria a amá-la ainda que houvesse outra Samantha que fosse uma vadia inescrupulosa.

— Passou uma semana inteira — falou ela.

Se, depois de receber o diagnóstico de um problema no coração, essa noite ele também descobrisse que estava apaixonado pela Srta. Jekyll, apesar da existência de uma Srta. Hyde, essa seria a semana mais importante da sua vida.

Uma rede de sombras e o pôr do sol tardio não pareciam se apossar deles, mas envolvê-los, como se tivessem sido absorvidos por eles e eles pelas sombras e pelo pôr do sol, uma matriz de claro e escuro, conhecido e desconhecido, um tecido e uma rede de mistério de onde o futuro deles se formaria.

— Por que deixamos uma semana inteira passar? — perguntou ela.

— Mas o seu romance avançou bastante, não avançou?

— Muito. Tive vários dias bons seguidos. Como é que você sabe?

Ryan não teve a menor vontade de explicar que, quando Sam se deixava levar pela escrita, ela pensava menos na proposta de casamento e que, quando o casamento não estava em sua cabeça, ela era menos casta.

Em vez disso, ele disse:

— Os seus olhos estão cheios de excitação, e a voz, toda animada.

— Talvez porque você esteja aqui.

— Não. Se você estivesse feliz em me ver, estaria vestindo rosbife com queijo.

— Tudo bem. O livro. É difícil de explicar. Mas o texto e o subtexto estão se entrelaçando de um jeito que eu nunca fui capaz de imaginar.

— Isso *é* emocionante.

— Bem, para mim é.

— Como está se saindo com os particípios?

— Estão sob controle.

— E os pontos e vírgulas, os gerúndios e todo aquele negócio de quem fez o que a quem?

— Se esse vinho não fosse tão bom, eu o derramaria inteiro na sua cabeça.

— É por isso que eu só compro o melhor. Em autodefesa.

Passos rápidos subiram a escada pelo pátio.

Ryan se virou bem a tempo de ver a cabeça grisalha parecida com uma coroa de gelo, que, à luz da lua, uma semana atrás, havia identificado o homem alto no pátio que conversava com Samantha como Spencer Barghest.

Sem a lua, essa identificação já não valia mais. Esse homem possuía o mesmo tipo físico de Barghest, mas tinha uns dez anos a menos que o Dr. Morte, lá pelos 40, e não dispunha das feições elásticas de um comediante de stand-up comedy atrás das quais Barghest se escondia.

— Ah — disse ele, vendo-os à mesa e parando um passo antes de chegar à varanda —, me perdoem. Eu não quis interromper.

— Kevin — falou Samantha —, pode acompanhar a gente. Eu vou pegar outro copo.

— Não, não precisa se incomodar. Estou com pressa mesmo. Tenho que ir ao hospital para a visita noturna.

Enquanto Ryan se levantava da cadeira, Samantha disse:

— Vocês dois já se conhecem?

Quando Ryan respondeu que sentia muito, mas que não, Samantha o apresentou a Kevin Spurlock, filho de Miriam Spurlock, que era a dona da casa com garagem em cima da qual Sam morava.

— E como está a sua mãe? — perguntou ela.

— Está muito bem. Realmente muito bem.

Para felicidade de Ryan, Samantha acrescentou:

— Miriam teve um ataque horroroso de angina há uma semana. Aliás, há exatamente uma semana, nessa mesma noite.

— Ela estava num restaurante — contou Kevin. — Os paramédicos a levaram de ambulância para um hospital. O pior para ela foi ter feito uma cena num local público. Ficou horrorizada.

— Ataque cardíaco?

— Não, graças a Deus. Mas os exames revelaram que ela estava com as artérias entupidas.

— Muito entupidas — acrescentou Samantha. — Na manhã seguinte, ela pôs quatro pontes de safena.

— Minha mãe adorava as suas flores — contou Kevin a Samantha. — Copos de leite. Seus favoritos.

— Vou encher o quarto dela com eles, quando ela voltar.

Depois que Kevin saiu, Samantha contou histórias sobre Miriam, uma das quais Ryan já tinha ouvido. A locadora era um tanto excêntrica, embora invariavelmente doce e gentil.

Uma semana antes, quando Ryan pensara que havia pegado Samantha numa conversa suspeita com Spencer Barghest, ela evidentemente estava recebendo a notícia sobre a internação de Miriam Spurlock.

Vendo uma luz no apartamento, Kevin deve ter vindo até a porta. A batida não chegara a acordar Ryan do seu cochilo pós-sexo. Para não incomodá-lo, Samantha saiu para falar com o filho da proprietária.

E, inspirado por uma interpretação paranoica de um encontro inocente, Ryan voara até Las Vegas na manhã seguinte em busca de provas de uma conspiração que não existia.

Agora, os livros de enriquecimento rápido de Rebecca Reach pareciam ser prova de nada mais do que a sua ingenuidade e seus pensamentos otimistas.

A coleção de revistas contendo artigos de Samantha só provava que, mesmo rompida com a filha, Rebecca continuava sentindo orgulho dela.

Spencer Barghest podia ser perverso e até depravado, e Rebecca podia ser uma péssima avaliadora de homens, menos que inteligente e moralmente perdida — mas nem ela, nem o namorado apaixonado por cadáveres estavam tramando qualquer coisa contra Ryan.

Samantha nunca havia dito que conhecera Barghest e tampouco que ele estivera presente quando Teresa fora obrigada a deixar este mundo.

No entanto, em retrospecto, seu silêncio sobre o assunto provavelmente só demonstrava o seu próprio constrangimento. Ninguém teria muita pressa em revelar que a mãe dormia com um niilista nojento que vivia no meio de cadáveres que, segundo ele, eram uma forma de arte.

Depois do incidente na prancha de surfe e o terrível ataque naquela noite que o haviam levado a Forry Stafford, Ryan ficara obcecado com uma única palavra pronunciada pelo médico — *envenenamento* — para evitar enfrentar a verdade que era que o seu corpo o estava deixando na mão. Em vez disso, ele precisava identificar um inimigo externo que seria mais fácil de derrotar do que uma doença ou uma anomalia genética.

Em seu desespero, Ryan havia se afastado da lógica com a qual sempre havia enfrentado todos os seus problemas nos negócios e na vida. Trocou a racionalidade pela irracionalidade.

Agora, obrigado pela visita de Kevin Spurlock a reconhecer seu erro e sua fraqueza, Ryan estava mortificado. Esperançoso de que o vinho pudesse aparar as arestas de sua humilhação, ele se serviu de mais um copo.

Estava muito grato pela forma das folhas do pimenteiro à luz do sol que se punha e pela sombra túrgida que parcialmente o encobriam. Ele esperava que, pelo menos desta vez, Samantha achasse que o seu semblante fosse mais difícil de ler do que um livro do Dr. Seuss.

Depois de contar uma terceira história sobre Miriam, Samantha foi buscar quatro velas votivas na cozinha e as colocou na mesa.

Enquanto o rosto dela se iluminava com o brilho do fósforo de butano e seu olhar se dirigia de uma chama à outra, Ryan disse "eu te amo" e se sentiu muito esperto, embora, talvez, tão esperto quanto alguém numa clínica de recuperação.

Capítulo 25

Com a lua ainda pendurada a leste, no horizonte, mas se erguendo mais para o alto, e com o gigante pimenteiro ocultando a maioria das estrelas que recuavam eternamente, a hora de falar da morte havia chegado.

Depois do jantar, com a mesa totalmente limpa, a não ser pelo vinho e pelas velas, Ryan segurou a mão esquerda de Samantha e falou:

— Eu tenho sido um homem feliz a cada momento em que estivemos juntos.

— Parece que a próxima palavra vai ser *mas*, e nesse caso os chinelos não são muito adequados para dar um pontapé no traseiro.

Não falaria nada da sua aventura autoilusória, do seu medo de ter sido envenenado. Se fosse morrer em um ano, queria que Samantha se lembrasse dele como um homem melhor do que realmente havia sido.

Como ela encarava a vida da mesma maneira que encarava o mar na hora de surfar — à sua própria maneira, mas respeitando a imprevisibilidade da natureza, corajosa e destemida —, Ryan explicou a situação sucinta e objetivamente. Ele não fez nenhuma ópera trágica com a notícia, nem fingiu que era uma ópera leve que com certeza iria acabar com floreios e bandeirolas, e sonoros arpejos de harpas.

A mão de Sam apertou com força a dele, como se quisesse segurá-lo a esse mundo. Lágrimas se formaram em seus olhos, brilhando com o esforço de contê-las, e esse brilho fez as luzes das velas tremularem mais nesse reflexo do que conseguiam nas taças ornamentados que as seguravam.

Ryan compreendia que dar essa notícia era tão ruim para Samantha quanto devastador para ela ouvir. Duas coisas que um admirava no outro eram a autossuficiência e o reconhecimento de olhos abertos de que a vida era uma luta que exigia otimismo e confiança.

Grato por ela não ter perdido o controle e chorado, satisfeito por ter se mantido atenta em vez de o interromper com perguntas, Ryan também ficou *sensibilizado* pelo esforço de Samantha em reprimir as lágrimas e se manter firme.

A intensidade da resposta do coração dela não podia ser negada, porque seus batimentos aceleraram e aumentaram tanto que ficaram visíveis em sua garganta esguia. O quimono não escondeu os tremores que sacudiram seu corpo, e, em vez disso, mesmo à luz de velas, a abertura das mangas e todas as dobras folgadas da seda brilhante faziam com que seus estremecimentos ficassem visíveis, com a mesma nitidez que o ar transportava a voz dele.

Quando Ryan terminou, Sam respirou fundo duas vezes, desviou seu olhar do dele para as suas mãos entrelaçadas e optou por encarar a essência do terror com a primeira pergunta.

— Qual é a possibilidade de você conseguir um coração novo?

— Quatro mil americanos por ano precisam de um transplante. Só uns 2 mil doadores se tornam disponíveis.

— Nesse caso, é uma chance de cinquenta por cento.

— Menos. O coração do doador tem que ser compatível com o meu sistema imunológico. Tem que haver compatibilidade para minimizar as chances de haver rejeição pelo meu corpo.

— E quais são as chances dessa compatibilidade?

— Eu tenho o tipo de sangue mais comum, o que é bom. Mas existem outros critérios. E mesmo se todos eles forem atendidos, o coração vai para alguém que esteja na frente da lista, se também for compatível.

— E você já está na lista?

— Provisoriamente. Semana que vem eu vou passar por um teste psicológico. Tudo vai depender disso.

— Por quê? — perguntou Samantha.

— Eles tentam detectar fatores sociais e de comportamento que possam interferir na recuperação.

— Você quer dizer... alguma coisa tipo alcoolismo?

— Alcoolismo, fumo, problemas de atitude que fariam com que eu fosse menos suscetível do que outros pacientes a seguir as orientações médicas e fazer mudanças no meu estilo de vida...

Erguendo os olhos de suas mãos e evitando encarar Ryan, Samantha observou as quatro velas como se o futuro pudesse ser lido na configuração daquelas chamas.

— Inteligência deve ser algo que eles procuram — disse ela. — Um paciente inteligente deveria ser uma vantagem.

— Talvez seja.

— Isso conta a seu favor. O que mais? Quais são os pontos positivos?

— Sou jovem e, fora isso, gozo de boa saúde. Se eu tivesse problemas em vários outros órgãos, se eu tivesse diabetes, eu não seria um candidato ideal.

Trazendo uma vela para perto de si, Samantha primeiro a soprou levemente para que ardesse mais um pouco e depois a apagou.

— O que mais? Quero ouvir mais pontos positivos.

— Não preciso da aprovação da companhia de seguros. Posso pagar do meu próprio bolso.

Enquanto uma pálida fita de fumaça se desenlaçava do pavio preto que dava o seu último suspiro, Samantha trouxe a segunda vela para perto de si e também a soprou para a escuridão.

Ryan falou:

— Às vezes, a distância pode ser um problema. Uma vez que seja constatada a morte cerebral do doador e os cirurgiões começam a remover o coração, eles o mantêm refrigerado a quatro graus centígrados numa solução salina. Mas só por seis horas.

— E isso quer dizer o quê? Que a equipe médica procura um recipiente que esteja dentro de uma determinada distância?

— No meu caso, eles não precisam trazê-lo até mim. Eu mesmo posso ir até lá com o Learjet, enquanto eles mantêm o doador vivo com aparelhos.

Ela mergulhou o polegar e o indicador no último gole de vinho e apagou a chama da terceira vela.

— O índice de cinco anos de sobrevivência para um transplante está subindo devagar, mas solidamente, em direção a setenta por cento.

Sem voltar a molhar os dedos, Samantha apagou a última vela com eles e silvou não apenas como se tivesse sentido o calor, mas como se quisesse mesmo senti-lo.

A porta da cozinha estava fechada e a janela com a cortina cerrada não deixava passar a luz para a varanda.

— Se eu conseguir ultrapassar esses cinco anos, então as chances de viver mais cinco aumentam. E tanta coisa tem acontecido na medicina, todo ano. Tanta coisa...

Embora a noite não estivesse totalmente escura, ela devia ter encoberto Samantha. No entanto, em seu rosto, a tristeza silenciosa que ela não conseguia mais reprimir cintilava levemente, como se as suas lágrimas contivessem um sal fosforescente.

Afastando a mesa da cadeira, levantando-se, mas ainda segurando a mão dele, ela disse:

— Venha deitar comigo.

Ele se levantou.

— Apenas deite comigo — falou Sam — e me abrace.

Capítulo 26

Na cama, vestida deitada, e sobre as cobertas, Samantha repousava o queixo no peito de Ryan, agarrada a ele, que tinha o braço direito em volta dela.

A exaustão o deixara quase paralisado. Ele se sentia exaurido e como um peso morto.

Eles haviam enfrentado um rito de passagem no relacionamento, o reconhecimento de que, mesmo sendo jovens, a Morte marcava presença em sua dança, provando que a vida em comum seria finita.

Como ele, Sam provavelmente tinha muita coisa a dizer, mas não possuía energia para falar e, no momento, não achava as palavras adequadas para expressar seus pensamentos.

Eles cochilaram, mas não adormeceram profundamente, mudaram de posição, mas continuaram agarrados um ao outro.

Quando finalmente ela voltou a dizer alguma coisa, sua voz estava baixa e não tinha aquele humor habitual:

— Estou com medo.

— Eu também, mas está tudo bem. Vão conseguir um doador compatível para mim. Vou conseguir um coração.

— Eu sei que você vai.

— Vou, sim.

— Você vai, se alguém deixar. Mas tem que se cuidar, Ryan.

— Vou fazer tudo o que os médicos disserem.

— Especialmente você. Sendo quem você é, vai ser preciso tomar cuidado.

— Não vou tentar montar nenhum tubarão.

— Tem que deixar as coisas acontecerem do jeito que elas tiverem que ser.

— Vai acontecer.

— Estou com medo.

— Eu não vou simplesmente desaparecer — disse ele. — Não sou assim. Você sabe que eu não sou assim.

— Tenho medo por você.

— Eu vou enfrentar, Sam.

— Não enfrente. Deixe acontecer.

— Não se preocupe comigo. Eu não estou com medo.

— Às vezes, faz bem ter medo — respondeu ela. — Faz você ficar atento e com a cabeça clara.

* * *

Muito tempo depois, ele falou:

— Casa comigo.

Sam não respondeu, mas ele teve certeza de que ela estava acordada.

— Eu sei que você está acordada.

— Estou.

— Então casa comigo.

— Vai parecer que só estou me casando porque você está morrendo.

— Mas eu não vou morrer.

— Todo mundo vai pensar que me casei com você pelo dinheiro.

— O que vão pensar não me interessa. Nunca me interessou. Por que eu iria me importar com isso agora?

— Eu te amo. Vou atravessar essa fase com você se deixar as coisas acontecerem. Vou atravessar cada passo do caminho, o tempo inteiro, mas você vai ter que fazer tudo o que o Dr. Gupta mandar.

— Ele é meu médico. É claro que vou fazer o que ele mandar.

— Eu te conheço. Te conheço tão bem. Queria tanto que você estivesse certo... e chegar logo ao fim de tudo isso.

— Então casa comigo.

— Vou me casar quando tudo tiver terminado e estiver tudo bem.

— Depois do transplante, você se casa comigo?

— Se você relaxar. Apenas relaxe, aceite e deixe as coisas acontecerem da maneira como devem.

— Então você vai ser a minha recompensa — respondeu Ryan.

— Não foi isso o que eu quis dizer.

Ele falou:

— Você é tudo o que eu quero, Sam.

— Tem que dar certo.

— Nós damos certo. Somos perfeitos quando estamos juntos.

— Nós somos. De verdade. Todos os dias.

— Então pronto.

— Então, se você deixar as coisas acontecerem do jeito que elas tiverem que ser, se relaxar e deixar que o que tiver que acontecer aconteça, aí eu vou saber que nós somos perfeitos não só um dia após o outro, mas também um ano depois do outro.

— Tudo bem. Eu posso relaxar. É isso o que você quer?

— Você tem que tomar muito cuidado, Pontocom.

— Me veja relaxar.

— Muito cuidado. Eu vou te acompanhar o tempo todo, mas você vai ter que me ouvir.

— Sim, querida.

— Estou falando sério. Você tem que me ouvir.

— Eu vou ouvir.

— Vai ter que me ouvir.

— Já estou ouvindo.

Agarrando-se num abraço bem forte a ele, Samantha falou:

— Ai, meu Deus, estou com tanto medo.

* * *

Ao cochilar, eles se afastaram. Ao se afastar, acordaram. E, acordados, voltaram a se aninhar. Assim foi o ritmo de toda a noite.

Quando o dia nasceu, Samantha acordou mais uma vez depois de se soltarem, mas tateou por Ryan e o encontrou com uma ansiedade que mostrava que imaginava que já tivesse ido embora. Acordado de seu sono pela procura e pelo toque dela, ele a abraçou e ficou ali, junto, mas essa proximidade já não era mais suficiente.

O sexo entre eles foi diferente de tudo o que Ryan havia conhecido, rico de desejo por uma união perfeita, mas sem luxúria, um sexo que oferecia sem exigir nada em troca, que recebia sem querer. Gentil, altruísta, quase inocente, essa era uma doce celebração da vida, mas, mais do que isso, era uma comemoração de tudo o que haviam sido um para o outro até esse momento, a esse suporte da vida de ambos, e era a formalização de um compromisso de se tornarem apenas um dali para a frente, de serem como um só, sempre um só, eternamente um só.

Mesmo depois de Ryan ter recebido uma sentença de morte virtual de seu cardiologista, ainda era possível haver um momento de beleza e alegria como esse, que não só lhe dava esperança, mas também um impulso a mais em sua determinação em viver.

Essa consumação ao amanhecer foi a sua grande onda, o melhor surfe da sua vida, um conjunto perfeito de *swells* de tamanho gigante. Não era de sua natureza imaginar que o que viria a seguir nunca mais seria o mesmo, e que em vez de uma nova vida, com um novo coração saudável, o que se seguiria seriam erros, desordem, horror, angústia e perda.

A tempestade.

Capítulo 27

RYAN PASSOU PELO TESTE PSICOLÓGICO E FOI ADICIONADO à lista de receptores de coração na Rede Nacional de Doadores de Órgãos.

Depois do diagnóstico de cardiomiopatia e da revelação de sua situação a Samantha, ele foi poupado dos sonhos que o haviam atormentado por toda a semana. A cidade submarina, o lago de águas negras, o palácio mal-assombrado foram todos deletados de seu itinerário noturno.

Nenhum outro sonho apareceu para afligi-lo. Ele dormia bem todas as noites e acordava descansado ou, pelo menos, suficientemente descansado.

Nos momentos solitários, Ryan não ouvia mais as batidinhas curiosas — nas janelas, nas portas, nos canos do banheiro e numa TV de plasma — que antes insistiam em chamar a atenção.

A sensação de estar sendo vigiado, de ser o objeto de uma conspiração sinistra, fragmentou-se junto com os sonhos e o fantasma das batidinhas. Um pouco de ar fresco soprou em sua vida e lhe tirou da cabeça a teia de irracionalidade, como se ele tivesse meramente sofrido uma alergia.

Ryan não passou por outras situações de déjà vu. Inclusive desconfiou que, se voltasse a Denver e localizasse o parquinho com as faias, aquele lugar — e a igreja ao lado — não o afetaria da maneira como ocorrera antes.

Quanto a saber, antes de ter visto, a aparência do crucifixo sobre o altar da Igreja de Santa Gemma...

Ao longo dos anos, ele estivera no interior de algumas igrejas católicas, participando de casamentos e funerais. Ryan não se lembrava de nenhum dos altares, mas partiu do princípio de que talvez o crucifixo numa igreja católica fosse bem parecido com o de outra. Talvez a uniformização chegasse a ser mesmo uma exigência. Ele já devia saber o que encontraria na Igreja de Santa Gemma porque já vira um crucifixo idêntico — ou muito parecido — num desses casamentos ou funerais.

Ele atribuiu a calma e a clareza que lhe extirparam a paranoia aos remédios que o Dr. Gupta prescrevera, inclusive um diurético para controlar a insuficiência cardíaca e o remédio antiarritmia para corrigir qualquer anomalia nos batimentos cardíacos. Seu sangue estava mais bem-oxigenado do que nunca e as toxinas perigosamente retidas estavam sendo expulsas do sistema com maior eficiência.

Irracionalmente, temera que um envenenador traiçoeiro, um Médici dos tempos modernos, pudesse estar entre os funcionários de sua casa. Ironicamente, o único envenenador era o coração que batia em seu peito, que, com as funções reduzidas, havia poluído a sua mente e criado seus próprios enganos, ou, pelo menos, foi o que Ryan concluiu.

Durante os meses de outubro e novembro, o maior problema de Ryan mostrou ser a impaciência. À medida que outras pessoas à espera de um transplante recebiam seus corações ou morriam, ele subia na lista, mas a velocidade não era suficiente.

Ele continuava ciente de que Samar Gupta lhe dera no máximo mais um ano de vida. Um sexto desse período já havia passado.

Quando via reportagens na TV sobre acidentes de carro envolvendo mortes, ele se perguntava se os falecidos haviam assinado as autorizações de doação de órgão ao receberem as carteiras de motorista. Às vezes, saber que a maioria das pessoas não doava lhe inspirava revolta. Mas isso não era justo com aqueles de quem reclamava, porque, durante todos os anos em que gozara de boa saúde, Ryan tampouco havia dado a autorização.

Com essa recente iluminação, através de seu advogado ele providenciou para que os seus órgãos fossem doados, se algum deles pudesse servir aos outros depois que o seu corpo sucumbisse à destruição da cardiomiopatia ou, de outra maneira, se recebesse o transplante, mas mesmo assim morresse.

* * *

Em dezembro, o Dr. Gupta teve que ajustar os remédios de Ryan e acrescentar dois medicamentos à prescrição para impedir o retorno dos sintomas mais assustadores e debilitantes.

O cardiologista usava uma terminologia médica hermética para evitar palavras como *deterioração*. Mas Ryan não tinha a menor dúvida de que sua situação estava se deteriorando.

Ele não se sentia muito diferente de como se sentira em setembro, a não ser pelo fato de que agora se cansava com mais facilidade e dormia mais do que naquela época.

Quando se olhava no espelho, percebia apenas algumas pequenas alterações, como um ligeiro inchaço. Às vezes, um rubor pouco saudável aparecia nas bochechas, e, em outros dias, uma palidez azul-acinzentada surgia na pele sob os olhos.

Tornou-se impaciente não só com o seu progresso na lista, mas também com Samantha. Às vezes, ela testava os seus limites.

Por um lado, ela parecia depositar confiança demais na organização que preparava a lista e escolhia os receptores.

Se Ryan administrasse a sua empresa com o tipo de pressuposições sem garantias e tolerância por inércia burocrática que percebia nessa comunidade médica específica, ele não teria enriquecido. Como aqui estavam em jogo vidas humanas, argumentava que esses organizadores tinham que ser mais — e não menos — eficientes do que ele havia sido enquanto construía o seu império de relacionamentos sociais na internet.

Sam aceitava ouvir pouco mais do que algumas reclamações a respeito, antes de lembrá-lo de que ele havia prometido enfrentar esse período de espera com uma atitude tranquila. Ryan jurara não tentar controlar o que estivesse fora de seu alcance, deixar que as coisas se desenrolassem em seu devido tempo.

— Pontocom, você me preocupa — dizia-lhe ela agora. — Esse desespero, esses acessos de raiva. Isso não faz bem. Não ajuda você. Você está muito tenso.

* * *

A cada semana, Ryan desenvolvia estratégias mais exóticas para sobreviver, investigando todo tipo de tratamento de medicina alternativa que complementasse o que qualquer cardiologista pudesse fazer por ele. Tudo, desde substâncias raras obtidas das sementes de árvores das florestas tropicais até a cura psíquica.

Com simpatia, inteligência e bom humor, Samantha bancava a advogada do diabo em todas as propostas de tratamento que ele considerava adotar. Embora Ryan soubesse que ela tinha razão, às vezes o seu humor ácido chegava à beira do mais puro sarcasmo; sua inteligência, um mero pessimismo; e sua doce simpatia parecia um tanto insincera.

Ryan desconfiava que o humor azedo e os frequentes surtos de agitação e desespero que desenvolvera fossem causados pelos remédios. Uma revisão dos efeitos colaterais de cada medicamento confirmou as suspeitas.

— Lamento, Sam — disse mais de uma vez —, são essas porcarias de remédios. Eu não sou mais eu. Daqui a pouco vão nascer cabelos nas palmas das minhas mãos e eu vou uivar para a lua.

Sabia que a estava exaurindo e que o romance que ela escrevia havia praticamente parado. Começou a dar mais tempo para ela, embora Sam protestasse que ficaria ali o dia inteiro ao lado dele, todos os dias, até que recuperasse a saúde, com um novo coração.

* * *

No dia 12 de dezembro, eles jantaram num restaurante onde as toalhas de mesa, a porcelana Limoges, os cristais e os garçons de ternos brancos impunham o clima e um padrão.

Esse não era um daqueles mercados de carne de alto nível de Newport Beach, que tinham estilo, mas abasteciam, principalmente, jovens ricos que escolhiam as companheiras de jantar dentre as oportunidades oferecidas no bar. Ali, a clientela era mais velha, mais quieta, com, no mínimo, um verniz de classe, geralmente aquele charme de antigos ricos que fazia até o verdadeiro estilo parecer deselegante, em comparação.

Entre o aperitivo e a entrada, Ryan falou a Samantha sobre o Dr. Dougal Hobb, um eminente cardiologista e cirurgião cardiovascular com consultórios em Beverly Hills.

— Acho que eu vou passar para ele — declarou.

Surpresa, ela perguntou:

— Mas o que é que o Dr. Gupta tem de errado?

— Nada. Ele é legal. Mas o Dr. Hobb tem uma reputação tão boa... Ele realmente é o número um na profissão.

— Isso vai afetar a sua posição na lista de espera?

— Não, de jeito nenhum.

— O que Forry Stafford disse?

— Ainda não toquei nesse assunto com ele.

— Por que não? Foi ele quem recomendou o Dr. Gupta.

Num restaurante, ele e Samantha geralmente preferiam uma mesa no canto, para lhes dar mais privacidade, mas nessa ocasião eles se sentaram no centro do estabelecimento. O salão elegante brilhava, um verdadeiro colírio para os olhos, todo ao redor deles.

— Eu vou falar com Forry. Só não falei ainda.

— Pontocom, isso é mudar só por mudar, só mais desespero?

— Não. Já pensei muito nesse assunto.

Junto com um assistente, um garçom chegou com as entradas e apresentaram cada prato com floreios suficientes para atestar a excelência do serviço sem descambar para o exibicionismo.

Quando começaram a comer, Ryan mudou de assunto.

— Você está tão linda esta noite. Todo mundo está olhando para você, o centro das atenções.

— Bem, nós estamos no meio do salão, como você pode perceber. E desconfio que a maioria das pessoas saiba quem você é, o que faz de mim muito mais uma atriz coadjuvante.

Samantha deixou que ele desviasse a conversa através de vários subterfúgios, mas acabou voltando a Hobb.

— Antes de sair do Dr. Gupta, não deixe de falar com Forry.

— Eu vou falar. Mas ninguém vai ser melhor que Dougal Hobb. Eu até já fiz uma investigação completa sobre ele.

— Investigação completa?

— Por uma empresa de segurança extremamente confiável. Para ver se havia algum processo de erro médico contra ele ou qualquer tipo de problema pessoal.

Os olhos verde-azulados de Samantha não escureceram, mas o humor dela passou por uma mudança completa.

— Você contratou um detetive particular para fazer uma investigação sobre ele?

— É a minha vida que está em jogo, Sam. E quero ter certeza de que estou nas melhores mãos possíveis.

— Forry é seu amigo. Ele te mandou para o melhor. Ele quer o melhor para você.

— O Dr. Hobb nunca teve uma reclamação registrada contra ele, muito menos um processo formal.

— E o Dr. Gupta teve?

— Não sei.

— Tenho certeza de que não teve.

— Eu não sei, mas ouça. A vida particular do Dr. Hobb não tem uma única mancha, suas finanças estão na mais perfeita ordem, o casamento dele é sólido como uma rocha, ele...

Pousando o garfo e a faca na mesa, ela disse:

— Você está me assustando.

Ele arqueou as sobrancelhas.

— Por quê?

— Será que não ouve o que você mesmo está dizendo? Você está tentando lidar com isso, tentando assumir o controle, mas fundamentalmente não tem que comandar nada.

Ryan respondeu à preocupação dela com um olhar tímido.

— *Be to do*, ser para fazer. Esse não é só o nome bonitinho de uma empresa. É uma filosofia de vida. Controlar as coisas é um hábito difícil de se livrar.

— E confiar nas pessoas é um hábito difícil de se criar, Ryan, principalmente para pessoas como você e eu, considerando de onde nós saímos.

— Você está absolutamente certa. Eu sei.

— Nós podemos modelar nossos destinos, mas não controlar. Você não pode controlar a morte. Nessa situação, você precisa de uma equipe. Só pode tomar esse tipo de decisão depois de fazer uma consulta.

— Estou te consultando agora.

Ela nem desviou o olhar, nem respondeu.

— Muito bem — falou ele. — Você está certa. Não vou fazer nada até conversar com Forry e o Dr. Gupta. E com você.

Ela bebeu um pouco do Cabernet, depois pousou o copo na mesa. Olhou pelo salão brilhante, o que fez com que outros comensais desviassem o olhar que dirigiam a ela.

Voltando a atenção mais uma vez para Ryan, ela disse:

— Meu amorzinho, confie nas pessoas que se importam com você. E confie especialmente em mim porque eu te entendo tão bem, tão inteiramente bem... e te amo.

Comovido, ele falou:

— Eu também te amo.

— Se me conhecesse tão bem quanto eu te conheço, talvez você não me amasse.

— Impossível. Isso é coisa que se diga?

— Não, é verdade. Os seres humanos são obras tão intrincadas, tão desesperadas... É muito raro conhecer alguém completamente, até os ossos, e ainda assim amá-lo. Ou amá-la. Eu não quero sobremesa. E você?

Ela o havia instigado tanto que, a princípio, Ryan não se deu conta da mudança de assunto, e a encarou como se ela tivesse repentinamente começado a falar um desconhecido dialeto russo.

E então:

— Ah, não. Também não quero sobremesa.

— Talvez depois do vinho, um espresso duplo.

— Parece ótimo.

Ela não disse mais nada sobre o Dr. Hobb ou sobre a natureza desesperada e intrincada da humanidade. Passou a falar de coisas mais alegres.

Durante o espresso, ela deu a Ryan um sorriso afetuoso que o deixou feliz, e, quando a luz de um candelabro dançou em seus olhos, falou:

— Está vendo, Pisca-Pisca, você podia ter me levado ao canto mais remoto do salão e, mesmo na privacidade, eu não teria te esfolado, nem tapado as suas orelhas.

* * *

Pouco mais de um dia depois, em 14 de dezembro, sozinho em casa, enquanto esperava o sono que por horas parecia fugir dele, confortado pelo brilho de um abajur de cabeceira que detestava desligar nesses dias, Ryan sofreu um problema respiratório.

Ele inspirava sem sucesso, como se o ar que puxava fosse para um lugar diferente dos pulmões, como se a crença de que ele estava inspirando direito fosse uma percepção equivocada. Uma sensação imediata de asfixia tomou conta dele, uma ansiedade sufocante, e ele não conseguiu evitar o pânico.

Quando se empurrou no colchão, Ryan foi acometido por uma tontura tão grande que a cama parecia estar num carrossel e caiu de costas nos travesseiros, puxando o ar, ensopado copiosamente por um suor quente e instantâneo.

Naquele momento, um ano-luz era definido como a distância entre ele e o telefone na mesa ao lado. Ryan podia ver o telefone, mas não dispunha de conhecimentos suficientes de física einsteiniana para fazer a épica jornada.

Esses paroxismos só duraram alguns minutos. Mas, quando ele finalmente conseguiu voltar a respirar com facilidade, o ar nunca tivera um sabor tão doce.

Por algum tempo, Ryan relutou em se mover, temendo que o movimento pudesse disparar outro surto, igual ou pior. Quando finalmente se sentou, tirou as pernas da cama e se levantou, descobriu que os tornozelos estavam muito inchados.

Embora tomasse seus remédios fiel e pontualmente, ele estava retendo água.

De pé ao lado da cama, pela primeira vez em vários meses, ouviu umas batidinhas, alguém batendo de leve, batendo na janela ou na porta.

O pânico havia desaparecido, mas o medo continuava. O suor que o envolvia havia esfriado.

Virando de lado, ele procurou a fonte do som com a cabeça inclinada na direção das batidinhas insistentes e metronômicas. Deu alguns passos numa direção, então mais alguns em outra, parando várias vezes para ouvir.

Ryan passou do quarto de dormir para a sala de estar, então voltou ao quarto, e depois se dirigiu ao granito preto, ônix dourado, aço inox e às paredes espelhadas do banheiro. No labirinto de reflexos, as batidas continuavam, altas como em todos os outros lugares.

Por um momento, Ryan chegou a acreditar que o som viesse de baixo de seus pés, que a sua natureza ubíqua — sempre no mesmo volume, sempre no mesmo timbre, em todos os cômodos — indicava uma fonte embaixo das tábuas do assoalho, uma fonte que, incrivelmente, fosse móvel e o estivesse perseguindo.

Mas então ele se lembrou que os pisos eram de concreto leve utilizado especificamente com o propósito de abafar o som. Não havia tábuas de assoalho para serem levantadas. Não havia espaço oco embaixo pelo qual a fonte do som poderia persegui-lo.

Olhou para o teto, a única outra superfície comum aos três ambientes, e pensou no sótão lá em cima. Ele entreteve a imagem, provavelmente maluca e com certeza absurda, de um perseguidor acima dele, algum fantasma que teria trocado as celas subterrâneas de uma ópera por um campo de caça mais alto, monitorando eletronicamente a posição de Ryan com o propósito de atormentá-lo com as batidas, as batidinhas leves, as batidinhas muito, muito leves, só isso e nada mais.

A especulação absurda durou apenas alguns segundos, porque subitamente Ryan percebeu que o som vinha de dentro dele. Embora não fosse o *lub-dub* clássico do sangue sendo bombeado, ele tinha a ver com esse ritmo. Era um borbulhar sinistro nascido da sua disfunção cardíaca, não um dedo enluvado batendo à porta, não uma mariposa gorda batendo numa janela, mas o som de sangue e de músculo, e se, dessa vez, ele não desaparecesse como antes, se as batidinhas persistissem por tempo suficiente, elas seriam atendidas não por Ryan, mas pela própria Morte.

Ele tomou um banho, o mais quente que conseguiu aguentar, esperando espantar o frio dos ossos. As batidinhas silenciosas apareceram, sumiram e voltaram a aparecer, mas ele não limpou o vapor da porta de vidro, à espera do rosto sorridente de um intruso.

No closet, que era do tamanho de um quarto, enquanto se vestia, as batidinhas pareciam chegar do outro lado de qualquer uma das portas, de dentro de qualquer uma das gavetas e de trás de qualquer um dos espelhos de três lados, mas Ryan não precisava mais procurar a fonte.

A limusine superestendida chegou no horário marcado das oito horas. O motorista se chamava Naraka, embora Ryan não soubesse se esse era o prenome ou sobrenome.

Enquanto se afastavam da casa, as batidas internas silenciaram e não voltaram uma única vez no caminho entre Newport Coast e a distante Beverly Hills.

Dois dias atrás, antes do jantar com Samantha, Ryan havia marcado uma consulta de emergência com o Dr. Dougal Hobb. Depois da desaprovação de Samantha, ele chegara a pensar em cancelar, mas deixara a decisão para o último minuto, para a manhã de agora.

Levando-se em conta o medonho problema de respiração na noite e a conclusão tardia de que as batidas ocasionais eram um som abafado que vinha de dentro de seu corpo, ele acreditava que uma conversa com Hobb seria prudente.

Ryan não informou sua decisão nem ao Dr. Gupta, nem a Forry Stafford. Também não contou a Samantha.

Seu único conselheiro foi o seu instinto de sobrevivência, que lhe disse que se encontrar com Hobb não só era aconselhável, como também essencial para a preservação de sua vida, tanto quanto uma escada à prova de incêndio seria indispensável para um homem encurralado no inferno de um arranha-céu pegando fogo.

* * *

O Dr. Dougal Hobb não mantinha sua clínica num dos arranha-céus brilhantes que ladeavam o Wilshire Boulevard, como o de muitos outros médicos. Sua clínica ocupava um prédio inteiro de três andares numa rua tranquila, à margem do bairro comercial de Beverly Hills.

Essa elegante estrutura neoclássica — branca, com um teto preto de ardósia, envolvido por árvores de magnólia que abanavam suas folhas gigantescas que projetavam as sombras nas paredes —, estava mais para uma residência do que para um lugar de negócios. Apenas uma discreta placa de latão ao lado da porta de entrada identificava o propósito do local: DR. D. HOBB.

Três portas se abriam a partir do hall de entrada, e a da direita é que ostentava a placa de CONSULTAS.

Isso acabou se revelando uma sala de espera com chão de mogno escuro sobre o qual boiava um antigo tapete persa, um Tabriz do século XIX, que brilhava como se tivesse sido tecido a partir de ouro. As cadeiras confortáveis e as mesas de canto modernas sugeriam que os pacientes ali eram tratados como hóspedes.

Ryan não conseguia identificar a música clássica que tocava em baixo volume, mas achou que ela o acalmava.

A recepcionista, uma mulher atraente de aproximadamente 40 anos, não vestia os macacões cirúrgicos nem as roupas largas de ginástica tão comuns nos consultórios médicos de hoje em dia, mas uma malha bege de grife.

Tanto a recepcionista como a enfermeira, Laura, que preencheram o histórico médico preliminar de Ryan numa pequena sala de reunião, eram bem-articuladas, profissionais, eficientes e calorosas à própria maneira.

Ryan se sentiu como se tivesse conseguido navegar para fora de uma tempestade e chegar a um porto ensolarado.

Laura, com seus 20 e poucos anos, usava um medalhão oval pendurado numa corrente de ouro intrincadamente trançada. O medalhão laqueado, na frente, mostrava um pássaro estilizado dourado e vermelho com as asas estendidas, subindo.

Quando Ryan elogiou a beleza do medalhão, a enfermeira disse:

— É uma fênix do início do século XIX. O Dr. Hobb me deu pelo meu terceiro aniversário de casamento. — Ela percebeu a surpresa dele e suas bochechas lisas se ruborizaram quando rapidamente corrigiu a impressão que havia passado. — O doutor é meu sogro. E Andrea, a Sra. Barnett, a recepcionista, é irmã dele.

— Não se costuma pensar numa clínica médica como um negócio familiar — comentou Ryan.

— É uma família bem unida — disse ela — e maravilhosa. Blake, o meu marido, se formou na faculdade de medicina de Harvard.

— Em cardiologia?

— Em cirurgia cardiovascular. Quando terminar a residência, vai se juntar a Dougal... ao Dr. Hobb... na clínica.

Considerando-se a indiferença à ideia de família e tradição que caracterizava os pais de Ryan, ele sentiu inveja do clã dos Hobb.

Em vez de conduzir Ryan direto à sala de exames, Laura o levou primeiro ao consultório de Dougal Hobb.

— Ele já vai vir num minuto, Sr. Perry.

Mais uma vez, ele se sentiu como se estivesse numa casa particular e não num consultório médico, muito embora uma das paredes exibisse as graduações médicas do cirurgião e inúmeras honrarias.

Como Wilson Mott havia fornecido um dossiê bem completo sobre o médico, Ryan não se deu ao trabalho de examinar os diplomas emoldurados na parede.

Em vez disso, quando o Dr. Hobb entrou, Ryan estava admirando a mesa Biedemeier marrom-escura, incrustada de ébano.

Com cerca de 1,80 metro de altura, em forma sem ser musculoso, vestido com mocassim preto, calça de lã cinzenta, um cardigã vermelho e camisa branca sem gravata, Hobb não cultivava uma aparência poderosa, mesmo assim Ryan sentiu como se uma força da natureza houvesse entrado na sala.

Embora tivesse uma voz clara de barítono, Hobb falava baixo, com um traço de sotaque que se podia notar e que parecia ser da Carolina. Ele tinha uma vasta cabeleira escura e grisalha, mas não exibia a juba prateada de um leão; seus olhos castanhos eram diretos, embora não chamassem a atenção; suas feições eram agradáveis, ainda que não exatamente elegantes. E, no entanto, o doutor parecia encher o ambiente com sua presença.

Eles se sentaram em poltronas, um de frente para o outro com a portentosa mesa Biedemeier entre eles com um verniz castanho lindamente desenhado, de maneira que, como disse o Dr. Hobb, pudessem "se conhecer melhor".

Em apenas alguns minutos, Ryan entendeu que o Dr. Hobb causava uma impressão tão marcante porque parecia ser, desde o primeiro contato, uma pessoa tímida, até mesmo humilde, apesar de sua grande habilidade em cirurgias e seu sucesso prepararem os outros para encontrar a personificação do orgulho, para não falar da arrogância, e porque parecia genuinamente se interessar pelos pacientes, motivado pela compaixão que sabia demonstrar, sem jamais dar a impressão de vender os seus serviços ou bajular o paciente.

— Esses últimos três meses — contou Ryan — foram assustadores, é claro, e muito tristes, mas não é só o medo e os surtos de depressão que me deixam cada vez mais difícil de lidar com a situação. É como esses meses têm sido estranhos, a maluquice completa, a sensação de que existe outra coisa terrivelmente errada na minha vida que não é só a doença. Eu vivo pensando que alguém está me manipulando, que não controlo mais a minha vida, que os cuidados médicos que tenho recebido não são os cuidados que eu deveria receber. Entendo que para um cara da minha idade é muito fácil se render à paranoia quando se é atingido por um diagnóstico assim, já que ele é tão inesperado. Quer dizer, eu só tenho 34 anos, e não posso fazer minha cabeça aceitar a ideia de que vou morrer.

— Nós não vamos deixar isso acontecer — disse o Dr. Hobb, inclinando-se para a frente na cadeira. — Nós simplesmente não vamos deixar isso acontecer.

Considerando como as chances apontavam contra Ryan, ele não acreditava que uma declaração tão confiante como a que Hobb havia acabado de fazer pudesse ser levada a sério. No entanto, foi assim que ele a levou. Acreditava que Doug Hobb não o deixaria morrer e ficou tão aliviado e assoberbado pela gratidão que sua visão chegou a ficar turva, e por um momento ele não conseguiu falar.

Capítulo 28

NAQUELE DIA, DEDICADO QUASE QUE EXCLUSIVAMENTE A Ryan, o Dr. Hobb conduziu inúmeros testes, embora não tenha feito o paciente passar por outra biópsia do miocárdio. Ele partiu do pressuposto razoável de que o laboratório havia analisado adequadamente as amostras de tecido enviadas pelo Dr. Gupta.

Mas, como um procedimento de checagem, ele pediu uma análise, recém-inventada, de alta tecnologia do sangue de Ryan, procurando a presença de genes-chave que confirmariam o funcionamento anormal do músculo cardíaco que fossem consistentes com cardiomiopatia genética. A presença foi detectada.

Ryan não tinha ilusão de que o diagnóstico do Dr. Gupta seria revertido. O que ele queria de Dougal Hobb era a esperança que vinha ao saber que estava aos cuidados de um médico brilhante que era tão dedicado à prática agressiva da sua especialidade quanto Ryan fora dedicado ao fazer a Be2Do crescer.

O Dr. Hobb prescreveu dois dos quatro remédios que faziam parte da receita atual de Ryan, descartou outros dois e acrescentou mais três.

Às sete horas da noite, mais uma vez na sala particular antes de mandar Ryan de volta a Newport Coast, o cirurgião lhe forneceu um finíssimo telefone de alerta médico. Apertando um único botão, duas vezes, Ryan seria conectado via satélite com um serviço de emergência.

— Tenha isso com você o tempo todo — recomendou Hobb. — Crie o hábito de reabastecê-lo na mesinha de cabeceira toda noite. Mas tire do carregador e leve com você quando for ao banheiro, caso algum ataque incapacitante venha a acontecer lá dentro.

Ele deu a Ryan uma lista de crises fisiológicas — como o fato de ter dificuldade de respirar —, em cujo caso o telefone de alerta médico deveria ser usado sem hesitação.

— E, se eu receber o aviso de que a sua espera terminou, que um doador compatível foi encontrado para você — disse Hobb —, entro em contato pelo mesmo telefone de alerta médico. O tempo é crucial nessas horas e não gosto de confiar nos telefones comuns. Sem pensar muito, os pacientes os desligam ou ativam o correio de voz. Enquanto esse aparelho estiver carregado, ele estará sempre funcionando. Ele não tem um botão de DESLIGA. Por isso, mantenha carregado e leve sempre consigo. O dia pode chegar.

* * *

Depois de uma viagem de duas horas na limusine alugada, com Naraka silencioso e solene ao volante, Ryan chegou em casa.

Ele havia recebido um almoço leve numa caixa na clínica do Dr. Hobb, mas não havia jantado. Procurou na geladeira e preparou uma refeição com várias coisas.

Lee e Kay Ting já não estavam mais em horário de trabalho e haviam se recolhido — fazendo o quê, não lhe interessava saber. Ele já não desconfiava que os dois estariam envolvidos numa conspiração.

Mesmo que suspeitasse só um pouquinho, não se preocupava que os dois pudessem prejudicá-lo mais. Ele havia retomado o controle do seu destino e ninguém do seu círculo habitual sabia que isso havia acontecido.

Embora o Dr. Hobb pudesse até pensar que o seu novo paciente fosse um tanto excêntrico ou coisa pior, ele concordara em atender ao pedido de não informar a Samar Gupta que Ryan estava agora sendo tratado por um novo cardiologista.

Por sete anos, o próprio Ryan havia organizado seu plano de saúde porque detestava as burocracias dos governos e das companhias privadas, assim como a papelada infinita do sistema de saúde. Um cheque de 100.000 dólares emitido como pagamento a Dougal Hobb para cobrir todos os custos futuros lhe comprou certa tranquilidade entre as habituais formalidades que existem entre os médicos.

Ele pretendia manter suas consultas periódicas com o Dr. Gupta, embora não pretendesse seguir nenhum conselho ou tomar qualquer remédio receitado por ele.

Ainda que Ryan não suspeitasse de Gupta mais do que de Lee e Kay Ting, se o médico soubesse do envolvimento de Hobb, ele passaria a notícia a Forry Stafford, e Forry — ou Jane, sua mulher — contaria tudo a Samantha.

Ele tinha Forry como amigo, mas amizades desandavam o tempo todo. Irmão se virava contra irmão desde os tempos de

Caim e Abel, e até com mais frequência, e mais violência, nos tempos selvagens de hoje.

Embora seu coração tivesse chegado à conclusão indiscutível de que Samantha era fiel e que nunca iria traí-lo, e embora a sua mente concordasse em larga escala com seu coração, ele se lembrava bem do que ela dissera havia tão pouco tempo, num jantar.

Se me conhecesse tão bem quanto eu te conheço, talvez você não me amasse.

Ele a amava como talvez nunca tivesse amado outra mulher, e confiava nela como jamais havia se permitido confiar em mais ninguém. Mas, pela natureza do mundo, aqueles que amam e confiam ficam numa posição de imensa vulnerabilidade.

Os seres humanos são obras tão intrincadas, tão desesperadas... É muito raro conhecer alguém completamente, até os ossos, e ainda assim amá-lo.

Talvez essa tenha sido a declaração mais amorosa, honesta e autorreveladora que alguém tenha feito a ele.

Mas, na sua atual situação, que descambaria tão facilmente para o desespero, ele não poderia descartar a possibilidade de que as palavras dela se constituíssem da mais absoluta forma de manipulação.

Ryan não estava gostando muito de si mesmo nesse momento. Poderia não gostar muito de si mesmo por muito tempo. Mas gostava o suficiente de si para querer viver.

Sentado num banco na menor das duas ilhas da cozinha, preferindo jantar apenas à luz da coifa do fogão, ele comeu queijo haloumi em biscoitos de zaatar, azeitonas pretas, fatias de soujouk e aspargos frios. Terminou com uma pera fresca e um punhado de pistaches descascados.

Desconfiava que, nas semanas e nos meses seguintes, iria fazer mais refeições sozinho do que desejaria.

Depois de ler a bula de todos os cinco frascos de remédio receitados pelo Dr. Hobb, ele os tomou da maneira prescrita.

No andar de cima, em seu quarto, Ryan colocou o telefone de alerta médico no carregador e pôs o carregador na cabeceira, tão perto da cama que ele estaria em capaz de alcançá-lo independentemente da condição em que estivesse. Como havia feito em várias das noites anteriores, dormiria com uma lâmpada acesa. Nos últimos tempos, acordar no escuro estava parecendo acordar dentro de um caixão lacrado depois de ser enterrado prematuramente, com pouquíssimo ar para sustentá-lo.

Deitado na cama, com a TV ligada num antigo filme de faroeste — John Wayne em *Rastros de ódio* —, Ryan repassou as decisões que havia tomado naquele dia e se sentiu à vontade.

Tinha uma enorme confiança em seu novo cardiologista, embora o próprio Hobb tenha ficado perplexo com uma coisa. O médico não conseguiu explicar as batidas leves e frequentes que volta e meia acordavam Ryan, embora tenha descartado totalmente a ideia de que ela fosse algum tipo de problema sanguíneo e muscular relacionado à cardiomiopatia.

Hobb sugeriu, em vez disso, que o som poderia indicar um problema de audição, um problema num dos ouvidos. Ryan acabou fingindo considerar a possibilidade, mas continuava convicto de que as batidas tinham origem não no labirinto de seus ouvidos, mas dentro do peito.

Menos da metade de sua atenção era direcionada a John Wayne no western que se passava depois da Guerra Civil, porque, deitado, ele esperava que o *rap-rap-rap* das batidas recomeçasse.

Aos poucos, com o filme chegando ao fim, enquanto uma onda de cansaço depois da outra levara Ryan em direção a um sono necessário, achou que talvez as batidas não fossem mais voltar porque ele já havia descoberto a causa, já havia aberto essa porta.

Ryan não sabia exatamente o que isso significava. Era o tipo de pensamento sombrio que penetrava numa mente meio submersa numa corrente de sono.

E assim dormiu.

* * *

Durante a noite, uma paisagem se materializou em volta dele e, pela primeira vez em vários meses, um sonho o levou de volta a um dos lugares que perturbara seu sono em setembro.

No início, só havia a impressão da profundidade. De vazio e desperdício, tenebroso e sem fim.

Então o vazio se tornou água, invisível sem luz, silenciosa sem correntes, nem quente nem fria, mais percebida do que sentida.

Um vento soprava sobre a água, um vento místico murmurando sem melodia, e no vento havia a luz, a luminosidade pálida da lua carregada como se fosse poeira, que tornava prateadas todas as marolas, embora o corpo do lago permanecesse preto.

O vento bateu uma vez, e então morreu, e a terra formou outro perímetro ao redor do lago, não de solo fértil, mas de pedras tristes e das quais nasciam árvores tão descoloridas quanto sombras.

Ryan se encontrou de pé sobre as pedras, como antes, mas uma coisa havia mudado. Ele não era mais a única presença no lago.

Na outra margem havia uma figura. Embora escura, esse Outro podia ser visto porque a paisagem atrás dele era tão escura que chegava a formar um contraste.

Enquanto o Outro começou a caminhar pelas pedras, dando a volta no lago, Ryan sabia que devia ser Samantha, embora não conseguisse ver absolutamente nada de seu rosto e muito pouco de seu corpo.

Ela o teria chamado, como ele a teria chamado. Mas este lugar não dispunha de ar para carregar suas vozes.

Ryan começou a se mover em direção à figura enquanto ela circundava a margem do lago em sua direção, mas ele só deu alguns passos sobre as rochas traiçoeiras antes que a mão de alguém batesse em seu ombro e o interrompesse. Mesmo na escuridão, ele reconheceu William Holden a seu lado.

O ator, morto há muitos anos — astro de *Sabrina*, *A ponte do rio Kwai* e tantos outros filmes, e vencedor do Oscar pelo seu trabalho em *Inferno nº 17* —, falou:

— Não é ela, cara.

Ryan não se surpreendeu com o fato de Holden poder falar nesse lugar sem ar. As regras pelas quais os outros viviam nunca se aplicavam às estrelas de cinema.

O sofrimento marcava o rosto elegante do ator, como acontecera quando ele atuou em *Meu ódio será sua herança* e *Rede de intrigas*.

— Ouça, meu amigo, eu já tive um problema de alcoolismo. Uma vez, na Europa, eu estava dirigindo bêbado, sofri um acidente e matei um pedestre.

Mesmo que houvesse ar que permitisse uma conversa, Ryan não saberia como responder a esse comentário totalmente sem pé nem cabeça feito pelo ator.

Ainda à distância, o Outro continuava se aproximando paulatinamente pela margem do lago.

— Não seja burro, Pontocom. Não é ela. Vem comigo.

Ryan seguiu Holden até um lugar distante do Outro, que não parava de se aproximar. Através da noite longa e cansativa, eles margearam juntos o lago negro, como nos filmes em que tentavam evitar os guerreiros indígenas ou os soldados alemães, e Ryan achou que deveria elogiar a performance do ator em *Crepúsculo dos deuses* ou pedir um autógrafo, mas ele não disse nada e Holden também não falou mais coisa alguma.

Capítulo 29

Com os feriados se aproximando e depois mais outros feriados, Ryan encontrou razões para diminuir o número de noites que passava com Samantha, só ficando tempo suficiente em sua companhia para evitar que ela desconfiasse que estava tentando evitá-la.

Amando-a com uma paixão maior do que algum dia pensou poder amar alguém, queria ficar com ela. Porém, como Sam podia lê-lo tão bem, ele tinha medo do que pudesse inferir de um comentário ou de uma expressão absolutamente banais que secretamente havia trocado o Dr. Gupta pelo Dr. Hobb.

Não queria discutir com ela, mas a perspectiva de uma briga o entristecia menos do que a certeza da decepção que Sam teria se soubesse o que havia feito. Precisava tanto da aprovação dela quanto uma rosa precisa da chuva.

Devido à sua situação, Ryan podia encontrar desculpas não só no habitual discurso de compromissos já assumidos, mas também reclamar da reação aos remédios que tomava — enjoo, dores de cabeça, insônia, alterações de humor —, que de vez em quando existiam mesmo

E, quando estavam juntos, ele tentava seduzir, ser simpático e divertido, mais Pisca-Pisca que Pontocom, sempre sem dar qualquer pista do esforço por trás do seu desempenho. Com ela, Ryan achava que isso era mais fácil do que seria com qualquer outra pessoa, porque, por natureza, Sam sempre extraía dele o melhor do que ele era e tinha a oferecer. Ele sempre procurara agradá-la, mesmo antes de ter qualquer coisa a esconder dela.

Desde o diagnóstico em setembro, sua doença havia cobrado um preço a Samantha que talvez não fosse igual ao preço psicológico que o próprio Ryan havia pagado, mas suficientemente grave para roubar o tempo e a paixão que precisava para escrever. Ela perdera o embalo de produzir seu romance. Não sofria um bloqueio, mas estava bem em cima de um banco de areia seco, longe de qualquer esperança de um fluxo criativo.

Agora, como Ryan passava menos tempo com ela, Samantha podia dedicar mais tempo ao trabalho. À medida que vinha se ocupando mais uma vez com o livro, o entusiasmo de Samantha com o romance servia ao subterfúgio de Ryan. Quando as suas longas sessões diante do computador iam bem, ela ficava extasiada e menos propensa a calcular quanto tempo passavam separados.

Toda semana ou a cada dez dias, Ryan viajava para Beverly Hills para ser examinado pelo Dr. Hobb, que insistia em acompanhar de perto a situação de seu coração. A cada visita, ele se tornava mais convencido de que havia tomado a decisão certa quando fora procurar esse profissional tão dedicado.

Certos efeitos colaterais infelizes dos remédios davam a Ryan alguns momentos de desconforto, mas ele não sofria nenhum dos acessos dolorosos, surtos de taquicardia ou falta de ar que antes o atormentavam. Isso demonstrava o quanto o trabalho de Hobb era melhor e também sugeria o quanto Ryan havia sido prudente quando tomou as rédeas de seu tratamento de uma maneira que despistasse qualquer um que lhe desejasse algo de ruim.

Às cinco horas da manhã do dia 14 de janeiro veio a ligação. Um doador compatível havia sido encontrado.

De todas as listas em que Ryan já havia aparecido — dos cem maiores empreendedores da internet segundo a revista *Forbes*, dos vinte homens mais criativos da web segundo a revista *Wired*, dos cem solteiros mais cobiçados segundo a revista *People* —, ele havia chegado ao topo da única lista que realmente importava.

Depois de todos os meses de espera, agora vinha o chamado para a ação, e o tempo era essencial a um ponto que Ryan nunca conhecera antes.

Com a morte cerebral confirmada, o corpo do doador seria mantido vivo até ele chegar ao hospital e ser preparado para a cirurgia. Se o coração não tivesse que ser armazenado por várias horas a quatro graus numa solução salina, se não houvesse riscos de transporte, se pudesse ser removido do doador pela mesma equipe médica sem demora e transplantado para o corpo do receptor, as chances de sucesso aumentariam imensamente.

Mas as coisas ainda poderiam dar errado. Dependendo dos ferimentos ou da doença que havia levado à morte cerebral, o doador ainda poderia sofrer um ataque cardíaco, danificando gravemente o músculo do coração e o inutilizando para um transplante. Uma infecção despercebida nos rins ou no fígado, ou em outro órgão interno, secundária para a causa da morte do doador e não imediatamente reconhecida, poderia levar a uma intoxicação do sangue ou, num caso extremo, a um choque séptico com danos consideráveis aos tecidos. Além disso, o equipamento que mantinha o doador vivo poderia sofrer algum defeito, o abastecimento de energia do hospital poderia sofrer uma pane.

Ryan preferia não ficar pensando no que poderia dar errado. Considerando o seu estado, a pior coisa que poderia fazer era se deixar levar por uma grande ansiedade. Ele vivera cercá de um terço do ano que o Dr. Gupta havia previsto, mas um ano inteiro não havia sido uma garantia, só uma estimativa. Seu coração poderia lhe aplicar um golpe mortal a qualquer momento, a partir do qual ele não seria mais um receptor, mas um doador, com suas córneas, pulmões, rins e fígado retirados para beneficiar outras pessoas.

Imediatamente depois de receber a notícia às cinco da manhã, ele ligou para Samantha, e implorou para que não atendesse o telefone. Não queria falar diretamente com ela, não queria ter que responder às suas perguntas, sentir a nota de decepção em sua voz ou o medo que ela certamente expressaria por ele.

À medida que Samantha concluía os últimos capítulos de seu livro, ela geralmente trabalhava até tarde e só ia para a cama bem depois da meia-noite. A essa hora, Ryan torcia para que tivesse desligado o telefone e ativado o correio de voz — que foi o que ela fez.

Até a mensagem curta de "desculpe, mas não posso atender seu telefonema" o atingia, ao mesmo tempo simplória e comovente. Ele se perguntava se algum dia iria ouvir aquela voz de novo ou vê-la.

— Samantha, eu te amo, eu te amo mais do que sou capaz de te dizer. Escuta, a ligação acabou de chegar. Um doador compatível. Vou pegar o avião. Já combinei que o Dr. Hobb e a equipe dele vão fazer a cirurgia. Não te falei isso antes porque você ia pensar que eu estava paranoico, mas não acho que sou assim, Sam, acho que o que eu fiz foi o que eu tinha que fazer. Talvez eu não tenha aceitado bem o diagnóstico, talvez ele tenha me deixado um pouquinho maluco, talvez a paranoia seja um efeito colateral desses remédios, mas eu não penso que seja isso. De qualquer maneira, vou pensar nisso tudo quando estiver bem, quando eu voltar, se sobreviver. Sam, Sam, ai meu Deus, Sam, eu quero você ao meu lado, queria tanto que você estivesse aqui, mas não se eu morrer, e isso pode acontecer, é uma possibilidade. Então, é melhor você ficar aqui. O que eu quero é que, aconteça o que acontecer, você termine o seu romance, que ele seja um grande sucesso e que você seja sempre tão feliz quanto merece. Talvez você possa me dedicar o seu livro. Não, esquece isso. Eu não tenho o direito de pedir. Dedique a quem você quiser, a algum idiota que não mereça, se for o que você quiser. Mas, se o livro for totalmente sobre o amor, Sam, e te conhecendo, eu acho que ele deve ser, se for totalmente sobre o amor, talvez você possa dizer para todo mundo que pelo menos aprendeu um pouquinho desse assunto comigo. Porque eu aprendi *tudo* sobre esse assunto com você. Vou te ligar em breve. Quero te ver em breve. Sam, minha maravilhosa Sam.

Capítulo 30

A mala de Ryan já estava pronta havia semanas. Às cinco e quarenta e cinco desceu com ela pelo elevador até o térreo e a carregou pelos cômodos vazios e silenciosos até a porta da frente.

Essa era a casa dos seus sonhos. Havia dedicado muito tempo e reflexão ao planejamento e à construção de cada um dos elementos. Ele adorava aquela casa. Mas não disse adeus para ela, nem gastou um momento a admirando pela última vez. No fim das contas, a casa não importava.

A essa hora, nem a equipe da casa, nem o pessoal do paisagismo estava trabalhando. Lá fora, no escuro que precede o amanhecer, a vizinhança toda estava quieta, a não ser pelo canto oco de uma coruja e o motor ligado da ambulância na entrada.

O Dr. Hobb havia solicitado uma ambulância no estilo furgão. Usando a senha de segurança de Ryan, ele telefonara para a guarita de entrada para garantir que o veículo pudesse entra no condomínio.

Um dos paramédicos esperava na porta. Ele insistiu em carregar a mala de Ryan.

Depois de colocar a mala na traseira da van e ajudar Ryan a entrar, o paramédico falou:

— O senhor quer que eu vá aqui atrás com o senhor ou prefere que eu vá na frente com o meu colega?

— Posso ficar aqui sozinho — assegurou Ryan. — Não estou correndo nenhum perigo iminente.

E se deitou na maca com rodinhas para se dirigir ao aeroporto.

À volta dele estavam armários de depósito, um ressuscitador cardiopulmonar, uma máquina de sucção, dois cilindros de oxigênio e outros equipamentos: lembretes de que, por algum tempo, seu mundo se reduziria às dimensões de um hospital.

Daqui a não muito tempo, o Dr. Hobb serraria o esterno de Ryan, abriria seu peito, retiraria o coração doente enquanto uma máquina manteria a circulação e transplantaria para o seu corpo o coração de um bondoso estranho.

Em vez de aumentar, seu medo diminuiu. Por tanto tempo ele havia se sentido sem esperança, à mercê do destino. Agora alguma coisa positiva podia ser feita. Nós não nascemos para esperar. Nós nascemos para fazer.

O motorista usou o alerta luminoso no teto da ambulância para pedir ao tráfego para abrir caminho. A essa hora, as autoestradas não deviam estar congestionadas e não seria necessário usar a sirene.

Como motorista, Ryan tinha necessidade de andar rápido e, como passageiro, ele nunca tinha andado tão depressa como agora — especialmente deitado de costas. Ele gostava do atrito alto dos pneus, que o fazia lembrar das ondas batendo, e do assobio do vento que a ambulância criava enquanto rasgava a manhã nascente, um assobio que para ele não era nem um grito de desespero nem o soar de um alarme, mas quase uma canção de ninar.

Já estavam se aproximando do aeroporto quando Ryan se lembrou de que não havia ligado nem para a mãe nem para o pai. Chegara a ter vontade de telefonar.

Ele nunca havia lhes falado do diagnóstico que recebera. Colocá-los a par de tudo seria um tédio, especialmente a essa hora da manhã, quando a mãe estaria no modo RESMUNGONA e o pai no modo BURRO e nenhum dos dois teria o desejo nem a capacidade de mudar suas configurações.

Enfim, eles tinham pouco para dar que Ryan precisasse e muito que ele não queria.

Se o pior acontecesse, ele cuidaria dos pais muito generosamente em seu testamento. Poderiam navegar pelo resto da vida com ainda mais indulgência do que demonstraram até então.

Ryan não sentia animosidade em relação a eles. Nunca o haviam amado, mas também nunca haviam batido nele. Embora incapazes de dar amor, os pais eram capazes de bater, e, por isso, mereciam um crédito por terem se contido nisso. O que fizeram a si mesmos foi muito pior do que o que fizeram com ele.

Se quisesse perder tempo dizendo adeus, Ryan receberia muito menos satisfação emocional dando-o aos seus pais do que obteria se tivesse parado e o feito à casa.

* * *

O destino era o aeroporto de Long Beach. Conseguir a permissão para um voo de emergência saindo do LAX teria tomado muito tempo e poderia ser frustrante.

À luz do dia que amanhecia, pronto na pista, o Medijet se erguia maior do que o Learjet da empresa que Ryan pretendera usar. O Dr. Hobb preferia alugar esse avião para acomodar tanto a equipe médica como um contingente da família e dos amigos do paciente. Nesse caso, o contingente de Ryan se compunha unicamente da imagem de Samantha que ele levava na mente e que o apoiava.

Além do mais, o Medijet era equipado com aparelhos médicos que podiam ser necessários no caminho e tinha a capacidade de lidar com pacientes que não precisassem de atendimento ambulatorial no ar ou que tivessem alguma necessidade especial.

Três ambulâncias, que haviam trazido o Dr. Hobb e sua equipe de diferentes pontos da região de Los Angeles, estavam alinhadas perto do jato. A última bagagem deles estava sendo embarcada no avião.

Enquanto um paramédico levava a sua mala para um comissário do Medijet, Ryan ficou em pé por um instante, olhando para o leste, saboreando a celebração cor-de-rosa, turquesa e pêssego do sol nascente.

Então, ele embarcou no jato para voar em direção ao seu renascimento ou à sua morte.

Capítulo 31

Ryan caminhou numa radiância amarela que estalava debaixo dos seus pés; o amarelo que derretia sob o calor do sol de agosto amanteigava sua pele.

No horizonte amarelo, alguém chamou o seu nome, e, embora a voz fosse muito baixa, ele achava que a reconhecia. Não conseguia identificar quem o convocava, mas a voz o deixava feliz.

Ele pareceu andar por um bom tempo saindo e entrando no amarelo, sem se preocupar por ser tudo sempre a mesma coisa ou com a falta de destino, e então se deitou de barriga para cima num banco preto que ele achou confortável mesmo sendo de ferro. Acima de Ryan, havia uma cobertura amarela, e por toda a sua volta se estendia um tapete amarelo.

Quando ele inspirou, descobriu qual era o cheiro do amarelo e, quando expirou, lamentou estar expelindo o amarelo que havia inalado.

Aos poucos tomou consciência de que alguém se debruçava sobre ele, segurando o seu punho direito, tomando o seu pulso.

O brilhante sol amarelo atravessou em mil lugares a cobertura de folhas de faia amarelas, com o amarelo dando um polimento no amarelo e o deixando num amarelado ainda mais vivo e intenso, iluminando a silhueta da pessoa que o assistia e ao mesmo tempo envolvendo essa presença numa bruma de aurora amarela através da qual Ryan não conseguia divisar as feições que permitiriam identificar quem o tratava.

Ele imaginou que quem quer que estivesse pegando seu pulso fosse a mesma pessoa que chamou seu nome no amarelo brilhante, e por um tempo se manteve feliz, porque sabia que essa presença o amava.

Mais tarde, quando tentou expressar sua gratidão, ele descobriu que estava mudo, e sua incapacidade de falar o lembrou de quando não conseguiu responder a William Holden na beira do lago negro.

De repente, o tomador de pulso que se postava acima dele não parecia mais glorificado na aurora amarela, mas sim estar se escondendo dentro daquela radiância, frio e calculista, não uma presença bondosa, mas a imagem escura que havia circundado a beira do lago, nos braços de quem Ryan teria caído se não fosse a admoestação do Sr. Holden.

O polegar e os dois dedos em seu punho, procurando o pulso, eram frios, embora não estivessem assim instantes atrás — estavam *gelados* —, e pressionavam com mais força do que antes, chegavam a *beliscar* e o formato de uma cabeça desceu em direção a ele através da aurora amarela, um rosto, um rosto, mas um rosto constituído apenas de um estômago grande e faminto...

Com um grito estrangulado, agarrando-se ao suporte de segurança, Ryan se sentou numa cama de hospital, num quarto na penumbra com o cheiro de uma solução de limpeza adstringente com aroma de pinho.

Os lençóis tinham cheiro de alvejante e amaciante. Eles estalavam e pareciam limpinhos, como que engomados.

Num canto iluminado, colocando de lado o livro que estava lendo, um homem vestido de calça e camisa branca se levantou da poltrona.

A base e a cúpula do abajur brilharam, aço inox ou níquel polido. O assento de vinil da poltrona cintilou como a polpa de um abacate salpicado de azeite de oliva.

Tudo no ambiente parecia ter uma mão de verniz ou estar molhado. O chão encerado de cerâmica branca, o tampo azul da mesa de cabeceira, a tinta na parede cintilando com o brilho de pérolas trituradas.

Até as sombras tinham um brilho especial, como se fossem camadas de um vidro esfumaçado, e Ryan entendeu que esse brilho geral era menos real do que o efeito causado pelo sedativo que lhe deram.

Ele se sentia como se estivesse totalmente acordado, com a inteligência aguda e a percepção clara e mais penetrante do que em qualquer momento da vida, mas a luz bruxuleante de tudo o levou à conclusão de que estava narcotizado. O sono chegaria de novo assim que pousasse a cabeça no travesseiro.

Ele se sentia indefeso e em risco.

Nas janelas transparecia a escuridão amarelo-cromada hostil e tenebrosa de qualquer cidade grande à noite.

— Você teve um pesadelo? — perguntou o enfermeiro.

Wally. Wally Dunnaman. Membro da equipe de oito pessoas do Dr. Hobb. Mais cedo ele havia raspado o peito e o abdômen de Ryan.

— Minha garganta está seca.

— O doutor não quer que o senhor beba muito líquido antes da cirurgia de manhã. Mas posso lhe dar algumas lascas de gelo para deixar derreter na boca.

— Tudo bem.

Na mesa de cabeceira, Wally tirou a tampa de uma garrafa térmica e, com uma colher de cabo longo, uma colher tão cintilante, pescou uma pedra de gelo, um gelo tão brilhante, e colocou na boca de Ryan.

Depois de permitir ao paciente três lascas de gelo, ele voltou a atarraxar a garrafa térmica e pôs a colher no lugar.

Olhando em seu relógio, Wally Dunnaman tirou o pulso de Ryan.

No sonho amarelo, nem a presença bondosa nem a tenebrosa eram este homem. Nada neste quarto, neste hospital, havia inspirado o sonho.

Soltando o pulso de Ryan, Wally falou:

— O senhor precisa dormir.

De alguma maneira que Ryan não soube explicar, a realidade do sonho igualava a realidade do quarto, nenhuma superior à outra. Até os seus ossos sabiam que isso era verdade, embora ele não conseguisse entender.

— Durma agora — insistiu Wally.

Se o sono era uma pequena morte, como um dia escreveu um poeta, esse sono seria mais morte do que qualquer outro que Ryan houvesse se permitido. Ele tinha que resistir.

E, mesmo assim, baixou a cabeça novamente para o travesseiro e não conseguiu mais levantar.

Indefeso e em risco.

Ele havia cometido um erro. Não sabia a natureza do erro, mas sentia todo o peso dele o comprimindo.

* * *

Enquanto lutava para manter os olhos abertos, todas as superfícies cintilantes se tornaram brilhantes, cada brilho um clarão e cada claridade uma luz capaz de cegar.

* * *

Sinos. Os sinos prenunciavam e aqui estavam os sinos.

Dobram, dobram, dobram, repicam, repicam, repicam, uma monodia solene de sinos despertaram Ryan do sono.

Seu primeiro pensamento foi de que os sinos fossem um sonho, mas o barulho prosseguiu enquanto ele juntava forças para se levantar da cama, com as duas mãos pegando no suporte.

A escuridão ainda dominava o mundo exterior à janela, e o enfermeiro estava desse lado do vidro, olhando para o exterior, para baixo, para as ondas do som que aumentava.

Sinos grandes e pesados estremeceram a noite, como se estivessem dispostos a sacudi-la de tão ameaçadora que era a melancolia em seu tom.

Ryan precisou falar mais de uma vez antes que Wally Dunnaman o ouvisse e olhasse na direção da cama, dizendo em voz alta:

— Tem uma igreja do outro lado da rua.

Quando fora levado para o quarto, Ryan havia visto a casa de fé no quarteirão seguinte. A torre do sino era mais alta que a janela no quarto andar.

— Não deviam estar badalando a essa hora — comentou Wally. — E nem com essa intensidade. Não tem nenhuma luz na igreja.

As sombras estranhamente brilhantes pareciam estremecer com os sinos tocando, resmungando, chorando e insistentemente dobrando.

O clangor que repicava nas janelas, que fazia as paredes tremerem e os ossos estremecerem, assustou Ryan, tocou fortemente em seu corpo e fez o coração bater como um martelo em ação. Aquele coração inchado ainda era seu, tão fraco e doente, e ele temia que fosse testado até a destruição pelos repiques estrondosos.

Ele se lembrou do que pensou ao acordar: *Sinos. Os sinos prenunciavam e aqui estavam os sinos.*

Prenunciavam o que, quando, por quem e em que sentido?

Se não fosse pelo sedativo que contaminava o seu sangue e enferrujava a sua mente, ele achava que saberia responder a pelo menos duas dessas perguntas.

Mas a droga não só envernizava todas as superfícies do ambiente, não só dava brilho a todas as sombras, mas também o afetava gerando sinestesia, e assim ele era capaz de cheirar o som tanto quanto ouvi-lo. O cheiro de hidróxido de ferro, óxido de ferro, mais conhecido como ferrugem, batia como ondas amargas por toda a cama.

O repicar interminável de sinos, sinos e mais sinos fez Ryan perder todo o sentido de tempo e logo lhe deu a impressão de que iria tirar também a sanidade.

Levantando a voz acima daquele barulho todo, Wally Dunnaman acabou dizendo:

— Um carro da polícia está lá embaixo. Ah, e agora tem mais um!

Sob o peso da torrente dos sinos, Ryan caiu para trás, sua cabeça de novo no travesseiro.

Ele estava indefeso e correndo riscos, riscos e mais riscos.

Com uma espécie de desespero fragmentado que não permitia se concentrar no que era importante, ele tentou passar vários pensamentos pela mente, procurando juntá-los como cacos de cerâmica. Alguma coisa muito errada tinha acontecido, e ele ainda estava com tempo de corrigir, desde que pelo menos conseguisse entender o que precisava ser consertado.

Os sinos começaram a tocar menos agressivamente, o ódio diminuindo para raiva, a raiva virando irritação e a irritação se transformando num último e retardado gemido, que soava muito como uma grande porta pesada se fechando e emitindo o som das dobradiças enferrujadas.

No silêncio dos sinos, quando mais uma vez o sedativo o cobriu com o seu jugo de veludo, Ryan sentiu lágrimas no rosto e lambeu o sal no canto da boca. Ele não tinha forças para levantar as mãos e limpar o rosto e, enquanto silenciosamente chorava para dormir, também não tinha mais a presença de espírito de ficar constrangido por causa das lágrimas ou se perguntar por que estava chorando.

* * *

Pouco depois do amanhecer, quando o levaram numa maca de rodinhas até a sala de cirurgia, Ryan estava alerta, com medo, mas conformado com o curso que havia adotado.

A sala de operações, com porcelanato branco e aço inoxidável, estava repleta de luz.

Da sala de preparação, o Dr. Hobb chegou com sua equipe, onde faltava apenas Wally Dunnaman, sem qualquer papel na cirurgia. Além de Dougal Hobb, estavam presentes um anestesista, três enfermeiras de cardiologia, um cirurgião-assistente e duas outras pessoas cujas funções e especialidades Ryan não conseguia se lembrar.

Ele havia conhecido a equipe no Medijet e gostara de todo mundo, tanto o quanto é possível gostar de alguém que vai abrir o seu peito e mexer nos seus órgãos internos com a mesma jovialidade que teriam com os miúdos de um peru de Ação de Graças. Era normal que houvesse certo distanciamento entre os que vão fazer o corte e aquele que será cortado.

Com exceção de Hobb, Ryan não podia dizer facilmente quem era quem debaixo das toucas que tapavam os cabelos, atrás das máscaras e vestindo os aventais verdes. Podiam perfeitamente ser todos calouros, a equipe B que tomou o lugar da equipe A depois que ela foi aprovada e paga adiantadamente.

Quando o anestesista encontrou a veia no braço direito de Ryan e inseriu a cânula, o Dr. Hobb lhe disse que o coração da doadora fora removido com sucesso havia alguns instantes e esperava numa solução salina gelada.

Ryan soube no Medijet que receberia o coração de uma mulher, o que só o surpreendeu por pouco tempo. Ela tinha 26 anos, era uma professora que sofrera um traumatismo craniano considerável num acidente de automóvel.

Seu coração havia sido considerado do tamanho adequado para Ryan. E todos os critérios de compatibilidade do sistema imunológico foram atendidos, aumentando imensamente as chances de que tudo daria certo, não só durante a cirurgia, mas também depois, quando seu corpo teria menos probabilidade de rejeitar o novo órgão.

No entanto, para evitar a rejeição e outras complicações, ele tomaria uma bateria de 28 remédios por um tempo significativo depois da operação, alguns deles para o resto da vida.

Enquanto o preparavam, o Dr. Hobb lhe explicou o objetivo de cada um dos procedimentos, mas Ryan não precisava ser conduzido gentilmente à cirurgia. Agora ele já não podia mais voltar atrás. O coração desejado estava livre, a doadora morta, e um único caminho para o futuro se desenrolava diante de si.

Fechou os olhos, desligou-se das conversas dos membros da equipe e se lembrou do rosto de Samantha Reach. Por toda a adolescência e vida adulta, ele procurara a perfeição e só a encontrara uma única vez — nela.

Ele torcia para que Sam também pudesse perdoá-lo integralmente, embora soubesse que já devia pensar desde já na frase de abertura que falaria em seu primeiro telefonema para ela, quando estivesse forte e com a cabeça suficientemente lúcida para conversar.

Fechando os olhos, ele a viu na praia, o cabelo louro e o corpo dourado, um facho de luz, um oásis chamativo no grande declive de areia rasgada pelo sol.

À medida que o sono induzido foi tomando conta dele, Ryan afundou como que para as profundezas do mar, e a escuridão se obscureceu em algo mais do que o simples escuro.

PARTE 2

Agora vem o anoitecer da mente.
Eis os vaga-lumes piscando no sangue.

Donald Justice, "The Evening of the Mind"

Capítulo 32

No dia do primeiro aniversário do transplante de coração, Ryan Perry não planejou nenhuma comemoração. O simples fato de estar vivo já era suficiente.

Pela manhã, ele trabalhou sozinho na garagem, fazendo uma manutenção de rotina num deuce coupé 1932 de cinco janelas totalmente reluzente que ele havia comprado num leilão.

De tarde, aninhado numa poltrona com apoio para os pés na menor das duas salas de estar, ele continuou a ler o primeiro livro de Samantha.

Projetada como um solário, a câmara proporcionava uma atmosfera que combinava exatamente com a do romance. As janelas altas revelavam um céu baixo, parecido com um travesseiro mole estofado com penas macias e molhadas de gansos cinza. Agulhas de chuva costuravam juntas os cachecóis esparsos de um nevoeiro fino, que então envolveram toda e qualquer árvore ou arbusto que agarraram.

O conjunto de palmeiras e samambaias projetava na laje do chão sombras parecidas com teias de aranha. O ar tinha um aroma verde e fértil, geralmente agradável, embora de vez em quando emergisse um cheiro levemente fétido do que poderia ser o musgo em decomposição ou raízes apodrecendo, que, curiosamente, só pareciam detectáveis quando ele lia certas passagens específicas do livro que o perturbavam.

Samantha havia injetado no livro um humor sutil, e um dos temas centrais era realmente o amor, como ele já havia intuído quando deixara sua longa mensagem no correio de voz, antes do transplante. No entanto, a narrativa era amarrada com fios formais, fios sombrios, e todo o tecido no qual ela havia costurado parecia mais deprimente do que o material que usara.

A história instigava Ryan, e, embora a narrativa fosse vívida e fluente, ele evitou acelerar a leitura, e em vez disso ficou saboreando as frases. Era a segunda vez que lia o livro em quatro dias.

Winston Amory levou até a cadeira de Ryan um carrinho no qual havia um bule de prata cintilante com um *rechaud* para manter tudo aquecido e um pequeno prato de biscoitos de amêndoas.

— Senhor, eu tomei a liberdade de partir do princípio de que, como não está à mesa, preferiria uma caneca a uma xícara de café.

— Perfeitamente, Winston. Obrigado.

Depois de encher uma caneca de café, Winston colocou uma mesinha ao lado da poltrona e a caneca sobre ela.

Referindo-se à esposa, Winston complementou:

— Penelope está perguntando se o senhor vai querer o seu jantar às sete da noite, como de hábito.

— Hoje eu vou querer um pouco mais tarde. Às oito horas seria o ideal.

— Então será às oito, senhor. — Ele se curvou uma vez, seu leve cumprimento habitual, antes de partir com a coluna empertigada e os ombros espaldados.

Embora Winston administrasse a propriedade e comandasse as tarefas da criadagem com uma graciosidade e um profissionalismo a toda prova, Ryan desconfiava que tanto ele como Penelope exageravam as suas origens inglesas, do sotaque até os trejeitos, à obsessão com as formalidades e o protocolo, porque tinham aprendido, em seus empregos anteriores, que era isso o que encantava os americanos que contratavam seus serviços. Esse tipo de representação às vezes o aborrecia, mas geralmente o divertia, e, no fim das contas, valia a pena aguentar, pois eles faziam um trabalho muito bom e Ryan tinha total confiança neles.

Antes de voltar para casa para continuar a recuperação, depois do recebimento do coração novo, havia demitido Lee e Kay Ting, bem como os demais assistentes. Cada um recebeu dois anos de indenização trabalhista, sobre o que ninguém reclamou, mais uma sonora carta de recomendação. No entanto, ficaram sem explicação.

Ele não tinha qualquer prova de traição, mas também não tinha qualquer prova que os absolvesse. Queria voltar para casa e sentir uma sensação de paz e segurança.

O relatório de Wilson Mott sobre Winston e Penelope Amory — e sobre todos os outros empregados — era tão minucioso que Ryan sentia que os conhecia melhor do que a si mesmo. Ele não suspeitava deles e eles não davam a menor razão para que se desconfiasse sobre lealdade; e o ano se passou sem que ocorresse um único incidente estranho.

Agora, com café e biscoitos à mão, Ryan voltou a se deixar absorver tanto pelo romance de Samantha que chegou a perder a noção do tempo e só desgrudou os olhos depois que terminou um capítulo e percebeu que o crepúsculo do início de inverno havia começado a sugar do dia qualquer resquício de luz que a chuva e a neblina ainda não houvessem retirado.

Se tivesse erguido os olhos uns poucos minutos depois, ele não teria sido capaz de ver o vulto no gramado sul.

No início, pensou que o visitante pudesse ser uma sombra formada por umas plumas de neblina, porque parecia se tratar de um monge num hábito com capuz, muito distante de qualquer mosteiro.

Depois de repensar por um instante, o hábito se transformou numa capa de chuva preta. O capuz, a luz que sumia e uma distância de 15 metros escondiam qualquer vaga impressão que pudesse haver de um rosto.

O visitante — ou *intruso* talvez fosse uma palavra melhor — pareceu estar olhando para a janela que ia do chão até o teto e que proporcionava a melhor vista direta de Ryan na poltrona.

Enquanto deixava o livro de lado e se levantava para se aproximar da janela, o vulto se mexeu. Na hora que Ryan chegou ao vidro, já não havia mais sinal do intruso.

Através da chuva caindo, nada se movia no grande gramado do sul, exceto as anacondas de nevoeiro que deslizavam lentamente.

Depois de um ano que havia transcorrido nas mais ordinárias circunstâncias, Ryan estava pronto para descartar esta rápida visão como um truque de luz do crepúsculo.

Mas o vulto reapareceu por entre os cedros do Himalaia que, com seus ramos caídos, lembravam mesmo monges gigantes participando de uma cerimônia solene. Lentamente o vulto entrou no campo de visão e então parou, mais uma vez olhando para o solário.

Com a luz diminuindo a cada minuto, o dia que morria mostrava cada vez menos do rosto, embora o intruso tenha arriscado se aproximar mais 3 metros da casa.

Exatamente quando Ryan percebeu que talvez não fosse muito inteligente ficar exposto em uma janela iluminada, o vulto se virou e bateu em retirada pelo gramado. Ele parecia não estar andando, mas flutuando, como se também fosse apenas neblina, só que de uma variedade escura.

A mistura de crepúsculo, chuva e nevoeiro logo se transformou em noite. E o intruso não voltou mais a aparecer.

A equipe de paisagismo recebia pagamento integral pelos dias de chuva, mas não vinha trabalhar. Entretanto, Henry Sorne, o jardineiro-chefe, podia ter aparecido para checar o sistema de drenagem do gramado, que, em alguns casos, entupido de folhas, não funcionou em tempestades passadas.

Mas não era Henry Stone. A estatura do vulto, a graça com que se movia na capa pesada, além de alguma coisa no jeito com que ele observou a janela haviam convencido Ryan de que o intruso era uma mulher.

Penelope Amory e a assistente dela, Jordana, eram as únicas mulheres na criadagem doméstica. Nenhuma delas tinha a menor razão para estar inspecionando os gramados e nenhuma parecia ser do tipo que gostava de passear debaixo de chuva.

A propriedade era cercada de muros. Os portões de ferro motorizados se fechavam automaticamente quando alguém passava por eles e não podiam ser destrancados por acidente. Nem os muros nem os portões podiam ser escalados facilmente.

Embora os dois portões de pedestres tivessem fechaduras eletrônicas que podiam ser destrancadas de dentro de casa ou digitando uma senha no teclado exterior, o portão que dava acesso aos automóveis podia ser acionado também por controle remoto. Só uma pessoa, além da equipe doméstica, possuía um controle remoto.

De pé na janela do solário, sem ver nada a não ser seu reflexo pintado no vidro obscurecido pela noite, Ryan murmurou:

— *Samantha*?

* * *

Depois do jantar, Ryan levou o livro de Samantha para cima, desejando ler mais um ou dois capítulos na cama, talvez até cair no sono, embora ele duvidasse que, mesmo numa segunda leitura, suas palavras fossem deixá-lo sonolento.

Como sempre, Penelope já havia retirado a colcha e dobrado as cobertas para aquela noite. Uma lâmpada fora deixada acesa, como ele gostava.

Em cima da pilha de travesseiros estufados havia uma pequena bolsa de celofane, com a parte de cima amarrada e fechada com fita vermelha. Penelope não deixava chocolates na cama, que era o conteúdo da bolsa.

Não se tratava de um chocolate de menta comum ou de uma amostra de dois chocolates Godiva que geralmente eram deixadas nos travesseiros dos hotéis pelas arrumadeiras da noite. A sacolinha trazia pequenos corações brancos com declarações românticas escritas em vermelho num dos lados, o tipo de presente que só era vendido às vésperas do Dia dos Namorados, para o qual faltava menos de um mês.

Intrigado, Ryan virou o saquinho de plástico estalante nas mãos. Ele percebeu que todas as mensagens nos doces que conseguia ler diziam a mesma coisa: SEJA MEU.

Como ele se lembrava da adolescência, nas sacolinhas originais em que essas guloseimas eram vendidas, sempre apareciam várias mensagens: TE AMO, DOCINHO, ME BEIJA, entre outras.

Para obter uma coleção completa de SEJA MEU, seria necessário comprar várias sacolinhas e delas retirar os corações com a mensagem desejada.

No banheiro, à beira da bancada, ele desfez o laço, abriu a sacola e espalhou os corações na bancada de granito preto. Todos os que estavam de cabeça para cima exibiam a mesma mensagem.

Um por um, ele foi virando aqueles que estavam com a face vazia para cima e, em todos os casos, o pedido era o mesmo: SEJA MEU.

Olhando para os corações, mais de uma centena deles, decidiu não comer nenhum.

Colocou todos de volta na sacola, fechou o celofane e amarrou o laço com força.

O primeiro aniversário do transplante com certeza devia ser o motivo para o presente, mas ele não conseguia interpretar o subtexto daquele recado de duas palavras. E também não podia descartar a possibilidade de os doces terem sido entregues com a maior inocência e boa-fé.

Levantando o olhar das insistentes mensagens vermelhas, ele olhou para si mesmo no espelho. Mas não conseguiu desvendar o que o seu próprio rosto dizia.

Capítulo 33

Ryan permaneceu sentado na cama, lendo até terminar o romance de Samantha pela segunda vez, pouco depois das duas horas da manhã. Ele não queria ficar acordado até tão tarde.

Por alguns minutos, encarou a foto da autora na contracapa do livro. Nenhuma máquina fotográfica conseguia lhe fazer justiça.

Colocando o livro de lado, ele se recostou na pilha de travesseiros.

Nos três meses imediatamente após o transplante, os efeitos colaterais dos seus 28 remédios o estressaram e, em alguns casos, o deixaram extremamente preocupado. Mas as dosagens foram ajustadas, alguns remédios foram substituídos, e depois disso a recuperação passou a ir tão bem que o Dr. Hobb chegou a chamá-lo de "meu superpaciente".

Na marca de um ano, não havia qualquer sinal de rejeição ao órgão: nenhuma fraqueza inexplicável, nenhuma fadiga, nada de febre, nenhuma tontura ou sensação de calafrio, nada de vômitos ou diarreia.

A biópsia do miocárdio continuava a ser o padrão-ouro para identificar uma rejeição. Por duas vezes nesse último ano, como paciente não internado, Ryan se submeteu ao procedimento. Nas duas vezes, o patologista não encontrou qualquer indicação de rejeição nos tecidos da amostra.

Para se exercitar, ele caminhava bastante, inúmeros quilômetros. Nos últimos meses, também começou a usar uma bicicleta ergométrica e a levantar pesos leves.

Estava magro e se sentia em forma.

A julgar pelos indícios, ele pertencia àquela pequena e bem-afortunada minoria onde o coração de um estranho havia sido recebido com consequências não mais negativas do que as de uma transfusão de sangue. O perigo médico mais significativo era uma maior suscetibilidade às doenças por causa dos remédios imunossupressores de que dependia.

No entanto, ele esperava por essa mudança na maré, a transformação da luz atual numa escuridão desconhecida. Os acontecimentos que levaram até o transplante ainda pareciam um negócio malresolvido.

E agora chegavam os corações de chocolate com sua mensagem simplista, que eram enigmáticos exatamente por causa de tamanha simplicidade. E também aquele vulto no gramado sul, no meio da chuva.

Ele diminuiu a luz da cabeceira. Mesmo depois de um ano de relativa normalidade, Ryan preferia não dormir na escuridão total.

Duas varandas serviam a suíte principal. As portas para ambas tinham mais de 7 centímetros de largura, com revestimento de aço e duas trancas. Com o alarme perimetral ligado, elas não podiam ser abertas sem disparar uma sirene.

A escada principal subia do segundo andar para o hall da cobertura, que também era servido pelo elevador. A porta entre o hall e a suíte principal era trancada por dentro com uma fechadura que não tinha abertura para chave do outro lado.

Consequentemente, se invasores estivessem escondidos dentro de casa quando o alarme perimetral estivesse ativado para a noite, eles não poderiam ganhar acesso à suíte principal.

Num cofre escondido em seu closet que era do tamanho de um quarto, Ryan havia escondido uma pistola de 9mm e uma caixa de munição. Esta noite, antes de ir para a cama, ele recarregou a arma. Agora ficava na gaveta da mesa de cabeceira semiaberta.

Agora ele até podia se penitenciar, no sentido de que o seu medo de uma conspiração durante os meses que precederam o transplante não foi resultado de uma confusão mental ligada a uma menor circulação do sangue, nem causado pelos efeitos colaterais de remédios sob prescrição médica, mas podia ser atribuído a uma infeliz tendência da vida inteira à desconfiança. Quando, desde a mais tenra idade, você aprende a não confiar nos seus pais, a desconfiança pode se tornar um elemento-chave na sua filosofia de vida.

E, se esse autoindiciamento fosse absolutamente verdadeiro, então ele teria que resistir à tentação de mergulhar mais uma vez na paranoia. Talvez um primeiro passo nesse sentido fosse devolver o revólver ao cofre imediatamente, e não pela manhã.

Ele o deixou na gaveta da cabeceira.

Dessa vez não apareceu nenhuma batidinha inexplicável. Deitado do lado direito, a orelha encostada no travesseiro, Ryan só ouviu as boas e regulares batidas do seu novo coração.

Com o tempo ele dormiu — e não sonhou.

* * *

Ryan acordou no fim da manhã e, pelo interfone, avisou à Sra. Amory que ia almoçar à uma hora da tarde no solário.

Depois de tomar banho, fazer a barba e se vestir, ele colocou o revólver e a sacolinha de corações de chocolate no cofre secreto.

A tempestade da noite anterior havia passado. Mas uma nova frente se aproximava do noroeste, com expectativa de chuva para o meio da tarde.

Quando Penelope trouxe o almoço para a mesa do solário, Ryan perguntou se ela havia deixado chocolates no travesseiro na noite anterior, embora não tenha descrito os corações.

Apesar de qualquer talento que tivesse para exagerar seus maneirismos ingleses sem sair da personagem uma única vez, ela não aparentava ser o tipo de mulher que pudesse mentir sem que um festival de tiques e cacoetes entregasse o jogo. Pareceu ficar confusa com a pergunta e tão surpresa quanto Ryan que alguém pudesse pensar que fosse uma norma de etiqueta tratá-lo como hóspede de um hotel em sua própria casa.

Depois do almoço, quando ela voltou para tirar a mesa, informou que havia falado dos chocolates para Jordana e Winston e que estava absolutamente certa de que nenhum dos dois havia sido o responsável por esse incidente talvez bem-intencionado, mas, mesmo assim, absolutamente indesculpável. Ela não havia falado com o assistente de Winston, Ricardo, já que ele não estivera em casa no dia anterior e não poderia ter sido o responsável.

Um representante da empresa que fazia a manutenção do sistema de climatização tinha estado na casa e mudado os filtros do terceiro andar. E um eletricista havia trabalhado na geladeira debaixo da bancada, na alcova da suíte principal. A Sra. Amory queria saber se deveria entrar em contato com eles e verificar se um dos dois havia sido o culpado.

A intensidade de seu olhar cinzento e certa expressão em sua boca sugeriam que ela encarava o incidente como um desafio à sua autoridade e uma afronta pessoal pela qual ela teria o maior prazer de perseguir o infiel, se necessário até as portas do inferno, e lhe dar um corretivo pior do que as torturas que o aguardavam no fogo da danação.

— É absolutamente notável de sua parte — disse Ryan para acalmá-la — que a senhora esteja tão comprometida em encontrar uma explicação. Mas não chega a ser tão importante assim, Penelope. Não vamos levar uma coisa dessas para fora de casa. Alguém deve ter querido fazer uma piada, só isso.

— O senhor pode ficar tranquilo, pois ficarei de olhos nesses dois cavalheiros na próxima vez que estiverem na propriedade.

— Quanto a isso, eu não tenho a menor dúvida — disse ele. — Nem a menor dúvida.

Sozinho no solário, ele voltou à sua poltrona favorita e abriu o livro de Samantha para dar início à terceira leitura.

* * *

A chuva começou a cair às duas e quinze da tarde. Como no dia anterior, a natureza estava meio preguiçosa e o céu despejou uma lânguida garoa.

De vez em quando, Ryan interrompia a leitura para, com o olhar, fazer uma varredura pelo gramado sul.

Ele tirava os olhos do livro com menos frequência do que desejava. Se o vulto encapuzado voltasse, poderia observá-lo por meia hora ou mais sem que Ryan se desse conta da sua presença.

A história, os personagens, a narrativa ainda o deixavam encantado, mas, a partir dessa terceira leitura, ele procurava algo mais do que qualquer outra obra de ficção poderia lhe dar.

Estar com o livro era igual a estar com Samantha, ouvir sua voz, o que, para ele, era tanto uma alegria como uma tristeza.

Ele também esperava obter uma compreensão de por que as coisas estavam do jeito que estavam entre eles. Tendo completado o livro no mesmo dia em que soube do transplante, Samantha não poderia ter escrito nenhuma parte com a intenção de explicar seu afastamento dele, e mesmo assim as pessoas não escreviam romances inteiros umas para as outras, como se fosse uma carta ou uma conversa telefônica. Porém, ao ler o livro pela primeira vez, em apenas três capítulos Ryan sentira que ele tinha alguma coisa a revelar que iria explicar a atual relação entre os dois.

Por todo o livro, a história vibrava com a voz de Samantha, brilhava com a sua graça e refletia sua sensibilidade, mas também continha muitas cenas que Ryan não pensava que ela fosse capaz de escrever, que tinham um toque de Samantha... mas uma Samantha que ela teria sido se algumas das experiências que deram forma à sua vida nunca tivessem acontecido.

Isso o fez sentir como se nunca a tivesse conhecido inteiramente. Se Ryan quisesse endireitar as coisas entre eles, então aperfeiçoar seu entendimento sobre quem era Sam seria um primeiro passo necessário, e a visão que este livro dava do coração dela parecia um caminho certo para ajudá-lo.

Antes do crepúsculo, Ryan abaixou o livro para mais uma vez olhar o gramado, as árvores, o muro sul da propriedade, no qual florescia a buganvília, um obstáculo com espinhos para a fuga rápida de um intruso. Não havia ninguém na chuva o observando.

Ele se levantou da poltrona, deixando o abajur aceso para dar a entender de que só iria se afastar por uns momentos.

Na janela perto do canto do quarto, por entre dois jerivás frondosos o suficiente para lhe deixar na sombra, apesar das luzes do teto, ele estudou a paisagem encharcada.

Quem quer que fosse aquela mulher, Ryan duvidava que voltaria tão cedo para caminhar no terreno, pois ela sabia que havia sido vista em sua primeira visita. No entanto, coisas mais estranhas já haviam acontecido.

Além da chuva, além das nuvens, a mão gentil do crepúsculo diminuía a luz do céu, e a noite logo desligou o interruptor e escureceu tudo. O vulto encapuzado não voltou a aparecer.

* * *

Depois do jantar, quando Ryan voltou para o terceiro andar, ele trancou a porta com a fechadura que só abria por dentro. Um pouco trêmulo, foi direto do hall da suíte até o quarto de dormir.

A roupa de cama havia sido retirada e as cobertas haviam sido dobradas, como deveriam. Mas ninguém deixara nada na pilha de travesseiros.

Por mais estranho que tivesse sido o presente dos corações de chocolate, Ryan, entretanto, se sentiu um bobo por esperar que isso pudesse representar o início de uma nova série de misteriosos incidentes que o lançariam num redemoinho de irracionalidade como o que ele se vira havia um ano. Toda aquela bizarrice se mostrou uma coincidência que só pareceu significativa por causa dos efeitos em seu raciocínio provenientes de um sangue mal-oxigenado e, subsequentemente, dos efeitos colaterais dos remédios.

Ele verificou as duas portas para a varanda. Cada uma trazia uma tranca que por dentro era manejada por um botão e de fora por uma chave, e cada uma também tinha uma fechadura que só se abria com um botão por dentro, mas nada para denotar sua existência pelo lado de fora. Ambas as trancas, das duas portas, estavam passadas.

Depois de escovar os dentes, fazer sua toalete e vestir o pijama, Ryan considerou a ideia de tirar o revólver do cofre. Aconselhando-se a se manter em equilíbrio e não deixar que a imaginação sobrepujasse a razão, ele voltou desarmado para o quarto.

No travesseiro encontrou uma joia, um pingente com um coração dourado numa corrente de ouro.

Capítulo 34

NO ARMÁRIO, RYAN APERTOU UM BOTÃO ESCONDIDO. UM painel deslizou para o lado e revelou a frente de ferro de um cofre de parede de 45 centímetros.

Usando o teclado iluminado, ele rapidamente digitou o código para destrancar. Quando o visor de cristal líquido anunciou ACESSO, ele abriu o cofre, pegou a pistola de 9mm, fechou a porta e ficou um momento em pé, pensando, a arma presa nas mãos, o cano apontado para o teto.

A empunhadura na palma de sua mão era áspera. A arma parecia um instrumento leve demais para causar consequências tão mortais.

Ele não queria matar ninguém, mas também não havia sobrevivido até aqui para morrer tão facilmente.

Descalço e de pijama, ele saiu do closet, atravessou o quarto e entrou na alcova. Acendeu a luz com o cotovelo quando passou pelo umbral da porta.

A mesa art déco de madeira de amboína. Prateleiras de livros. Centro de entretenimento. Barzinho com uma geladeira embaixo da bancada.

Na porta para a primeira varanda, ele encontrou o trinco ainda fechado por dentro. Ninguém havia saído por esta porta.

Duas janelas davam para a varanda. Ele abriu as cortinas da primeira, depois as da segunda, meio que na expectativa de ver um rosto pálido ou encapuzado no vidro, os olhos leitosos, um sorriso maléfico, quem quer que estivesse dando a volta no lago atrás dele. Nenhuma presença esperava por Ryan e as duas janelas estavam fechadas por dentro.

Junto à alcova ficava um lavabo sem janelas. Ninguém aqui. Seu reflexo no espelho, sua boca comprimida numa linha enrijecida, seus olhos vidrados. E a arma, enorme.

Voltando para o quarto, na porta para a segunda varanda, ele também encontrou o trinco aferrolhado. Também por esta saída, ninguém fugiu.

Três janelas, uma delas sem funcionar. As outras duas trancadas. Uma rajada de vento, um jato de chuva contra o vidro fez seu coração se acelerar.

Não havia nenhum outro lugar para se esconder a não ser debaixo da cama. Embora ninguém que não uma modelo anoréxica pudesse se esconder debaixo de uma *king size* rebaixada com tábuas nas laterais, Ryan se ajoelhou e conferiu aquele espaço, onde, graças à limpeza excepcional da casa, ele não encontrou sequer uma bolinha de poeira.

O hall. A porta principal. Fechadura especial trancada.

Banheiro. Um grande espaço vazio. O chão de mármore embaixo de seus pés descalços. Nada se movimentava a não ser o reflexo nervoso de Ryan. Uma porta levava ao sanitário, a outra para um depósito de lençóis. Ninguém em nenhum dos dois lugares.

Seu amplo closet pessoal não tinha prateleiras abertas, só gavetas para objetos dobrados. As roupas penduradas ficavam nos armários.

Empurrando as camisas e os ternos para o lado, um homem adulto poderia ter se escondido numa dezena de compartimentos diferentes. Ryan abriu todas as portas, mas não se deparou com nenhum intruso.

Para ter deixado o pingente no travesseiro *depois* de Ryan ter se trancado para passar a noite no quarto, alguém tinha que ter estado ali com ele. Mesmo assim, ninguém estava lá; e nenhuma saída havia sido aberta.

Voltou para a cama, segurando a pistola ao seu lado e ficou olhando para o pingente.

Um ruído como o de um monte de ratos correndo pelo sótão. Ele olhou para cima. Não eram ratos, era a chuva. No telhado inclinado, chuva.

Se alguém tivesse entrado no quarto pela varanda, por uma porta ou por uma janela, teria respingado no tapete. Ryan teria sentido a umidade sob os seus pés descalços.

Ninguém tinha estado ali. Alguém tinha estado ali. Absolutamente irracional.

Como se o pingente estivesse enfeitiçado e tocá-lo fosse garantir que uma maldição cairia sobre ele, Ryan hesitou em pegá-lo nas mãos. Mas a curiosidade não mata só os gatos.

Colocado no travesseiro, o coração de ouro revelava somente um lado, levemente reluzente. Na sua mão, pendurado na corrente, dava para ver o outro lado. Duas palavras gravadas: SEJA MEU.

O pingente não era um medalhão. Ele estava aliviado de não ser um medalhão. Porque, se fosse, conteria uma coisa que ele não iria gostar de ver.

SEJA MEU.

Enquanto ele imaginava o que essas palavras significariam, lembrando dos corações de chocolate, uma lembrança o incomodou: o cofre aberto da parede no momento em que, tomado pelo medo, ele havia agarrado a pistola.

Com um pouco de atraso, o que Ryan havia visto no cofre começava a ser percebido. Ele ficou ouvindo os ratos no sótão e sentiu o Destino roendo os seus ossos.

Se o que ele se lembrava era verdade, então a normalidade deste último ano fora apenas um alçapão com uma mola enferrujada, e os anéis da mola acabavam de se quebrar e partir.

Negando a lembrança e deixando o pingente cair na mesa de cabeceira, Ryan agarrou a pistola e voltou ao closet, não às pressas, mas como se estivesse caminhando no corredor da morte.

O painel deslizante continuava aberto e o cofre à mostra. Quando fechou a porta depois de pegar a pistola, a fechadura havia acionado automaticamente. No visor de status resplandecia a palavra SEGURO.

Nas atuais circunstâncias, esse tipo de aviso mais parecia um deboche.

Quando teclou a senha no visor iluminado, o SEGURO virou ACESSO. Depois de alguma hesitação, ele abriu a porta de aço.

O cofre continha 4.000 dólares em dinheiro para usar numa emergência, dois relógios caros e um par de abotoaduras francesas com prendedores de diamante que ele nunca usava. Nenhum desses itens havia sido tocado.

Também no cofre havia uma pequena caixa de exibição de joia contendo o anel de noivado de 85.000 dólares, feito sob medida para a mão de Samantha, que ele não conseguiu convencê-la a aceitar. A caixa continuava lá e, quando Ryan a abriu, o anel cintilou.

Na noite anterior, Ryan também havia guardado ali os corações de chocolate. A sacolinha de celofane amarrada com fita e todo o seu conteúdo não estavam mais lá.

Isso ele tinha visto, mas não percebido, minutos atrás, quando tentara freneticamente pegar a pistola.

O que ele não percebera antes, mas agora descobria, é que a caixa de cartuchos de 9mm também havia sido retirada. Não precisava nem olhar o conteúdo dos compartimentos menores. E a caixa não podia estar escondida debaixo dos outros objetos, pois eram coisas pequenas e sem importância enquanto ela era mortal, grande e pesada.

Ryan, a princípio, não conseguiu entender por que um intruso, depois de encontrar o cofre, teria levado as balas mas não a carga da pistola, deixando-o com dez balas para se defender.

Ah, sim, claro.

Ele tirou o pente da arma. As dez balas também haviam sido retiradas de lá.

Acreditando, como ele acreditava, na necessidade de ação, Ryan havia se atirado na busca por um intruso, correndo de um ambiente para o outro, abrindo as portas com toda a força, armado com uma pistola inútil, sem descobrir ninguém em quem atirar, mas agora seu orgulho havia sido alvejado e humilhado pela bala metafórica do deboche de seu adversário.

Capítulo 35

Um código de acesso de sete dígitos abriu a programação do cofre para Ryan. Ele deletou a antiga combinação e digitou uma nova, baseada numa data que era importante para ele, mas insignificante para qualquer outra pessoa.

Desconfiava que esse era um esforço em vão. Ele também fora o único a possuir a senha anterior, mas mesmo assim alguém conseguira violar o cofre.

Para abrir o painel que o escondia, Ryan havia utilizado um interruptor oculto que fazia parte do reostato que controlava a iluminação do closet.

Embora a placa de remate que cobria a caixa de junção parecesse fixada à parede com dois parafusos, na verdade só havia as cabeças dos parafusos. Não tinham qualquer outra função a não ser despistar.

O pino de controle subia para tornar o closet mais claro e descia para deixá-lo mais escuro. Quando o pino estava todo para cima, você podia apertar o painel de remate, movendo-o um clique de cada vez no trilho a que estava ligado. A combinação que fazia o painel deslizar, exibindo o cofre, era três cliques para cima, dois para baixo e dois para cima.

A pressão necessária para mover o remate era suficiente para que essa função secreta não fosse descoberta por acaso por uma empregada limpando o closet.

Uma empresa de alarmes local, investigada e recomendada por Wilson Mott, havia instalado tanto esse cofre pequeno como um grande, oculto e onde dava para se entrar, no térreo. Eles eram comprometidos, com uma longa história de serviços confiáveis, e Ryan duvidava que um de seus empregados o estivesse atormentando.

Atormentando parecia uma boa palavra para se usar, porque, se a intenção imediata tivesse sido feri-lo, ele já estaria morto.

No entanto, atormentar alguém também era uma forma de violência e era possível esperar que quem quer que curtisse infligi-la poderia passar do tormento psicológico para o físico, e até mesmo para o assassinato.

Ele recolocou a pistola inútil no cofre. Além de tirar a munição, o intruso também poderia ter manipulado a arma. Ryan não conhecia o suficiente sobre elas para confiar em seu exame da 9mm e revelar algum tipo de dano sutil, mas crítico, que tivesse sido feito.

Antes de comprar outra caixa de cartuchos, recarregar e testar a pistola, ele pediria que alguém com experiência a examinasse e certificasse sua confiabilidade. Ryan não sabia se uma arma manipulada poderia explodir em sua mão quando apertasse o gatilho, mas não ia descobrir isso da maneira mais difícil.

Por outro lado, ele poderia comprar uma pistola nova. A lei, porém, exigia um período de espera para obter um revólver, e Ryan desconfiava que seu perseguidor tivesse um cronograma e uma agenda que os levaria a um confronto antes que o tal período acabasse.

Quando fechou o cofre e viu o painel que o encobria voltar para o lugar, ele percebeu que, se o intruso sabia do cofre na parede, então outro segredo da casa provavelmente já teria caído.

De novo no quarto, ele tirou uma chave eletrônica da gaveta da cabeceira. Foi até um quadro de 2x2m, preso à parede sul, e segurou a parte grossa da chave nos olhos do tigre no quadro. Atrás dessa marca, um leitor de código soltou as trancas que mantinham o quadro no lugar e a parte da parede ao qual ele estava preso.

A maioria das casas desse tamanho e complexidade era dotada de um quarto do pânico, no qual os proprietários poderiam se refugiar, no caso de um arrombamento e roubo ou uma outra crise do mesmo gênero. Nessa casa, o quarto media 4x5m.

A porta que era o quadro se abriu para dentro. Ryan passou pelo degrau do limiar e entrou num espaço à prova de fogo, feito de concreto, revestido de 6mm de aço e recoberto com um sistema à prova de som da mais alta qualidade.

Uma linha direta separada do sistema telefônico da casa, um serviço elétrico exclusivo sem relação com a propriedade, um sistema de ar exclusivo e linhas de exaustão tornavam o quarto do pânico autossustentável. Os intrusos poderiam cortar todos os serviços da casa — ou, numa situação de cerco, os serviços poderiam ser cortados pelas autoridades —, e esse esconderijo continuaria funcionando.

Comida empacotada, água engarrafada, um toalete no canto, um banheiro químico de reserva e outros suprimentos iriam garantir o abrigo de quem estivesse ali dentro por vários dias. Também havia duas cadeiras e uma cama.

E em cima da cama estava a caixa com os chocolates em forma de coração.

Capítulo 36

De chinelos e com um robe por cima do pijama, acendendo as luzes por onde passasse, Ryan desceu os quatro lances de escada até o térreo e foi direto ao hall de serviço, no fim do qual ficava a lavanderia.

Uma das salas de armazenagem que davam para o hall, e que o interessava agora, sempre ficava trancada, mas ele tinha a chave. Num canto dessa sala ficava um grande armário preto de metal, também trancado, que por questão de conveniência podia ser aberto com a mesma chave.

No armário estavam guardados os gravadores que armazenavam nos discos magnéticos as imagens das câmeras de segurança da propriedade. Vinte câmeras monitoravam o exterior da casa e o terreno. Sete outras mantinham a vigilância dos corredores internos e o hall da cobertura, embora nenhuma invadisse os quartos.

Ele ligou um monitor que apresentou um menu de onde fez uma seleção com o controle remoto. Estava mais interessado na câmera que filmava o hall da cobertura, porque ela gravava qualquer um que, pela escada ou pelo elevador, chegava a essa área, que levava à porta da suíte principal.

Depois de especificar a câmera, o menu o instruiu a inserir a data, a hora e o minuto a partir do qual queria começar a ver a gravação. Ryan escolheu a data do mesmo dia e a hora atual, só que trinta minutos antes.

O hall de 6,5x4m do lado de fora da suíte principal apareceu na tela. A data aparecia na parte de baixo à esquerda do vídeo. No lado direito, um relógio digital mantinha uma contagem das horas, dos minutos e dos segundos.

Extremamente concentrado na gravação, Ryan a avançou rapidamente, de modo a poder ver em 15 minutos os trinta de imagens.

Logo no início ele se viu saindo das escadas e se encaminhando para a porta da suíte principal, levando o livro de Samantha, em direção à cama.

Para economizar espaço de armazenagem, a câmera não gravava o vídeo fluentemente, mas tirava um instantâneo a cada meio segundo. Na tela, Ryan se movia como num desenho animado, num maço de cartões em sequência.

Mais cedo, quando entrou no quarto, a primeira coisa que fez foi verificar a cama para ver se havia um segundo presente o esperando. Não encontrando nada no travesseiro, ele passou algum tempo escovando os dentes e se preparando para a noite.

Agora, minuto a minuto, a câmera não mostrava ninguém entrando na suíte principal fechada depois de sua entrada.

Ali estava a prova de que, quando ele entrara na suíte, o intruso já devia estar lá, na alcova perto do quarto.

Enquanto Ryan se aprontava para ir dormir, o desconhecido — mas prestes a ser visto — doador de presentes colocara o pingente e deixara a suíte, de alguma maneira trancando a fechadura especial depois de sair.

Mas o vídeo não apoiou a teoria. Ninguém saiu da suíte até que o próprio Ryan reapareceu, agora usando um robe por cima do pijama, descendo as escadas correndo em direção a este quarto, onde ele agora estudava as gravações de segurança.

A sua busca pela suíte, depois da descoberta do pingente de coração, fora bem extensa. Ele não havia deixado de procurar em nenhum lugar, mesmo onde só uma criança pudesse se esconder.

Agora acessava a gravação feita pela câmera que cobria a varanda do terceiro andar, do lado de fora da suíte principal, e estudava o mesmo intervalo de tempo. Uma única luz na varanda proporcionava iluminação suficiente para que a câmera com visor noturno mostrasse uma imagem quase tão clara quanto a que exibia durante o dia. Ninguém saiu por aquela porta ou por qualquer das duas janelas.

Quando Ryan viu a gravação da outra varanda da suíte principal, não percebeu ninguém saindo pela porta nem pelas janelas que se abriam direto do quarto de dormir.

Ninguém deixara a suíte, mas ninguém estava lá enquanto ele vasculhava cada canto.

A julgar pelos indícios, o pingente de ouro devia ter se materializado no travesseiro como num passe de mágica.

No entanto, o que parece mágica sempre é única e exclusivamente um evento normal, encarado como enigmático pela falta de algum dado crucial.

Ryan exauriu o cérebro para pensar que tipo de fato poderia ser, mas tanto a razão como a imaginação não lhe responderam.

Frustrado e prestes a desligar o monitor, ele decidiu dar uma olhada nas gravações feitas ao entardecer do dia anterior, no gramado sul, quando lia no solário e descobriu que estava sendo observado. Duas câmeras cobriam aquela área.

O sistema armazenava todas as gravações por trinta dias e então as jogava na lixeira, se não recebesse uma instrução diferente.

A primeira câmera, instalada na casa, proporcionava mais ou menos a mesma visão que Ryan tinha da poltrona. Agora ela exibia o mesmo céu cinzento e baixo, a garoa, as árvores solenes, o nevoeiro que deslizava, o gramado encharcado pelo qual a invasora encapuzada havia passado.

Ele repassou a cena começando antes do início do crepúsculo e viu quando a luz aguada se esvaiu do dia. A noite chegou, mas o intruso não.

Sem conseguir acreditar, avançando a gravação rapidamente, Ryan olhou mais uma vez, agora em tempo real, o que pareceu uma experiência interminável. O céu, a chuva, as árvores, a neblina, a luz inconstante se transformando em escuridão — mas nenhum visitante, sinistro ou não.

A segunda câmera apontada para o gramado sul ficava instalada no galho de um loureiro indiano, cobrindo uma parte do mesmo terreno, só que de outro ângulo. Os três cedros do Himalaia, em cujas sombras a figura encapuzada fez sua segunda aparição, se encontravam no centro da imagem.

Através da luz que diminuía, da noite caindo, nenhum fantasma flutuava abaixo dos ramos majestosos e cadentes dos cedros.

Mas, droga, na noite anterior ele havia visto *alguma coisa.* Não tinha sido apenas imaginação. Não fora nem um truque da chuva e da névoa, nem o reflexo no vidro da janela de alguma palmeira ou samambaia no solário. Ele tinha visto alguém numa capa de chuva com capuz, talvez uma mulher, movendo-se, molhada e *real*.

O observador na chuva era tão real como os corações de chocolate, tão real como o pingente dourado em forma de coração que agora estavam...

Onde?

Na mesa de cabeceira. Claro. Depois de segurá-lo pela corrente e ver a inscrição, ele o colocara na mesa de cabeceira. Mais tarde, depois de encontrar a sacola de celofane no quarto do pânico, ele a pusera também na mesa de cabeceira.

Ryan desligou o monitor, fechou o armário, saiu da sala de gravações e voltou para a suíte principal, tomado por uma expectativa sombria.

Na mesa de cabeceira só estavam o abajur e o relógio. A sacolinha de chocolates e o pingente haviam sumido.

Uma busca frenética e exaustiva pela suíte principal não o levou a achar nenhum dos dois.

Quando, finalmente, ele abriu o cofre com a nova combinação que havia programado há pouco tempo, o pingente a os corações de chocolate também não estavam lá. E, assim como a munição, a pistola havia sido levada.

Capítulo 37

Como a suíte master havia sido penetrada, Ryan não podia presumir que iria dormir em segurança.

Pensou em passar a noite num dos quartos de hóspedes ou se acomodar num lugar improvável, como a lavanderia. Mas, se ele não estava seguro em seu próprio baluarte no terceiro andar, não haveria nenhum outro reduto entre essas paredes.

Por uns momentos ele chegou a pensar em se hospedar num hotel, mas a indignação quanto à violação de sua privacidade rapidamente se transformou numa raiva em nome dos seus direitos. Não havia sobrevivido a um transplante de coração só para sair correndo como uma criança assustada de um perseguidor cujos truques eram de execução sofisticada, mas de conceituação insípida, o tipo de besteira de filme de terror que fazia as garotas adolescentes gritarem de horror e alegria.

Sem poder contar com uma arma, ele entrou em seu retiro para escolher uma faca.

A geladeira embaixo da bancada continha não só refrigerantes e água mineral, mas também coisas que ele geralmente comia de lanche: uma variedade de queijos e alguns pedaços de frutas frescas.

Uma gaveta no armário do bar continha utensílios, inclusive pratos e facas. Havia uma faca para descascar frutas, uma comum de cozinha com uma lâmina de 20 centímetros e uma mais afiada, com lâmina de serra.

Ryan optou pela faca de cozinha e voltou com ela para o quarto. Colocou-a sob o travesseiro ao lado, no qual Samantha já não repousava a cabeça havia muito tempo.

Recostando-se na imensidão de travesseiros, ele ligou a televisão e clicou no MUDO. Ficou assistindo a uma sitcom que não era mais divertida sem som do que seria com som.

Sua mente não parava de girar em torno do perturbador corolário. Se havia pessoas agora conspirando para atormentá-lo e provavelmente machucá-lo, então a conspiração que ele suspeitava existir *antes* do transplante, o que com o tempo ele acabou descartando como obra da imaginação, provavelmente tinha sido real.

Um dado da conspiração fora a possibilidade de que a sua cardiomiopatia fosse consequência de um envenenamento. Desta forma, se então tivesse sido envenenado, ele poderia partir do princípio de que seria envenenado de novo, que o novo coração fosse ser destruído como o primeiro.

Se fosse verdade, então provavelmente já havia sido envenenado. Confiando na nova equipe, comera e bebera tudo o que lhe haviam servido.

Ele se perguntou em quanto tempo depois do envenenamento o dano no músculo do coração se manifestava.

É claro que a equipe poderia ser inocente. Se um estranho podia entrar e sair de casa quando bem entendesse, sem ser detectado, então os ingredientes das refeições de Ryan podiam ter sido envenenados sem o envolvimento dos Amory ou seus assistentes.

Outra alternativa e corolário também exigiam atenção. Se a suposta conspiração e envenenamento *antes* do transplante haviam sido imaginados, então os incidentes atuais também poderiam ser irreais.

A propósito, ele não tinha nada — nem a presença de capa e capuz no vídeo, nem os pingentes, nem os chocolates — para provar que algum desses incidentes recentes e irritantes realmente aconteceu.

Antes do transplante, Ryan estava tomando três remédios prescritos pelo Dr. Gupta. Depois da cirurgia, passou a tomar 28. Se um remédio ou combinação de remédios pudesse, como efeito colateral, induzir a alucinações e visões paranoicas, então ele estaria correndo um risco muito maior do que há um ano.

Mas ele sabia que não eram meras visões. Ele *sabia* que não eram.

Fervendo de raiva em vez de medo e determinado a ser o caçador em vez da caça, a mente de Ryan ficou girando em torno do enigma em círculos às vezes mais abertos e às vezes mais fechados, em busca de um único fio solto que, quando puxado, resolveria o mistério e desvendaria a verdade.

O espanto se transformou em frustração, até que ele sentiu vontade de gritar e botar para fora seu desespero. Mas, em vez disso, ele pegou o livro de Samantha para se distrair.

Mais cedo naquele dia, ele havia chegado, pela terceira vez, ao 27º dos 66 capítulos do romance. Agora, no correr de um único parágrafo, a narrativa de Samantha o enfeitiçava de novo.

Uma vez, enquanto trabalhava no livro, ela falara do subtexto. Ele sabia do que se tratava: o significado implícito e subjacente da história que o autor nunca expressava diretamente.

Nem todas as obras de ficção tinham um subtexto; talvez a maioria nem tivesse.

Samantha dizia que os leitores não precisavam estar ativamente conscientes do subtexto para curtir uma história ao máximo, porque, se a narrativa tivesse sido bem-escrita, eles inconscientemente teriam absorvido o significado implícito. Aliás, o efeito emocional do subtexto frequentemente podia ser mais poderoso quando o leitor não conseguia expressá-lo em palavras, quando lhe batia fundo sem que entendesse exatamente por que havia sido atingido.

O subtexto podia ter várias camadas, explicara ela, significados implícitos dispostos um sobre o outro como camadas delicadas num mil folhas, aquele doce crocante servido como sobremesa na Grécia e no Oriente Médio.

Ryan achava que entendia o subtexto principal do romance. Mas ele sentia a existência de outras camadas, cujo significado ainda não conseguia inferir.

Mais importante ainda, isso lhe interessava porque, nas profundezas do texto, ele sentia uma revelação escondida que podia explicar por que continuavam separados embora amassem um ao outro. Por que ela não aceitara logo o seu pedido de casamento. E por que talvez nunca aceitasse.

A revelação era tão fugidia, no entanto, que Ryan poderia muito bem ser como um pescador jogando uma linha sem isca nem anzol, à procura de um peixe que nunca precisava se alimentar.

Depois de algum tempo, ele deixou o livro de lado e assistiu à TV muda, que não havia desligado. Cavaleiros corriam através das planícies do deserto, por salvas roxas, por pedras vermelhas escavadas pelo tempo, sob a imensidão do céu, disparando furiosamente suas armas, mas sem o tropel dos cavalos e o barulho dos tiros, sem um único urro humano.

Ryan ficou ouvindo a casa, aguardando o som de passos, esperando um farfalhar de roupas, o *click* de sua pistola roubada sendo destravada, o seu nome sussurrado por uma voz que ele não iria reconhecer, mas seu coração sim.

Ele viveu tempo suficiente com medo da morte para ficar acordado só por causa disso. Depois de algum tempo, acabou dormindo.

Ryan esperava sonhar. Já não sonhava havia um ano. Receberia de bom grado até os pesadelos que o atormentaram, pois eles dariam consistência ao seu sono.

Capítulo 38

O CARTAZ NA VITRINE DA LIVRARIA EXIBIA UMA FOTO DE Samantha e a capa do livro. Uma chamada anunciava que ela estaria autografando os exemplares do meio-dia até as duas da tarde daquele dia.

Ryan já havia reparado no cartaz alguns dias atrás. Ao vê-lo, entendeu que não devia ir para lá, mas sabia que iria.

Agora trazia consigo o exemplar que comprara no dia em que o livro chegara às livrarias. Queria mais do que um autógrafo.

Desde a última vez que esteve ali, uma pequena tarja havia sido acrescentada ao primeiro cartaz: BEST SELLER DO NEW YORK TIMES!

Ele não sabia que o livro fazia um sucesso tão grande.

Rapidamente, um conjunto de emoções tomou conta de Ryan, não uma após a outra, mas todas ao mesmo tempo. Ele tinha orgulho de Samantha, tanto que sentiu vontade de se aproximar dos passantes e garantir a eles que ela era única, bondosa e merecedora do sucesso, mas Ryan também foi trespassado por um arrependimento por não estar com ela quando ouviu a notícia ou recebeu a primeira crítica positiva e transtornado por um tipo de culpa que não sabia como chamar, embora também pegasse uma onda que se parecia mais com felicidade do que qualquer outra coisa que ele sentira em um bom tempo.

Sob o anúncio de que o livro era um best seller, um cartaz ainda menor mostrava a reprodução da lista de best sellers em capa dura do *New York Times Book Review* mais recente. Entre 15 títulos, o nono havia sido circundado em vermelho. Na estreia de Samantha na lista, ela já havia entrado entre os dez primeiros.

— Filha da mãe! É isso aí. — Ele sorria. — Muito bem, você venceu!

A animação tomava conta de Ryan e ele tentou pensar num jeito — o *melhor* jeito — de celebrar esse momento, esse triunfo. Mas então percebeu que a lista de best sellers não seria novidade para Samantha do jeito que era para ele, que ela, sem sombra de dúvidas, já havia comemorado esse sucesso e outros.

Ryan havia chegado dez minutos antes da hora marcada para o final da sessão de autógrafos. Pela janela da livraria, podia ver uma fila de pessoas chegar à mesa na qual Samantha estava sentada, e ele sabia que ela ficaria até o fim, até assinar todos os exemplares.

Mesmo à distância, a visão de Samantha provava que o seu novo coração possuía toda a capacidade do antigo.

Subitamente preocupado que ela levantasse o olhar, encontrando-o com o rosto colado na vidraça, o que o faria se sentir um pateta, Ryan se afastou da livraria.

Cogitou a ideia de retornar ao carro no estacionamento e esperar meia hora antes de voltar. Mas teve medo de se desencontrar dela.

Aqui e ali no corredor a céu aberto, bancos davam a compradores cansados lugares para descansar entre surtos de consumismo. Enormes vasos de terracota, cheios de gerânios vermelhos, ladeavam o banco em que Ryan se sentou.

Por alguns minutos, tentou ler o livro de Samantha, mas com a perspectiva de vê-la de novo ficou nervoso demais para se concentrar. E tinha respeito demais pelo trabalho dela, mesmo que numa terceira leitura — especialmente porque *merecia* uma terceira leitura — para lhe dar menos que a sua atenção total.

Ali, no meio da temporada de quatro meses de chuva da Califórnia, com mais uma tempestade prevista para cair de noite, conseguiu-se um alívio temporário do tempo horroroso. Um céu transparente, liso e brilhante como o vidro, jogava os reflexos de raios de sol prateados sobre a costa sul do estado.

Ryan observou passarinhos policiando um restaurante em busca de migalhas, inúmeras raças de cachorros em coleiras, todos sorrindo de alegria a cada cheiro e visão, um carrinho duplo de bebê com dois bebezinhos rosados com gorrinhos amarelos de crochê, uniformes amarelos e azuis e botinhas amarelas com pompons azuis nas pontas.

Deixando de lado por alguns minutos os problemas dos últimos dois dias, Ryan estava feliz por estar vivo, e tentou não se preocupar com o quanto — ou o quão pouco — ele estava aproveitando.

Às duas e quarenta, Samantha saiu da livraria na companhia de uma mulher aparentemente alegre, de sapatos vermelhos e vestido preto escocês, com massas caudalosas de cabelos cacheados castanhos que subiam e desciam, e um jeito de fazer gestos extravagantes que, a distância, parecia que estava declamando Shakespeare.

Ryan perdeu a coragem de se aproximar de Samantha enquanto ela estivesse na companhia de sua assessora de imprensa ou de uma representante da editora. Mas evidentemente a mulher que gesticulava era a gerente da livraria ou, pelo menos, uma funcionária, porque depois de cumprimentar Samantha e lhe dar dois tapinhas no ombro, fingindo por um momento passar um laço pelos cabelos, ela voltou a entrar.

Ainda sem notar a presença de Ryan, Samantha andou em sua direção, procurando alguma coisa na bolsa, talvez as chaves do carro.

Ela usava um terninho preto muito bem-cortado e uma blusa branca com frisos pretos. Magra, em forma, na moda, andava com a confiança enérgica com que ele a teria identificado na rua, mesmo que, a distancia, só a visse inesperadamente.

Aproximando-se dela, Ryan se esqueceu de todas as frases de abertura que havia ensaiado e só conseguiu dizer "Sam". Ela olhou para cima enquanto sua mão direita tirava da bolsa um chaveiro chocalhante.

Já não se viam havia dez meses e não se falavam havia sete.

Ele não sabia qual seria a reação dela e estava preparado para um sorriso forçado ou uma careta de dor, algumas palavras impacientes e um rápido fora.

No lugar de tudo isso, viu nos olhos dela algo que o magoou mais do que a raiva ou o ódio. Embora pudesse não ser exatamente de pena a expressão do seu olhar, estava bem perto disso.

Ficou grato quando ela sorriu. Bonita como era, porém, havia um traço inegável de melancolia.

— Ryan.

— Oi, Sam.

— Olha só para você. Como é que vai?

— Tudo certo. Me sinto bem.

Ela falou:

— Você está como sempre.

— Não se você vir a cicatriz monstruosa — assegurou ele, dando um tapinha no peito. Na mesma hora percebeu que havia dito a coisa errada, e por isso logo acrescentou: — Parabéns pelo livro.

Ela abaixou a cabeça, quase que com timidez.

— Tudo o que eu provei até agora é que consegui emplacar um livro.

— Você, não. Você tem tudo o que um escritor precisa, Sam. Já está trabalhando num segundo, não está?

— É claro. — Ela deu de ombros. — Mas nunca se sabe.

— Já está em nono lugar na lista.

— Fomos informados que semana que vem vai estar em sétimo.

— Que maravilha. Aposto que vai chegar ao número um.

Ela balançou a cabeça.

— John Grisham não precisa se preocupar.

Segurando o exemplar que trouxe consigo, Ryan falou:

— Já li duas vezes. Estou lendo de novo. Eu sabia que ia ser bom, Samantha, só não esperava que fosse ser tão...

Enquanto ele procurava as palavras para elogiar, descobriu que só o linguajar do surfe seria capaz de fazê-lo expressar sua admiração.

— ... fosse ser uma onda gigante, um estouro total.

A melancolia no sorriso continuou em sua leve risada.

— Vamos publicar essa crítica quando sair a edição de bolso.

Embora estivesse morto de vontade de abraçá-la, Ryan se conteve, sem querer arriscar que ela ficasse dura em seus braços ou se esquivasse deles.

Tentando algo mais simples, ele mostrou o banco ladeado por gerânios e disse:

— Nós poderíamos nos sentar por alguns minutos? Eu gostaria de trocar umas ideias sobre o livro.

Ele esperava que Samantha viesse com a desculpa de um compromisso urgente, mas ela disse:

— Claro. O sol está tão bom.

No banco, sentaram-se meio enviesados e, folheando as páginas do romance, ele disse:

— Você nunca me mostrou o livro enquanto ainda estava escrevendo, então eu nunca podia imaginar que...

— Eu nunca mostro o que estou escrevendo enquanto estou escrevendo. Até gostaria, mas é um processo solitário.

— Andei pensando no subtexto.

— Nunca pense muito nele. Tira toda a magia.

— Esse livro é um verdadeiro doce de mil folhas.

— Você acha?

— Totalmente. São tantos significados implícitos. Eu nunca consigo ver todos eles.

— Basta sentir.

— Deixa o mil folhas para lá.

— É uma analogia muito amanteigada.

Ryan disse:

— É mais parecido com o mar. Estratos térmicos, sempre descendo. Os cardumes de peixe estão nessa camada aqui e debaixo deles vêm as nuvens de plânctons luminosos e debaixo delas estão os krill e por aí vai, a luz atravessando as camadas e as sombras se erguendo. E, em algum lugar debaixo de tudo isso, existe alguma coisa de você, uma outra você misteriosa. Quero dizer... um outro lado seu, uma característica que nunca fui capaz de perceber.

Ela não respondeu imediatamente, e Ryan pensou que talvez a tivesse ofendido ou parecido tão imaturo que a deixara constrangida por ele, mas então Samantha disse:

— Que característica?

— Não sei. Ainda não consegui desvendar inteiramente. Mas tenho a sensação de que, quando conseguir, quando compreender essa parte sua... vou entender por que você nunca aceitou o meu pedido de casamento.

Ela o olhou com tanta ternura que ele mal pôde aguentar o peso.

— Samantha — insistiu ele —, será que o que eu sinto é possível? Será que alguma coisa nesse livro vai me dizer o que eu não tinha e que você mais precisava?

— É possível. Vai, sim. Embora eu não o tenha escrito para iluminar você.

— Entendo.

— Mas é inevitável que eu esteja dentro dele. Todinha, debaixo dos tais plânctons luminosos.

A melancolia do seu sorriso trazia uma tristeza ainda mais profunda do que antes.

Ele olhou em volta, imaginando se algum dos passantes prestava atenção ao pequeno drama que se desenrolava no banco. Samantha já era uma espécie de celebridade literária e ele não queria expô-la a um constrangimento, fazendo qualquer espécie de cena.

Os compradores passavam apressados sem perceber, crianças riam se divertindo, jovens casais de mãos dadas caminhavam apaixonados e só um setter irlandês numa coleira olhou atentamente para Ryan e Samantha, como que sentindo o cheiro da tensão, mas foi puxado por um homem de calça cáqui e Birkenstocks.

— Sam, você sabe que tudo o que eu gostaria é que você me dissesse o que foi que me faltou.

— Durante todo o tempo em que estivemos juntos, tentei falar para você.

Ele franziu a testa.

— Eu fui tão fechado assim?

Com o maior tato e gentileza, ela falou:

— Não é uma coisa que se discuta como mau hálito ou boas maneiras à mesa, Ryan. Não é uma coisa que alguém possa adquirir da noite para o dia só porque você sabe que eu preciso. E a pior coisa seria você ficar fingindo, porque acha que é isso o que eu quero.

— Então como é que eu poderia adivinhar o que você queria? Pelo subtexto?

— É, pelo subtexto. Pelo significado implícito de como eu vivia a minha vida, o que eu sentia, o que era importante para mim.

— Sam, eu estou perdido.

Revelando uma dor que a melancolia só havia sugerido ela disse:

— Eu sei, meu amorzinho. Eu sei que você está, eu sei, e isso parte o meu coração.

Ryan se arriscou a estender a mão para Samantha e ela a segurou, pelo que ele ficou mais grato do que poderia lhe dizer

— Sam, se eu ler o seu livro o suficiente para entender, para entender o que você queria e que eu não tinha, e se eu puder ser isso para você, seja lá o que for, nós poderíamos tentar de novo?

Ela segurou a mão dele com força, como se quisesse agarrar-se para sempre. No entanto, falou:

— É tarde demais, Ryan. Eu gostaria que não fosse, mas é

— Existe... outra pessoa?

— Não e nunca houve. Nem um único encontro nesse ano inteiro e eu estive muito bem sozinha, não queria mais ninguém. Talvez algum dia surja outra pessoa. Não sei.

— Mas você me amava. Eu sei que você me amava. Não se pode simplesmente parar de amar alguém de um dia para o outro.

— E eu nunca parei de amar.

Essas seis palavras, com um potencial tão grande de causar êxtase, na verdade o deixaram arrasado porque a voz dela passava uma tristeza silenciosa e intensa, uma angústia, a mesma com que as viúvas falavam dos maridos recém-falecidos, por quem seu amor de agora em diante não seria mais correspondido.

— Eu te amo — disse ela. — Mas não posso me apaixonar por você.

Frustrado, Ryan respondeu:

— Você está fazendo um jogo de palavras.

— Não estou. Tem uma diferença.

— Que não é das mais importantes.

— Tudo é importante, Ryan. Tudo.

— Por favor, me diga o que eu fiz.

Ela ficou abalada.

— Ai, não. Não, meu Deus!

A reação de Samantha pareceu totalmente desproporcional ao pedido, que afinal de contas era só outra maneira de perguntar o que ela precisava e que ele não havia captado.

A forte emoção da resposta indicava que estavam no ponto em que a alavanca da relação entre eles se equilibrara, a partir do qual a luz virava escuridão e a esperança se transformava em desalento.

Depois de criar programas de software e administrar uma empresa, passa-se a reconhecer os pontos de alavancagem, sobre os quais, ao fazer pressão, pode-se erguer toda uma empresa sobre um obstáculo e levá-la ao sucesso.

— Por favor, me diga — pressionou Ryan —, me diga o que eu fiz.

A mão dela apertou a dele com tanta força que chegou a machucar e suas unhas se cravaram em Ryan quase a ponto de tirar sangue.

— Te amar e ainda querer falar sobre isso? Cara a cara? Impossível.

— Mas, se você me ama, vai querer superar isso tanto quanto eu.

— Não há como superar isso.

— Nós vamos superar.

— Não quero destruir tudo.

— Destruir o quê? O que vai sobrar se nós não tentarmos?

— O ano que nós passamos juntos e em que tanta coisa deu certo.

— Isso não pode ser destruído, Sam.

— Ah, pode sim. Falando desse *assunto.*

— Mas e se nós...

— E não há nada a ganhar agora. Nada que as palavras possam endireitar. Nada que se possa *impedir.*

Ryan abriu a boca para falar.

Samantha o interrompeu antes que a respiração de Ryan saísse com mais um sopro de palavras de súplica.

— Não. Deixa eu continuar amando você. E deixa eu me lembrar de um tempo em que fui apaixonada por você, deixa eu ficar com isso para sempre.

Como Ryan ficou tão tocado pela pureza da paixão dela, pela percepção de que Samantha o amara mais inteiramente do que ele talvez pudesse entender, e porque ainda não sabia qual necessidade não preenchera, que erro cometeu, ele só podia responder a isso com duas palavras.

Porém, mais uma vez, ela o interrompeu antes que ele pudesse falar.

— Não diz que está perdido. Não diz isso de novo.

Os olhos dela estavam molhados de tristeza e a sua voz tremia quando continuou:

— É verdade. Aceito que seja verdade e é por isso que não quero ouvir de novo. Eu não consigo, Pisca-Pisca.

Ela desenlaçou sua mão da dele, sem raiva mas com um desespero silencioso, levantou-se, hesitou um pouco como se pudesse mudar de ideia e se sentar de novo, mas então se virou e foi embora.

Com medo de sair correndo atrás dela, Ryan ficou sentado no banco, sob o sol brilhante, os gerânios vermelhos coloridos como um abajur da Tiffany, as vidraças das lojas resplandecendo, as curvas da água no chafariz reluzindo como Steubens e caindo na piscina que as acolhia com um som limpo e rascante de estilhaços.

Depois de algum tempo, ele acabou percebendo a jovem asiática de pé a 7 metros dele, na frente da livraria. Ela pareceu o estar observando e deve tê-lo visto com Samantha.

Ela segurava na mão talvez meia dúzia de lírios brancos e rosados, saindo do embrulho de celofane de um florista amarrado com uma fita azul.

Preocupado que ela fosse uma admiradora do livro de Samantha e que, intrigada pelo tête-à-tête dele com a autora, pudesse se aproximar para conversar sobre o livro, Ryan se levantou do banco. Tudo o que ele poderia dizer a essa moça era que estava perdido e ela também seria incapaz de ajudá-lo.

Capítulo 39

Os INVERNOS DOS ÚLTIMOS CINCO ANOS ESTIVERAM ENtre os mais frios já registrados na Califórnia, embora as temperaturas que faziam um habitante local vestir um suéter fossem um tempo de piquenique para qualquer um que morasse no Maine ou em Michigan. Restando ainda duas horas de uma refrescante luz do sol completamente fora de temporada, os visitantes de sábado cruzavam o shopping a céu aberto, mais para pegar um pouco de sol e ver gente do que propriamente para fazer compras.

Houve um tempo em que essas pessoas deixariam Ryan energizado e ele teria se sentido cativado pela cena. Agora as pessoas o deixavam meio aflito.

A recuperação da cirurgia de transplante havia exigido um período de calma e quietude. Depois disso, ele evitava as multidões, preocupado que os remédios imunossupressores pudessem deixá-lo vulnerável a gripes e resfriados que depois fossem difíceis de se livrar. Com isso, passou a ficar mais tempo em casa, não por necessidade médica, mas porque, no momento, ele preferia fazer as coisas sozinho.

Essa multidão não empurrava nem dava cotoveladas, mas passeava pelo shopping num ritmo tranquilo. Mesmo assim, parecia uma legião avançando, um enxame barulhento, uma espécie alienígena que o levaria para alguma colmeia de onde ele não poderia escapar. Enquanto se dirigia para o estacionamento, resistiu a uma claustrofobia em pleno céu aberto à qual, caso tivesse se rendido, o faria sair correndo esfogueado em busca de um espaço livre de pessoas.

Lotado de automóveis, o enorme estacionamento estava, na maior parte, quieto e silencioso. Nesse fim de tarde, a maioria das pessoas que queria vir ao shopping já havia chegado e, com ainda duas horas para ficar olhando as vitrines, poucas queriam voltar para casa.

Quando encontrou a fila em que estava estacionado, enquanto andava em direção ao extremo onde havia deixado o seu deuce coupé, Ryan continuou se lembrando da expressão nos olhos de Samantha. Achava que ela estava com pena dele, mas agora, arrasado, desconfiava que fosse algo pior do que pena.

Pena é uma dor que se sente ao ver a má situação de outra pessoa, juntamente com um desejo de ajudar. Mas Samantha não poderia ajudá-lo. Deixou bem claro que não ajudaria. O que ele havia visto nos olhos dela tinha mais a ver com comiseração, que podia ser tão doce como a pena, mas que era uma compaixão pelos desesperançados, por aqueles que não podiam ser ajudados ou aliviados.

O sol o oprimia, os reflexos dos para-brisas, o calor subindo dos carros estacionados, o cheiro de piche se elevando do piso preto e ele queria estar em casa, no frescor de seu solário.

— Alô — disse uma voz por trás dele. — Alô, alô.

Ryan se virou para ver a moça asiática com o buquê de lírios brancos e rosados. Ela tinha uns 20 anos, era mignon, muito bonita, com um cabelo preto longo e reluzente, não inteiramente asiática, mas eurasiática, com olhos verdes-claros.

— O senhor a conhece. Conhece aquela escritora — falou ela, num inglês sem sotaque.

Se fosse brusco com a garota, sua aspereza acabaria se refletindo em Samantha, e então ele disse:

— É, conheço. Eu costumava sair com ela.

— Ela é uma escritora muito boa, tão talentosa.

— É, sim. Quem dera se eu tivesse o talento dela.

— Tão compassiva — disse a moça, dando mais um passo e com o olhar indicando o livro que ele levava na mão.

— Sinto muito, mas o fato é que eu tenho que ir a outro lugar e já estou atrasado.

— Um livro tão bom, cheio de insights.

— É verdade, mas eu estou atrasado.

Segurando os lírios com as duas mãos, ela os empurrou na direção dele.

— Pode ficar. Percebi a tristeza entre vocês dois, e o senhor precisa dessas flores mais do que eu.

Assustado, ele falou:

— Não, eu não posso aceitar.

— Por favor, aceite. O senhor precisa — respondeu ela, empurrando as flores contra o peito dele com tanta insistência que uma das mais pesadas se partiu do caule e caiu no chão.

Com o cheiro de pólen rasgando suas narinas e sem se tocar, Ryan disse:

— Não. Entenda, eu estou indo para um lugar onde não vou poder colocar isso dentro d'água.

— Mas o senhor precisa. Aqui — insistiu ela, e, se ele não tivesse agarrado o celofane farfalhante com a mão livre, ela teria deixado as flores caírem no chão.

Embora Ryan tivesse aceitado os lírios, tentou devolvê-los para ela.

De repente, ele sentiu como se tivesse sido atingido, uma linha de fogo irrompendo no seu lado esquerdo. Segundos depois, uma dor ainda mais aguda seguiu o choque quente de uma laceração — e só então ele viu o canivete.

Enquanto os lírios e o livro caíam das mãos de Ryan, a moça falou:

— Posso te matar na hora que eu quiser.

Surpreso e levando a mão ao ferimento, Ryan desabou em cima de um Ford Explorer.

Ela se virou e saiu andando rápido em direção a outra fileira de carros, paralela a que ele estava, mas sem correr.

A lâmina estava tão afiada que cortou sua camisa sem desfiá-la, como uma navalha direta cortando uma folha de jornal.

Apalpando o corpo, a mão direita pegajosa de sangue, ele rapidamente procurou o ferimento. Não era profundo o bastante para se considerar uma laceração, estava mais para um corte de uns 10 centímetros, muito superficial para exigir pontos, longe de ser mortal, só um corte de advertência, mas fundo o suficiente para formar dois lábios na pele.

Ele olhou e percebeu que, mignon como era, ela conseguiria desaparecer rapidamente entre as fileiras lotadas de carros, talvez fugindo num deles.

O susto o havia silenciado. Agora que pensava em gritar por socorro, tudo o que conseguiu emitir foi um sussurro.

Procurando alguém a quem pedir ajuda, Ryan correu os olhos pelo estacionamento. À distância, dois carros se moviam pela rua principal de onde saíam as fileiras do estacionamento. Viu três pessoas a pé, mas nenhuma estava próxima.

A mulher com a faca desapareceu entre os carros, como que liquefeita no brilho dos vidros, evaporando no calor que saía do asfalto.

Ryan agora já estava com a voz totalmente restabelecida, mas se limitou a xingar baixinho, tendo tempo de pensar duas vezes antes de se submeter a um espetáculo público. De qualquer maneira, a mulher já havia desaparecido, não dava mais para encontrá-la.

Ele esmagou alguns lírios com os pés, sem ter a intenção, enquanto andou até o livro caído, que ele pegou do asfalto com a mão limpa.

Perto do Ford coupé 1932, o suor escorria pelo seu rosto e caía no capô, enquanto ele remexia os bolsos das calças procurando pelas chaves. Estava suando de uma maneira que não tinha nada a ver com o calor do dia.

Na mala do carro, ele mantinha uma caixa de ferramentas para eventuais consertos na estrada. Junto, também levava um lençol, tecidos aflanelados, um rolo de toalhas de papel e água mineral, entre outras coisas.

Ryan enfiou uma flanela debaixo do corte na camisa e fez pressão no ferimento, mantendo o braço ao lado para fixar o pano.

Depois de lavar a mão ensanguentada com água mineral, ele desdobrou um pouco do lençol de bordo e o estendeu sobre o banco do motorista.

Um Chevy Tahoe passou pelo estacionamento, mas Ryan não fez sinal para o motorista. Ele só queria sair dali e ir para casa.

Ouviu a voz dela na memória: *Posso te matar na hora que eu quiser.*

Excitada por ter-lhe arrancado sangue, talvez ela decidisse voltar agora e matá-lo.

O motor *single overhead cam* 427 do Ford, criado exclusivamente para corridas, tinha torque suficiente para fazer o carro balançar, mesmo em ponto morto. Atrás do motor ficava uma transmissão Ford C-6, com um conversor de 2500rpm.

Deixando o estacionamento, Ryan se sentiu tentado a sair pelas ruas como se fossem as pistas de um grande prêmio, mas se manteve dentro dos limites de velocidade preestabelecidos. Ele odiaria se a polícia o mandasse encostar.

O carro não era do tipo clássico e sim um carrão envenenado, totalmente customizado, e Ryan tinha um telefone hands-free a bordo. O celular tocou e, mesmo no atual estado de nervos, ele aceitou automaticamente a ligação.

— Alô.

A mulher que o esfaqueara falou:

— Está doendo muito?

— O que é que você quer?

— Será que você nunca ouve?

— O que é que você *quer*?

— Como é que eu posso ser mais clara?

— Quem é você?

— Eu sou a voz dos lírios.

Com raiva, ele disse:

— Explica.

— Não fiam, nem tecem.

— Eu disse "explica", não "complica". Lee está com você? Kay?

— Os Ting? — Ela riu de leve. — Você acha que eles têm alguma coisa a ver com isso?

— Quer dizer que os conhece, hein? Muito bem, então você os conhece.

— Sei tudo sobre você. Quem você demite e quem você usa.

— Dei dois anos de indenização trabalhista a eles. Foram muito bem-tratados.

— Você acha que tenho alguma coisa a ver com os Ting, porque os meus olhos também são puxados? Mas isso não tem nada a ver com eles.

— Então me diga o que há por trás disso tudo.

— Você sabe muito bem o que há por trás disso tudo. Sabe muito bem.

— Se eu soubesse, você não teria chegado tão perto de mim, a ponto de me cortar.

No trânsito, um sinal vermelho o obrigou a parar o carro. O veículo balançou e, debaixo da flanela encharcada de sangue, o corte lancinante pulsava no mesmo ritmo do motor do carro.

— Será que você é realmente tão burro? — perguntou ela.

— Tenho o direito de saber.

— Você tem o direito de morrer.

Ele pensou logo em Spencer Barghest, em Las Vegas, e sua coleção de cadáveres preservados. Mas nunca havia encontrado uma conexão entre o Dr. Morte e qualquer coisa que tivesse acontecido há 16 meses.

— Eu não sou burro — disse ele. — Sei que você quer alguma coisa. Todo mundo sempre quer alguma coisa. Eu tenho dinheiro e não é pouco. Posso te dar tudo o que você quiser.

— Se você não é burro, então é um ignorante grotesco. Ou, na melhor das hipóteses, grotescamente ignorante.

— Me diga o que é que você quer.

— Seu coração me pertence. Eu quero ele de volta.

A irracionalidade da exigência deixou Ryan sem qualquer possibilidade de responder.

— Seu coração. Seu coração me pertence — repetiu a mulher e começou a chorar.

Enquanto ele a ouvia chorar, Ryan desconfiou que a razão não iria salvá-lo dela, que ela era maluca e regida por uma obsessão que ele nunca iria entender.

— Seu coração me pertence.

— Está certo — repetiu ele de leve, tentando acalmá-la.

— Pertence a mim. *A mim*. É o *meu* coração, meu precioso coração e eu quero ele de volta.

Desligou.

Uma buzina soou atrás dele. O sinal de trânsito havia passado de vermelho a verde.

Em vez de continuar, Ryan levou o carro para o acostamento e o estacionou.

Usando a função *69, tentou ligar de volta para a moça chorosa. A tentativa de ligação apenas o levou a uma gravação da companhia telefônica, pedindo que desligasse ou digitasse um número.

Quando surgiu uma brecha no trânsito, ele voltou para a rua.

O céu estava claro e totalmente aberto, como um pote vazio de cabeça para baixo, mas a previsão anunciava chuva para o final da manhã de domingo, continuando pelo menos até segunda-feira à tarde. Quando o pote estivesse cheio e gotejante, ela voltaria. Na chuva e no escuro, encapuzada, ela voltaria e, tal como um fantasma, não seria vencida pelas fechaduras.

Capítulo 40

RYAN ESTACIONOU O DEUCE COUPÉ E SAIU, ALIVIADO POR encontrar a garagem vazia. De pé ao lado do carro aberto, ele tirou a flanela empapada de sangue, jogou-a no lençol dobrado que protegia o banco do motorista e pressionou um tecido limpo sobre o ferimento.

Rapidamente, embrulhou o pano ensanguentado no lençol, colocou-o sob o braço esquerdo, contra a lateral do corpo e entrou em casa. Pegou o elevador até o andar superior e alcançou o refúgio da suíte principal sem encontrar ninguém.

Deixou o lençol de lado, com o intuito de colocá-lo depois numa sacola e jogar no lixo.

No banheiro, Ryan lavou o ferimento com álcool. E depois aplicou iodo.

Quase se esbaldou com a dor que o aferroava; clareava a cabeça.

Como o corte era superficial, uma pomada grossa hemostática parou o sangramento. Depois de algum tempo, Ryan gentilmente limpou o excesso da pomada e jogou Neosporina em cima.

A desagradável tarefa de fazer o curativo ao mesmo tempo o mantinha concentrado no perigo que corria e também liberava sua mente para pensar no que iria acontecer depois.

Sobre a Neosporina, ele aplicou finas compressas de gaze. Depois de colocar esparadrapos nos ângulos certos para tapar o corte e ajudar a manter os lábios de pele juntos, colocou mais dois correndo paralelos ao ferimento para fixar os menores.

A dor havia diminuído e não passava mais de um leve latejar.

Ele trocou de roupa e vestiu um jeans preto leve e um moletom preto de gola aberta.

O bar da suíte principal incluía um pequeno depósito de vinhos. Ele abriu uma garrafa de Opus One dez anos e encheu um copo Riedel quase até a boca.

Usando o interfone, informou à Sra. Amory que ele mesmo faria as camas esta noite e que iria jantar na suíte principal. Queria um bife e pediu para que o carrinho com a comida fosse deixado no hall da cobertura às nove horas.

Faltando 15 minutos para as cinco horas, telefonou para o número mais particular do Dr. Dougal Hobb, em Beverly Hills. Num fim de semana, ele esperava ser atendido por um plantão médico, que foi o que aconteceu. Informou o nome e o telefone, e deixou claro que era um paciente que havia feito um transplante e que se encontrava numa emergência médica.

Sentado à mesa de madeira de amboína, ele ligou a TV de plasma no centro de entretenimento e a deixou muda, olhando para os filmes de gângster dos anos 1930 disparando metralhadoras sem som atrás de carros pretos silenciosos que derrapavam nas esquinas sem o ruído dos freios ou dos pneus.

Depois de beber um terço do vinho no copo, Ryan ergueu a mão esquerda em frente ao rosto. Não tremia mais.

Ele mudou de canal e viu um Russell Crowe taciturno, totalmente fora do habitual, no papel de um capitão que conduz um navio silencioso através de uma tempestade furiosa, mas sem som.

Onze minutos depois de Ryan ter falado com o plantão médico, o Dr. Hobb retornou a ligação.

— Peço desculpas se o assustei, doutor. Não há nenhum tipo de crise física. Mas, mesmo assim, continua sendo importante que o senhor me ajude.

Preocupado como sempre, sem qualquer indicação de mau humor, Hobb falou:

— Eu estou sempre em alerta, Ryan. Nunca hesite em me ligar se precisar. Como avisei não importa o quanto a recuperação esteja indo bem, problemas emocionais sempre podem acontecer.

— Desejaria muito que fosse só isso.

— Os telefones dos psicólogos que dei para você há um ano ainda são os mesmos, mas, se você perdeu...

— Não é um problema emocional, doutor. Trata-se de um... não sei bem como chamar...

— Tente me explicar.

— Prefiro não explicar agora. Mas tem uma coisa. Preciso saber quem foi que me doou o coração.

— Mas você já sabe, Ryan. Uma professora que sofreu um traumatismo craniano considerável num acidente.

— É, isso eu sei. Ela tinha 26 anos, estaria com 27 agora, quase 28. Mas eu preciso de uma foto dela.

Por um momento, Hobb ficou silencioso como o navio de Russell Crowe enfrentando mares tormentosos tão terríveis que os marinheiros se amarravam aos seus postos para evitar serem jogados da embarcação.

Então, o cirurgião falou:

— Ryan, o melhor homem dessa lista de psicólogos é Sidney...

— Eu não quero um psicólogo, Dr. Hobb. Quero uma foto.

— Mas realmente...

— Um foto e um nome, Dr. Hobb. Por favor. Isso é muito importante...

— Ryan, algumas famílias gostam que os receptores dos órgãos dos seus entes queridos saibam quem lhes deu a dádiva de viver.

— É tudo o que eu quero.

— *Mas* muitas outras famílias preferem que elas, e os doadores, se mantenham no anonimato. Elas não querem nenhum agradecimento, e o seu luto é particular.

— Eu compreendo, doutor. E, na maioria das vezes, eu respeitaria essa posição. Mas é que essa é uma situação extraordinária.

— Com todo o respeito, é completamente fora do razoável...

— Na situação em que estou, não posso aceitar um não como resposta. Realmente não posso. E não vou.

— Ryan, eu sou o cirurgião que retirou o coração da moça e o transplantou para dentro de você e nem mesmo eu sei o nome dela. A família optou pela privacidade.

— Alguém no sistema de saúde sabe o nome dela e pode encontrar o parente mais próximo. Eu só quero uma chance de pedir à família para mudar de ideia.

— Talvez tenha sido uma condição explícita da doadora que o nome não fosse revelado. A família pode se sentir moralmente sem poderes para reverter o desejo da falecida.

Ryan respirou fundo.

— Eu não quero ser indelicado, doutor, mas, contando com as despesas do avião e as despesas médicas, eu gastei 1,6 milhão de dólares e vou continuar precisando de um tratamento médico muito caro pelo resto da vida.

— Ryan, isso é constrangedor e não tem nada a ver com você.

— Espera, não é o que está pensando. Por favor, me entenda. Cada centavo que paguei foi muito bem-gasto, nenhuma despesa foi excessiva. Afinal de contas, eu *estou vivo.* Só estou tentando colocar as coisas numa perspectiva. Com todos os custos, sem seguro, eu ainda gostaria de oferecer 500 mil dólares para a família, se eles me derem o nome e uma fotografia.

— Meu Deus — disse Hobb.

— Eles podem se sentir ofendidos — falou Ryan. — Acho que você está. Eles podem querer me mandar para o inferno. Ou talvez você vá me mandar para o inferno. Não é que eu pense que possa comprar qualquer coisa. É só que... estou encurralado. E vou ficar muito grato a qualquer um que possa me ajudar, que tenha a decência e o apreço de me ajudar.

Dougal Hobb, o navio que enfrentava a tempestade e Ryan compartilharam um longo período de silêncio, como se o cirurgião estivesse abrindo mentalmente a situação para estudá-la melhor. Então Hobb falou:

— Posso tentar te ajudar, Ryan. Mas não posso fazer isso às cegas. Se eu soubesse pelo menos *alguma coisa* sobre o seu problema...

Ryan tentou criar uma explicação que o médico poderia não gostar, mas à qual ele poderia dar mais valor do que a absoluta privacidade da família da doadora.

— Você pode chamar isso de uma crise espiritual, doutor. Que ela tenha morrido e eu, sobrevivido, embora ela certamente fosse uma pessoa melhor do que eu. Eu me conheço o suficiente para ter certeza disso. E então isso me atormenta. Eu não sou capaz de dormir. Eu preciso ser capaz de... homenageá-la devidamente.

Depois de mais um silêncio incisivo, o cirurgião disse:

— Você não pretende homenageá-la de qualquer maneira pública, certo?

— Não, senhor, não pretendo. A mídia nunca ficou sabendo da minha doença, nem do transplante. Não quero que os meus problemas de saúde sejam de conhecimento público.

— E você quer homenageá-la... digamos, como um católico homenageia alguém rezando uma missa por ela.

— Isso. É exatamente o que eu quero.

— Ryan, você é católico?

— Não, doutor. Mas é nesse tipo de coisa que estou pensando.

— Tem uma pessoa com quem eu posso falar — reconheceu o médico. — Ela tem um registro completo da doadora. Poderia levar a questão até eles. À família.

— Eu ficaria muito grato. Você não sabe o quanto eu ficaria grato.

— Talvez eles aceitem mandar uma fotografia. Talvez até o primeiro nome. Mas, se a família não quiser que você receba o sobrenome ou qualquer informação de contato, você já ficaria satisfeito?

— A foto já seria... um conforto enorme. Qualquer coisa que eles puderem fazer por mim. Eu ficaria grato por qualquer coisa.

— Isso é extremamente incomum. Mas preciso admitir que já aconteceu. E, daquela vez, nós conseguimos resolver. Tudo vai depender da família.

A moça com os lírios queria atormentar Ryan, transformar seus nervos em barbante antes de enfiar uma faca em seu coração. Antes que houvesse mais violência, ela lhe daria pelo menos mais um dia para pensar no corte superficial no seu flanco e antecipar o próximo ferimento.

A noite e a chuva eram aliados dela. Daqui a 24 horas, ela teria a colaboração de ambos.

— Mais uma coisa, doutor. A foto e qualquer outra coisa que a família aceite compartilhar... preciso disso o mais rápido possível. Daqui a 12 horas, ou até antes, seria o ideal.

Se Dougal Hobb amolou seu bisturi com essas palavras, ele decidiu não usá-lo. Depois de um silêncio, tudo o que ele disse foi:

— Crises espirituais geralmente duram anos, às vezes a vida inteira. Não é comum haver uma urgência de tempo.

— Essa é diferente — disse Ryan. — Muito obrigado pela ajuda e por sua consideração, doutor.

Capítulo 41

O FILÉ-MIGNON DAVA PARA CORTAR COMO SE FOSSE MANTEIGA.

Enquanto comia, Ryan imaginou qual seria a técnica da moça com o canivete. Ela o enganou com os lírios, fazendo exatamente o corte que queria.

Se cortasse mais fundo, ele teria necessitado de auxílio médico. O corte foi suficientemente superficial para lhe dar a possibilidade de tratar sozinho do ferimento — e, evidentemente, era isso o que ela esperava que fosse feito.

Embora a mulher pudesse se revelar uma assassina quando a hora chegasse, por enquanto só havia uma ameaça de morte. Ela queria que esse jogo durasse, infligindo o máximo de tortura psicológica antes de estripá-lo — se arrancar as tripas de Ryan fosse a única coisa que ela tivesse em mente.

A confiança e a sutileza com as quais ela havia manejado a faca podem ter sido aprendidas na rua, mas Ryan desconfiava que ela não tivesse nada a ver com uma garota de gangue. Aquele ato sanguinário no estacionamento do shopping não havia sido obra de um açougueiro, mas um verdadeiro balé com um canivete.

Por maior que tenha sido o transtorno do encontro, Ryan estava feliz por ter acontecido.

Até a noite anterior, ele tinha se obrigado a pensar na possibilidade de esses novos incidentes — o observador encapuzado na chuva que nenhuma das câmeras de segurança provava que existia, os pequenos corações de chocolate e o pingente de coração de ouro gravado, cuja posse ele não tinha mais — serem meras ilusões, assim como os estranhos acontecimentos de um ano atrás haviam obviamente sido e estarem ligados à atual bateria de 28 remédios.

Ryan havia rejeitado essa possibilidade, que evidentemente era apenas uma opinião subjetiva e talvez não confiável. O ferimento no lado esquerdo servia como prova suficiente para dar a questão como resolvida.

* * *

Depois do jantar, ele devolveu o carrinho de comida com os pratos sujos para o andar térreo e pediu à Sra. Amory para retirá-lo.

Por uma hora, Ryan se serviu de um segundo copo de Opus One e folheou o romance de Samantha, lendo alguns trechos a esmo, como certas pessoas, em crise, abriam a Bíblia aleatoriamente e liam versículos na esperança de receber alguma orientação divina.

Às nove horas da noite, ele foi até o painel Creston embutido na parede do hall da suíte master e acessou as câmeras de segurança. Fez um tour pelos corredores de dentro da casa e, quando percebeu que todos estavam escuros, imaginou que os Amory haviam se retirado para os seus aposentos particulares para dormir.

No andar mais baixo da casa, no hall de serviço que levava à lavanderia, ele destrancou o depósito onde tinha estado na noite anterior e silenciosamente fechou a porta atrás de si. Ryan abriu o grande armário de metal que continha as gravações das câmeras de segurança e ligou o monitor.

Naquela hora, quando ele via pela primeira vez as gravações que deveriam ter capturado o vulto encapuzado na chuva, a ausência do fantasma o havia deixado com a pulga atrás da orelha. Naquele momento, é claro, ainda não havia se confrontado com a diva do canivete e tinha razões para imaginar se as suas experiências anormais estavam relacionadas aos remédios.

Com esse tipo de pensamento, não tinha observado o vídeo com suficiente capacidade analítica. Ele procurava alguma coisa que manifestamente não estava lá, quando talvez devesse ter estudado o que *podia* ser visto.

Agora ele selecionava a primeira gravação do gramado sul feita ao crepúsculo, mais de 48 horas atrás. Ele a viu em tempo real, porque muitos detalhes passam despercebidos num replay em alta velocidade.

Mais uma vez a garoa, as formas do nevoeiro se mexendo, os cedros do Himalaia e a luz que diminuía propiciavam uma atmosfera de fundo contra a qual não aparecia qualquer vulto encapuzado, embora Ryan o tivesse visto duas vezes naquela noite.

Mas alguma coisa no se mover e no desdobrar das bandas sinuosas da névoa chamou a atenção. Quando retrocedeu o crepúsculo, para vê-lo se sobrepor ao dia, houve um momento em que a neblina *deu um espasmo*, como se fosse um puxão.

Seguindo o puxão, a neblina que se movia repetiu exatamente o mesmo movimento que havia feito segundos atrás.

Ele voltou um minuto, apertou PLAY e percebeu que uma parte da gravação havia sido clonada para tapar alguma coisa que fora deletada. Mais adiante no crepúsculo, uma segunda clonagem de vídeo aconteceu — quando o intruso encapuzado deve ter saído do meio dos cedros do Himalaia.

No canto inferior à direita do monitor, acompanhando o vídeo copiado, o timer piscava os segundos em sequência contínua, sem repetir a contagem do segmento original. O hacker que fizera uma coisa dessas era um mago com o sistema e um demônio obcecado por detalhes.

Por algum tempo, Ryan repassou os trechos clonados — o primeiro com 49 segundos de duração, o segundo com 31 segundos —, pensando o que significava essa descoberta.

Um dia se passou entre o momento em que Ryan havia visto o intruso encapuzado e quando reviu o vídeo da câmera de segurança. Alguém podia ter mexido na imagem nesse ínterim.

Mas, na noite passada, antes de rever a gravação do crepúsculo, ele havia corrido para lá de pijama e robe para ver quem podia ter entrado e saído da suíte principal para colocar o pingente do coração no travesseiro. A supressão dessa pessoa do vídeo do hall da cobertura e a substituição do trecho incriminador por imagens clonadas tiveram de ser feitas imediatamente após a ação, enquanto o intruso ainda estava em movimento.

Isso sugeria que a moça dos lírios trabalhava com no mínimo um parceiro. Partindo do princípio de que era ela quem repetidas vezes violara a suíte principal, seu cúmplice tinha de estar ligado por computador ao sistema de segurança — muito provavelmente de algum lugar dentro de casa —, ocupado em apagar a imagem dela tão logo saísse do ângulo de visão.

Ela não podia mais ser considerada uma psicopata solitária. A teoria da conspiração, antes uma peneira cheia de buracos, agora sustentava a água.

Mais importante ainda, a capacidade daqueles que se aliaram contra Ryan era impressionante e sugeria uma forte retaguarda.

Finalmente possuía as provas. Sem uma testemunha para o ataque, ele não tinha como provar que o corte na lateral do corpo não havia acontecido por acidente. Mas imagens clonadas numa gravação de segurança não podiam ocorrer acidentalmente.

Isso podia não ser um grande indício pelos padrões policiais. Mas ele não tinha intenção em ir até a polícia antes de conhecer o motivo dos conspiradores — e talvez nem assim.

A moça do canivete queria vê-lo morto e ele acreditava que, no fim, sua intenção era mesmo matá-lo. No entanto, seus motivos permaneciam um mistério.

A assistente de Wilson Mott, Cathy Siena, havia feito uma lista de cinco raízes da violência: luxúria, inveja, raiva, avareza e vingança. Ela havia se referido a todas elas como falhas, mais do que motivos; mas eram motivos, sim. Como qualquer pessoa com o objetivo de matar, podia haver mais de um em ação.

Quando Ryan estava prestes a desligar o monitor, a imagem na tela piscou e mudou. Em vez da visão de qualquer das câmeras de segurança, dentro ou fora de casa, o que apareceu foi uma massa viscosa e reluzente, vermelha e marmórea, com veias azuis e pulsante, como uma ameaça descoberta dentro de um meteoro partido, num velho filme de ficção científica.

Por um momento, Ryan não fez a menor ideia do que seria aquilo. Então, percebeu que era o vídeo de um coração humano batendo junto à sua estrutura de apoio dentro de um tórax humano aberto.

Embora não tivesse tocado no controle remoto, a tela se dividiu em quadrantes representando as câmeras nas diversas localizações pela propriedade — e apresentavam o mesmo vídeo asqueroso. Um segundo depois, outras quatro câmeras apareceram na tela, todas exibindo o mesmo coração pulsante. E então mais quatro, e outras quatro...

Esse não era um fato acontecendo em tempo real, não era uma mutilação acontecendo na propriedade, mas sim um filme didático sobre uma cirurgia de coração. As mãos do cirurgião entraram em cena, e a câmera recuou para mostrar a equipe médica.

O sistema de segurança fez um giro por todas as câmeras, e então rápido e cada vez mais rápido, até que as imagens passavam num ritmo tão frenético que não dava mais para acompanhar o documentário. O monitor escureceu.

Das fileiras de discos magnéticos de gravações dentro do armário saíram os gritos de desespero do material eletrônico à beira da morte. E então, silêncio... e, em tudo o que havia de equipamento, as luzes indicativas estavam apagadas.

Ryan não precisou ligar para o suporte técnico para saber que o sistema havia sido destruído, que os trinta dias habituais de registro das gravações haviam sido apagados e que ele não possuía mais qualquer prova da manipulação das câmeras de segurança.

Capítulo 42

NO RETIRO PRINCIPAL DA CASA, RYAN ABRIU A GAVETA DE uma mesa, passou os dedos por um arquivo suspenso e localizou a pasta que continha a foto de Teresa Reach que ele havia retirado do álbum de Spencer Barghest.

Antes do diagnóstico de cardiomiopatia que recebera do Dr. Gupta havia quase 16 meses, ele estava convicto de que nesta foto iria descobrir uma pista que o levaria a uma explicação dos estranhos acontecimentos que ocorriam na época.

No fim das contas, a análise obsessiva que fizera da foto não revelou nada de útil. Acabou decidindo que não havia conspiração alguma, envenenamento algum, apenas coincidências inocentes que pareciam misteriosas e significativas por causa da sua natureza desconfiada e porque o mau estado de saúde afetava a clareza de sua mente.

Talvez tivesse chegado a hora de dar mais uma olhada em Teresa.

Ryan não tinha mais a estação de trabalho que Mott havia arranjado para o aperfeiçoamento e análise da foto. Agora, seus olhos sem assistência teriam de dar conta do recado.

Enquanto ele estava na mesa, o telefone tocou: sua linha mais particular. O identificador de chamadas não forneceu qualquer identidade.

Quando pegou o telefone do gancho, a moça dos lírios disse:

— Dê uma olhada na sua conta corrente. Você vai descobrir que fez uma transferência eletrônica de 100 mil dólares como doação para pesquisas cardiovasculares. Imagino que, para você, uma perda financeira seja mais dolorosa do que um ferimento a faca.

Em vez de entrar no jogo dela, ele rebateu:

— Quem são vocês?

— Não há vocês. Só eu.

— É mentira. Vocês têm a força de uma instituição. Uma retaguarda das grandes.

— Quem quer que eu seja, você está morto.

— Ainda não — disse ele e desligou.

* * *

Be to do. Ser para fazer. E não: ser para alguém fazer o que quiser com você. Agarre o momento. Aja, não reaja. Pegue a onda, suba até a crista, surfe, bata no prego, não seja o prego, exista para *viver*, nunca exista só por existir. A existência é uma entrada, e não uma saída. Ser ou não ser não é questão.

Ryan fez um tour pela grande casa, acendendo as luzes por onde passava, vendo pouca coisa dos quartos onde entrava, em vez disso enxergando o lugar de onde veio: as baratas passeando e "baratos", guimbas de maconha, esmagados num cinzeiro. Pôsteres de Katmandu e Cartum, passeios nunca feitos, pois as viagens mentais diárias do pai para lugares mais exóticos acabavam com o dinheiro das reais, bem como o do aluguel. Às vezes, uma viagem a Las Vegas de van, com a mãe e o homem, quem quer que fosse o homem do momento, já que nunca seria o principal. O bom humor na viagem para o leste, a luz dura do deserto e o papo furado sobre fortuna, sistemas de apostas e esquemas de contagem de cartas. Garrafas de Dos Equis para enfrentar os quilômetros, a agarração no banco da frente, enquanto atrás você finge ser surdo, finge que está dormindo, finge que está morto, finge que nunca nasceu. Às vezes, ser deixado sozinho à noite no estacionamento de um cassino, escondido na traseira da van porque, quando se senta na frente, pode ser visto e estranhos dão batidinhas na janela e tentam te passar uma conversa — são vampiros, é o que você pensa —, e tentam te fazer abrir a porta. Então o motel barato, sempre o mesmo motel barato, onde você espera na van enquanto a mãe e o homem do momento passam uma "hora de alegria" juntos. Um ou dois dias mais tarde, a viagem para o oeste, a conversa desesperada sobre dinheiro, as acusações amargas, a parada para descanso na qual um deles bate na sua mãe e ela devolve, e você tenta interferir, mas você é pequeno e fraco. Então ele faz alguma coisa com ela ali, na frente de todo mundo, e você tem que fugir, sair para as terras secas e quentes, andar para casa. Você não consegue olhar, mas também não consegue andar centenas de quilômetros. Então, quando eles encostam a van ao seu lado, você tem que entrar de novo no banco de trás, eles vão na frente *rindo*, como se nada tivesse acontecido, e por aí vai até chegarem em casa. O deserto nesta direção não tem beleza, o Mojave é um grande cinzeiro sujo, e a mãe e o homem falam sobre a próxima vez, porque na próxima vez eles vão arrebentar, vão aperfeiçoar o sistema, praticar mais a contagem de cartas, e assim ficam durante toda a volta para casa, para o pai, para Katmandu e Cartum, para baratas e "baratos" e para o próximo homem do momento.

Depois de andar duas vezes pela casa, Ryan voltou à suíte principal, onde não se deu ao trabalho de trancar a porta.

Certo de que ainda seria muito atormentado antes que o próximo ataque viesse, ele não colocou uma faca debaixo do travesseiro.

O Dr. Hobb o havia aconselhado a só beber de vez em quando, porque o álcool podia interferir na absorção e diminuir a eficácia de alguns dos seus 28 remédios. Mas ele se serviu de um terceiro copo de Opus One.

Ryan se sentou na cama com o livro de Samantha. Caiu no sono enquanto lia e sonhou com os fatos narrados no romance, reviveu os momentos mais vívidos da história.

Esses sonhos eram estranhos porque ele nunca aparecia no elenco e porque, por toda a noite, esperava que cada cena tremesse como se fosse um reflexo na água, tremesse e desaparecesse enquanto uma presença previamente escondida se levantaria das profundezas do subtexto e olharia para ele com um olhar vazio e impiedoso.

* * *

Às oito e catorze, ele foi acordado por um telefonema do Dr. Dougal Hobb. O cirurgião já havia recebido da família uma fotografia por e-mail da filha, cujo coração batia agora dentro do peito de Ryan.

— Como previ, eles se mostraram dispostos a dar o primeiro nome, mas não o sobrenome — disse Hobb. — Depois que expliquei que você estava muito angustiado, passando pelo que descreveu como uma crise espiritual, eles se recusaram a aceitar qualquer tipo de pagamento.

— Isso... é totalmente inesperado. Eu agradeço — disse Ryan.

— São pessoas de bom coração, Ryan. Pessoas boas e decentes. E é por isso que você tem que jurar para mim que não vai escrever nem falar em público sobre essa pobre garota, usando a foto ou o nome dela. Por melhores que sejam essas pessoas, eu não ficaria surpreso, e não as culparia, se acabassem te processando por quebra de privacidade.

— A foto e o nome... são só para mim — assegurou ele.

— Estou passando tudo para você por e-mail enquanto falamos.

— E, doutor... muito obrigado por ter atendido o que eu pedi e agido tão prontamente.

Em vez de descer para o seu escritório no segundo andar, Ryan usou o laptop e a impressora compacta na suíte principal para abrir e imprimir o e-mail do cirurgião.

A não ser pelo corte de cabelo um pouquinho diferente, a doadora do coração mostrou ser uma cópia em carbono da moça com o canivete.

O nome dela era Lily.

Capítulo 43

O QUEIXO PARA CIMA, A BOCA FECHADA, O OLHAR OBJETIvo sugeriam mais do que mera confiança, talvez um desafio.

Sentado na escrivaninha da alcova, estudando a foto de Lily, Ryan sabia que essa devia ser a irmã gêmea da mulher que o atacou.

Eu sou a voz dos lírios.

Ele colocou a foto de Lily X ao lado da imagem de Teresa Reach. A beleza eurasiana de cabelos negros, a beleza de cabelos dourados. A primeira, viva e vibrante na foto, mas agora morta, e a segunda, morta até quando fotografada. Ambas vítimas de acidentes de automóveis. Ambas receberam o diagnóstico de morte cerebral, uma delas assistida em sua morte pelo Dr. Spencer Barghest, a outra pelo Dr. Hobb quando ele colheu seu coração. As duas com uma irmã gêmea que sobreviveu.

Quanto mais Ryan estudava as fotos, mais ficava incomodado, porque parecia que diante dele estava uma verdade terrível que continuava a enganá-lo e que, uma hora, quando menos esperasse, o atingiria com a força de um tsunami.

Não muito depois de conhecer Samantha, Ryan leu bastante sobre gêmeas idênticas. Em especial, ele se lembrava de que a sobrevivente, quando separada da irmã idêntica por uma tragédia, geralmente sentia uma culpa injustificada junto com o luto.

Ryan se perguntava se a irmã de Lily estaria dirigindo o carro no qual ela sofrera o catastrófico traumatismo craniano. Sua culpa, nesse caso, até certo ponto se justificaria, e sua dor seria ainda mais intensa.

Quanto mais ele comparava as fotos, com mais clareza se lembrava do quanto estivera convicto, há 16 meses, de que a imagem de Teresa trazia a resposta para os mistérios que o atormentavam. Agora, a mesma intuição voltava a espetar sua coluna, a apreensão de que ela era a chave não só do que lhe acontecera há 16 meses, mas também de tudo o que estava acontecendo agora.

Ryan havia estudado exaustivamente a foto de Teresa e não encontrou nenhum detalhe que pudesse chamar de pista. Repetir laboriosamente toda a análise dificilmente o levaria a um momento de eureca.

Mas talvez a foto em si não contivesse a revelação. Talvez a importância da fotografia estivesse em quem a havia tirado ou onde ele a havia encontrado ou *como* havia sido feita a assistência que lhe tirou a vida, por que meios e exatamente sob que circunstâncias — detalhes que podiam estar nos registros escritos do Dr. Barghest, se pudessem ser encontrados, a respeito dos suicídios que ele havia viabilizado.

Às nove e quarenta e cinco, Ryan fez uma ligação para Wilson Mott, que, como sempre, ficava muito feliz em ouvi-lo.

— Vou voar para Las Vegas hoje à tarde — disse Ryan. — As pessoas que trabalharam comigo lá, no ano passado, George Zane e Cathy Sienna, estão disponíveis agora?

— Sim, estão. Mas nenhum dos dois tem base em Nevada. Eles trabalham no escritório de Los Angeles.

— Eles podem voar comigo.

— Eu acharia mais adequado que não viajassem no seu Learjet. Nós temos o nosso próprio transporte. Além disso, se eles tiverem que fazer contatos e preparar as coisas para você, precisam estar lá no mínimo algumas horas antes.

— Tudo bem, é mais adequado. Se você se lembrar, na última vez estive em dois lugares.

— Estou com o arquivo bem aqui na minha frente — disse Mott. — Você teve assuntos com dois indivíduos, em duas localidades diferentes.

— É o cavalheiro que eu vou ter que repetir. E com certa urgência.

— Vamos dar o nosso melhor — garantiu Mott.

Ryan desligou.

Ele colocou as fotos das duas mortas no envelope pardo.

Sem pedir licença, uma imagem penetrou nos olhos de sua mente: o quarto de hospital em que ficara na noite anterior ao transplante, o chão, as paredes e os móveis polidos, não pela mão de alguém, mas pelo efeito do sedativo que lhe deram, fazendo até as sombras brilharem, Wally Dunnaman na janela, a luz amarelo-cromo da noite da cidade lá fora e o ar tremendo com a barulheira dos sinos.

De pé na quente alcova principal, ao lado da elegante mesa de madeira de amboína, Ryan Perry começou a tremer, e então a se sacudir todo, e o pavor o dominou. Ele se perguntou *o que* o deixava apavorado e não soube responder, embora desconfiasse que logo, logo receberia uma resposta.

PARTE 3

Uma marcha fúnebre para quem morreu duas vezes,
ela que morreu tão jovem.

Edgar Allan Poe, "Lenore"

Capítulo 44

No final da tarde de domingo em Las Vegas, o céu baixo parecia tão cinzento quanto o rosto de um jogador degenerado se levantando da mesa de bacará depois de apostar até falir.

O alto Mojave estava à beira de um calafrio. Debaixo dos rostos carecas das montanhas, debaixo das minas de ferro e de chumbo há muito esquecidas, saindo dos declives entrecortados de cânions de pirita e dos desfiladeiros de feldspato, do outro lado das dissecadas planícies do deserto, através da iluminada terra estéril dos cassinos, chegava um vento úmido, ainda fraco demais para varrer a poeira de cima das plantas e dos terrenos vazios, ou expulsar ratos aninhados nas coroas frondosas das palmeiras, mas que, certamente, ficaria mais forte à medida que o dia minguasse.

No terminal de jatos particulares, George Zane esperava com a Mercedes sedã preta de 12 cilindros. O homem parecia ainda mais poderoso do que o possante.

Enquanto abria a porta de trás para Ryan, ele disse:

— Boa tarde, Sr. Perry.

— É bom te ver outra vez, George. Um tempo ruim está para chegar.

— Quer nós queiramos ou não — replicou o homenzarrão.

No carro, quando entraram na estrada que saía do aeroporto, Ryan falou:

— Você sabe se Barghest vai sair hoje à noite? Será que vamos conseguir entrar no apartamento dele?

— Estamos indo direto para lá — respondeu Zane. — Acontece que ele foi até o Reno para uma conferência de malucos e não vai voltar até quarta-feira.

— Conferência de malucos?

— É o meu jeito de chamar. Um punhado dos nossos melhores e maiores cérebros se reunindo para discutir os benefícios de se reduzir a população humana a 500 milhões de pessoas.

— Como é que é? E acabar com 6 bilhões? Como é que eles imaginam que isso vai acontecer?

— Bem, pelo que eu li, já inventaram várias maneiras de fazer isso. O problema deles é vender esse projeto para o resto da população.

Num cruzamento, algumas folhas de jornal estavam voando no ar levadas pela brisa, abrindo-se completamente, flutuando lentamente numa larga espiral, seu voo tão impressionante quanto o dos albatrozes planando em torno de navios amaldiçoados.

— Nós não devíamos esperar algumas horas, até anoitecer? — perguntou Ryan.

— Sempre é menos suspeito entrar durante o dia, se possível. Quanto mais ousado e direto, melhor.

A vizinhança parecia ainda mais convencional durante o dia do que de noite: casas de rancho simples, balanços e escorregas nos alpendres, jardins bem-cuidados, tabelas de basquete acima das portas das garagens e uma bandeira americana aqui e ali.

A casa do Dr. Morte parecia tão ordinária quanto qualquer residência da rua, o que fez Ryan se perguntar o que poderia haver em algumas das outras unidades.

Enquanto Zane dobrava a Mercedes na entrada da casa, a porta da garagem se abriu. Ele entrou lá, onde mais cedo já havia deixado Cathy Sienna, e onde agora ela estava ao lado da porta que ligava à casa.

Enquanto a porta da garagem descia, ela cumprimentou Ryan com um sorriso profissional e um aperto de mão. Ele se esquecera do quanto o olhar dela era direto: olhos de granito cinzento tão firmes que Cathy parecia desafiar o mundo a mostrar qualquer coisa que a fizesse piscar. Ela disse:

— Eu não reparei que o senhor tinha gostado tanto da última vez.

— Não foi tão divertido quanto a Disneylândia, mas mesmo assim foi uma experiência memorável.

— Esse Barghest chega a ser uma ofensa aos malucos — disse George Zane.

Na cozinha, Ryan explicou que queria que procurassem lugares onde o Dr. Morte pudesse ter feito um grande esforço para esconder os arquivos dos suicídios que ajudou a concretizar. Alçapões debaixo de tapetes, fundos falsos em armários, esse tipo de coisa.

Enquanto isso, ele ia repassar mais uma vez os fichários cheios de fotos de caras mortas.

A julgar pela parte da casa pela qual Ryan passou, o connoisseur não havia acrescentado nada de novo à macabra coleção; e foi um alívio descobrir que o escritório continuava livre da arte cadavérica.

Evidentemente, até o próprio Barghest precisava de um refúgio onde os olhos de gente morta não estivessem fixos nele.

Havia agora um terceiro fichário na prateleira ao lado dos dois que estavam lá 16 meses atrás. Ryan o pegou primeiro e o folheou rapidamente, como que esperando se surpreender com algum rosto familiar.

Dos 11 rostos no álbum mais recente, o mais velho parecia o de um homem com seus 70 anos. O mais novo mostrava um menino de cabelo louro com feições delicadas, seus olhos azuis abertos com durex, não mais do que 7 ou 8 anos.

O parapeito de uma janela batia levemente, e o vento que aumentava fazia o beiral murmurar. Alguma coisa bateu asas no sótão, talvez um galo num poleiro.

Onze mortes assistidas nos últimos 16 meses. Esse barqueiro cruzou o Estige com muita regularidade.

Ryan recolocou o álbum na prateleira, pegou outra vez os dois fichários originais e os levou até a mesa.

Como se dirigiu direto às prateleiras quando entrou no cômodo, ele não percebera o livro que lhe era tão familiar na escrivaninha. Um exemplar do romance de Samantha estava com a capa para baixo.

Olhando para a foto de Sam na contracapa, Ryan se ajeitou na cadeira. Ele hesitou em inspecionar o livro.

Quando finalmente o pegou, abriu na página de abertura e depois na página do título. Sentiu-se aliviado por não encontrar qualquer dedicatória da autora, nenhum autógrafo.

Folheando-o, encontrou anotações nas margens, pequenas críticas, algumas delas vulgares o suficiente para deixá-lo enjoado. Ryan só leu algumas antes de fechar o livro, com nojo.

Compreensivelmente, Spencer Barghest teria interesse suficiente no romance para comprar um exemplar. Ele já mantinha um relacionamento com a mãe de Samantha há pelo menos seis anos. E, de alguma maneira, havia ajudado sua irmã gêmea, Teresa, a sair desse mundo, o que ou foi um nobre ato de compaixão ou um assassinato a sangue frio, dependendo do ponto de vista.

O ponto de vista que mais interessava era o de Teresa, mas, dada a escassez de médiuns confiáveis hoje em dia, as autoridades dificilmente conseguiriam um depoimento dela.

Deixando o livro de lado, Ryan se voltou para o primeiro fichário. Há 16 meses, nenhum dos rostos desse álbum significara coisa alguma para ele. Estava curioso para ver se isso ia voltar a acontecer ou se alguma coisa teria passado despercebida na primeira vez.

Talvez a jornada pessoal no último ano tenha aguçado sua sensibilidade ao sofrimento, porque os rostos o afetaram mais profundamente do que antes. Eles continuavam a ser máscaras de morte, mas, nessa segunda passagem, ele percebia de maneira mais contundente que eram *pessoas*. Mesmo na morte, cada um dos rostos trazia em si uma personalidade.

Se alguma coisa havia passado despercebida na primeira vez que ele folheou o fichário, então passou despercebido de novo, e Ryan não teve coragem de folhear uma terceira vez.

O segundo álbum foi aquele do qual havia subtraído a foto de Teresa que o deixara tão obcecado. Ryan havia ficado ali sentado, hipnotizado pelos reflexos nos olhos dela... até Cathy Sienna chegar do hall e anunciar que a casa estava lhe dando arrepios.

Ryan concordara e, partindo do princípio de que a máscara da morte de Teresa era a pedra fundamental que o havia levado até ali, fechara o fichário e o colocara no lugar.

Agora, encontrava a terceira aba ainda vazia. Talvez Barghest ainda não tivesse descoberto que a foto de Teresa tivesse desaparecido.

Doze páginas à frente nesse álbum, ele encontrou uma pessoa que conhecia. E fechou os olhos sem acreditar.

Se ela realmente pertencia à coleção depravada de Barghest, então seu rosto certamente teria que estar no terceiro fichário, o mais novo, entre os retratos das pessoas de quem ele havia cuidado depois da visita de Ryan. Seria *impossível* que ela estivesse entre aquelas que tiveram a infelicidade de receber seus cuidados havia *anos*.

Com o coração batendo mais forte do que quando a irmã de Lily o atingira no estacionamento, Ryan abriu os olhos e descobriu que não havia cometido um erro de identificação quanto à mulher da foto.

Eu estou aqui tomando conta de você. Vai ficar tudo bem.

A pele escura e macia.

Não prenda a respiração, querido.

Os olhos verde-esmeralda.

Você consegue ouvi-lo, não consegue, garotinho?

Doze páginas depois de Teresa, que já estava morta havia seis anos, se encontrava Ismay Clemm, uma das duas enfermeiras na cardiologia que haviam assistido o Dr. Gupta na biópsia do miocárdio.

Capítulo 45

O VENTO QUE SE LEVANTAVA ZUNIA E APERTAVA OS PARApeitos das janelas, como se palavras estivessem presas em sua garganta e, frustradas, chicoteassem os galhos das melaleucas atrás da janela do escritório.

Dezesseis meses atrás, sentado nesse mesmo cômodo, Ryan teve certeza de que se encontrava no limiar de uma descoberta que poria a limpo os detalhes sórdidos de uma conspiração contra ele. Agora era tomado pela mesma convicção.

Na primeira vez, vendo a foto de Teresa, Ryan achou que tivesse diante de si uma peça essencial do quebra-cabeça. Já meio obcecado pela perfeição do rosto de Samantha, ele ficou imediatamente fascinado pela sua cópia perfeita. Ao ver a fotografia de uma pessoa morta havia seis anos apenas horas depois de se levantar da cama na companhia de uma namorada cujo rosto, enquanto dormia, reproduzia a máscara mortuária em todos os detalhes, foi atingido por uma intensa consciência da eterna presença da morte na vida, que no início o desorientou e depois o levou a se concentrar em Teresa como o eixo central a partir do qual toda a loucura de então havia se irradiado.

No entanto, Teresa Reach não podia nem fechar o quebra-cabeça nem colaborar para a sua solução. Ela não era parte da teia que pessoas desconhecidas pareciam estar tecendo em volta dele.

Ryan não podia chamá-la propriamente de uma pista falsa, porque ninguém havia plantado sua foto no fichário com o intuito de lançá-lo na direção errada. Em sua ansiedade de agarrar aquele momento, de agir, ele pulou direto à conclusão de que a presença dela nessa coleção de rostos era o detalhe iluminado que tinha vindo descobrir em Las Vegas.

Mas aqui, 16 meses e 12 páginas à frente no álbum, um espanto ainda maior e a verdadeira chave se encontravam diante dele: Ismay Clemm, a enfermeira da cardiologia com seus 50 e poucos anos, que não só o havia assistido na biópsia do miocárdio, mas também checado o seu estado de saúde repetidas vezes depois do procedimento, quando Ryan estava na cama da sala de preparação, dormindo sob o efeito remanescente do sedativo.

Ali, ele havia experimentado pela primeira vez os sonhos que por algum tempo o atormentaram: o lago negro, o palácio mal-assombrado, a cidade no mar. Tanto quanto qualquer outra coisa, esses pesadelos repetidos — e a paranoia que reforçavam, a suspeita de ter sido drogado ou envenenado que inflamavam — o haviam motivado a fazer a primeira viagem a Las Vegas enquanto esperava pelo relatório do Dr. Gupta e os resultados da biópsia.

Embora Ryan soubesse agora, sem qualquer sombra de dúvida, que Ismay Clemm era o ponto determinante de onde ele passaria da confusão para o esclarecimento, continuou a folhear o resto do fichário e a estudar os rostos. Precisava ter certeza de que agora não iria cometer o mesmo erro de quando se agarrara à conclusão de que Teresa seria a chave para a porta da verdade.

Os rostos remanescentes eram de estranhos. Ele voltou para a enfermeira. Com certeza, não era Ismay. Era a irmã gêmea dela.

Se os acontecimentos tivessem todos um tema em comum, este seria o das gêmeas idênticas. Samantha e Teresa. Lily e sua irmã amalucada com o canivete.

Ryan ouviu batidas leves, mas eram Zane e Sienna no quarto ao lado, batendo na parede à procura de algum esconderijo secreto.

Ele não tinha a menor ideia de qual cidade Ismay Clemm morava. Como o nome dela era incomum, Ryan usou seu celular para fazer uso de um novo serviço de informações que procurava as listas telefônicas não por cidade mas por código de área. Ele não conseguiu achar qualquer número para Ismay nem no código de área 949, nem no 714, o que só poderia significar que o telefone dela não aparecia na lista.

Às quatro horas da tarde de um domingo, ligar para o Dr. Gupta para perguntar o telefone da enfermeira Clemm seria difícil. E falar com ele num fim de semana, mais ainda.

Um ano atrás, depois de descobrir que seu paciente estava sendo tratado pelo Dr. Dougal Hobb havia mais de um mês, o Dr. Gupta mandou o histórico de Ryan para Hobb e um bilhete curto para Ryan expressando a decepção por não ter sido informado mais cedo de sua decisão. Dificilmente ele retornaria um telefonema.

Em consequência de tudo isso, Ryan trocou também de clínico geral. Ele saiu de Forry Stafford e passou para o Dr. Larry Kleinman, que tinha uma clínica médica restrita.

Pensou em ligar para o número 24 horas de Kleinman, para perguntar se o médico poderia perguntar no hospital o nome da enfermeira da cardiologia que havia assistido Gupta na biópsia naquele dia. Mas, enquanto olhava para o rosto de morte da irmã gêmea de Ismay, ele se lembrou da enfermeira magérrima cuja gordura corporal era menor que a de um grilo. Whippit. Não, Whipset. O primeiro nome era Kara ou Karla.

Das Whipset que ele encontrou no código de área 949, uma delas tinha um nome parecido com o que ele se lembrava. E reconheceu na mesma hora: Kyra.

Ryan fez a ligação e ela atendeu no terceiro toque.

Depois de se identificar e pedir desculpas por estar se intrometendo em sua privacidade e no seu domingo, Ryan disse:

— Eu gostaria de saber se a senhora poderia me dizer como é que posso entrar em contato com Ismay Clemm.

— Desculpe. Quem?

— A outra enfermeira que participou do procedimento naquele dia.

— Outra enfermeira? — perguntou Kyra Whipset.

— Ismay Clemm. Eu preciso muito falar com ela.

— Não conheço ninguém com esse nome.

— Mas ela participou da biópsia.

— Eu era a única enfermeira presente no procedimento, Sr. Perry.

— Uma mulher negra. Rosto muito simpático. Olhos de um verde-escuro incomum.

— Não conheço ninguém com essa descrição.

— Será que ela poderia estar participando... de uma maneira não oficial?

— Acho que me lembraria se isso acontecesse. Mas, de qualquer maneira, as coisas não são feitas assim.

— Mas ela estava lá.

A convicção dele fez a enfermeira Whipset ficar meio incerta.

— Mas como foi que ela participou? O que ela fazia?

— Quando a primeira amostra do tecido foi retirada, ela me disse para não prender a respiração.

— Só isso? Isso foi tudo o que ela fez?

— Não. Ela também... ficou tomando o meu pulso.

— Como assim?

— Bem, ela ficou ao lado da cama de exames, segurando o meu punho, acompanhando a pulsação.

Com uma ponta de susto, Kyra Whipset falou:

— Mas durante todo o procedimento o senhor ficou ligado a um eletrocardiógrafo.

Ele tentou se lembrar, mas a memória não ajudou.

A enfermeira Whipset falou:

— Um eletrocardiógrafo com um monitor de vídeo. Uma máquina estava monitorando a atividade do seu coração, Sr. Perry.

Ryan se lembrou do fluoroscópio pelo qual observara o progresso lento do cateter enquanto ele entrava pela veia jugular até o coração.

Ele não conseguia se lembrar do eletrocardiógrafo. Não podia dizer com certeza que ela estava errada e não tinha razão para suspeitar que fosse mentir para ele. Mas o que Ryan se lembrava, em vez do eletrocardiógrafo, era de Ismay Clemm.

— Depois do procedimento, tive que ficar deitado numa cama na sala de preparação até o sedativo deixar de fazer efeito. Ela verificou a minha pulsação algumas vezes. Era muito gentil.

— Eu mesma acompanhei o seu progresso algumas vezes, Sr. Perry. O senhor cochilava e acordava.

Olhando fixamente para o retrato no fichário, ele disse:

— Mas eu me lembro com toda a nitidez do rosto dela. Ismay Clemm. Posso ver o rosto dela até agora.

— O senhor pode soletrar o nome para mim? — pediu a enfermeira.

Depois de soletrar, ela confirmou para ver se tinha anotado direito. Falou:

— Escute, imagino que seja possível que, por alguma razão, ela tenha entrado rapidamente no laboratório de diagnósticos durante o procedimento e que eu estivesse ocupada demais para prestar atenção, mas ela deixou uma impressão bem marcante no senhor.

— Deixou, sim — assegurou ele.

— Por causa do sedativo, talvez o senhor não se lembre com clareza. Sua memória pode ter exagerado o tempo que ela ficou na sala e o nível de envolvimento dela.

Ryan não discordou, mas sabia que, com certeza, não havia acontecido assim, de jeito algum.

— Portanto, me dê um telefone pelo qual eu possa encontrar o senhor. Vou fazer algumas ligações para o pessoal do hospital, ver quem é que conhece essa mulher. Talvez eu consiga os dados de contato para o senhor.

— Eu ficaria muito agradecido. Isso é muito gentil de sua parte — falou ele, e lhe deu o número do celular.

* * *

Rap-rap-rap: George Zane e Cathy Sienna testando as paredes, testando os armários.

Ryan retirou a máscara mortuária de Ismay Clemm da aba de plástico do fichário e a colocou na mesa.

O vento cortante agora era um bisturi, tirando a pele de cada trecho de terra nua que encontrava. Além da janela, as árvores estremeciam nas nuvens de poeira amarela, na luz amarelo-ácida do fim de tarde.

Do envelope pardo que trouxera consigo, Ryan tirou as fotos de Teresa Reach e Lily X. Ele as alinhou com o retrato de morte da mulher que se parecia com Ismay Clemm.

Agora ele sentia um desconforto que era diferente em espécie de qualquer outro que já havia sentido até então.

Essa viagem o havia tirado do centro nevrálgico da razão, onde havia passado a vida inteira, para outros confins, onde o ar era mais rarefeito e a luz revelava menos. Encontrava-se no limite entre tudo que havia sido e uma nova maneira de ser que nunca ousara contemplar.

Num determinado momento, Ryan ficou tentado a devolver as duas fotos ao fichário e sair dali só com a de Lily.

O problema com tudo isso era que... ele não tinha para onde ir a não ser para casa, onde, mais cedo ou mais tarde, seria cortado e seu coração retirado outra vez, só que agora sem anestesia.

Depois de algum tempo, o ar adquiriu um gosto levemente alcalino do vento carregado de poeira que gemia e batia nas janelas sem cessar.

Quando o celular de Ryan tocou, quem chamava não era Kyra Whipset, mas uma mulher chamada Wanda June Siedel, que disse estar ligando em nome da enfermeira Whipset.

— Ela informou que o senhor queria saber mais sobre Ismay Clemm.

— É — confirmou Ryan. — Ela foi muito boa para mim num período difícil da minha vida.

— Isso é bem a cara da Ismay. Com certeza. Durante oito anos ela e eu fomos melhores amigas, e acho que nunca vou conhecer alguém mais doce do que ela.

— Srta. Siedel, eu gostaria muito de falar com a enfermeira Clemm.

— Pode me chamar de Wanda June, filho. Eu mesma gostaria muito de falar com a Ismay, mas lamento ter de lhe informar que ela faleceu.

Olhando para a foto da enfermeira na mesa, Ryan evitou por um momento a pergunta mais importante. Em vez disso, perguntou:

— O que aconteceu?

— Para ser bem sincera, ela casou errado. O primeiro marido, Reggie, era um santo, pelo que Ismay falava, e eu imagino que ele tenha sido, se metade das histórias que ela contava sobre ele era verdadeira. Mas Reggie morreu quando Ismay tinha 40 anos. Sete anos depois ela casou de novo, com Alvin, e foi por isso que ela veio para cá e nós nos conhecemos. Ela amava Alvin, apesar do tipo de homem que ele era, mas ele nunca se deu bem comigo. Foram casados por oito anos e meio, e então ela caiu convenientemente de uma escada e bateu com a base do crânio num concreto conveniente.

Quando June não continuou, Ryan disse:

— Conveniente, né?

— Meu filho, não me entenda mal. Eu não estou fazendo acusações, não tenho a intenção de manchar a reputação de ninguém. Deus sabe que não sou da polícia, nunca vi nem essas séries de investigação da TV. Muitos policiais passaram pelo caso da Ismay; então eles deviam saber o que estavam fazendo quando disseram que foi um acidente. Não pode ter sido por outra razão, além da tristeza do luto, que Alvin se uniu a outra mulher um mês depois de Ismay ter morrido. A tristeza pelo luto e pela solidão, pelo dinheiro da propriedade e pelo dinheiro do seguro, coitadinho do solitário e atormentado Alvin.

— Ela morreu na queda, Wanda June?

— Não, não, filho, eles fizeram umas cirurgias poderosas nela e ela teve um inchaço grande no cérebro numa determinada época, não sabia nem quem ela era, mas conseguiu escapar. Ela era correta e o Senhor estava do lado dela. Não guardava nenhuma memória da escada conveniente nem do concreto conveniente, mas de resto se recuperava muito bem, voltou a ser a velha Ismay. Ela estava num hospital de reabilitação, trabalhando numa paralisia do braço esquerdo, da qual já estava quase se livrando, quando foi fulminada por um conveniente ataque cardíaco, enquanto o coitadinho do Alvin a visitava com um amigo, sozinhos no quarto com Ismay e a porta fechada. Aí já foi conveniência demais para ela, que Deus a tenha e abençoe.

— Eu lamento pela sua perda, Wanda June. Posso ouvir pela sua voz o quanto era próxima dela. — E aí ele fez a pergunta mais importante: — Quando foi que ela morreu?

— Foi há três anos, completados na última véspera de Natal. Alvin estava levando um presente para ela, um cachecol de seda, que acho que era tão bonito que lhe deu um ataque cardíaco, e me conforta saber que foi a beleza que a matou, porque não seria nada conveniente se o ataque cardíaco não tivesse acontecido e então alguém tivesse que a estrangular acidentalmente com o cachecol.

Se Wanda June Siedel estava falando a verdade, então Ismay Clemm teria morrido 21 meses antes da biópsia do miocárdio, durante a qual Ryan a havia conhecido.

Ele ficou sentado ouvindo o vento amarelo, as engrenagens de sua mente parando ao se defrontar com o obstrutor de pensamento que havia acabado de ser atirado nelas.

Wanda June não precisou de um incentivo para continuar:

— Ismay conheceu Alvin num site cristão, o que por si só já é uma contradição, já que a internet é o próprio playground do demônio. Se Ismay não tivesse entrado na internet, ela jamais teria conhecido Alvin, ainda estaria em Denver com a irmã, o que também significa que nós duas nunca teríamos sido amigas, mas eu preferia nunca a ter conhecido a vê-la morrer na minha frente.

— Denver — repetiu Ryan.

— Foi lá que ela nasceu, se criou e se casou com Reggie. Ela se mudou para cá para Newport, na verdade para Costa Mesa, quando tinha 47 anos, porque Alvin arranjou um emprego aqui e ela continuou trabalhando no hospital.

— E a irmã dela... ainda é viva?

— A irmã, Ismena, não se casou com Alvin, não manda nem e-mail, muito menos entra na internet; portanto, ela ainda não despencou de nenhuma escada nem engoliu nenhum cachecol ou coisa parecida, ela vai muito bem, obrigada, é um amor igual a Ismay.

Então, a razão poderia ter voltado ao universo. Se havia uma irmã, então talvez existisse uma explicação que se conformaria ao mundo das leis e da lógica com o qual Ryan se sentia à vontade.

— E você manteve contato com Ismena? — prosseguiu ele.

— Ismena Moon, esse é o nome de solteira dela. Alvin é que era Clemm. Ismena e eu escrevemos uma para a outra e conversamos um pouco ao telefone.

— E ela ainda mora em Denver?

— Mora. Ela mora na mesma casa que Ismay e Reggie tinham. Comprou de Ismay quando ela se casou com o supostamente cristão Alvin, não que eu esteja aqui para questionar a fé de ninguém, com ou sem escada.

— Wanda June, o que foi que Kyra Whipset lhe falou a meu respeito?

— Nem cheguei a falar com ela. Ela só conhecia alguém que me conhecia e sabia que eu era amiga de Ismay. Disseram que você tinha ficado impressionado com ela, se eu poderia telefonar para você.

— Como eu disse antes, Ismay foi muito gentil comigo num momento terrível da minha vida. Eu queria... retribuir essa gentileza. Mas eu não sabia que ela havia falecido.

— Filho, eu adoraria ouvir essa sua história sobre a gentileza dela, o que ela fez por você, para colocar em minhas boas memórias a respeito dela.

— Um dia vou lhe contar, prometo, Wanda June. Mas, nesse momento, eu gostaria que você me pusesse em contato com a irmã dela, Ismena.

— Ismena sente tanta falta de Ismay, ela adoraria que um jovem educado como você aparecesse contando alguma coisa boa sobre a saudosa falecida. Vou te dar o número dela.

Capítulo 46

Na Mercedes sedã, durante a viagem de volta ao aeroporto, George Zane dirigia, com Cathy Sienna ao lado e Ryan afundado no banco de trás, lentamente olhando uma foto depois da outra, cada uma das três mulheres — Teresa, Lily e Ismay —, a metade de um par de gêmeas idênticas, cada uma com uma irmã ainda viva.

Segundo Samantha, as boas histórias tinham uma textura profunda. Elas adquiriam essa densidade de inúmeras maneiras. A textura das virtudes e dos defeitos dos personagens, das intenções em contraste com as ações, da filosofia pessoal formada pela história de fundo, pelos hábitos e cacoetes, de contrastes e contradições, de mundanidades e excentricidades, de pontos de vista e estilos de linguagem. A textura de imagens reluzentes, de cheiros que chegam a sair da página, de sons que ecoam no ouvido da mente, de metáforas e semelhanças. Ela podia listar dezenas de fontes para a textura da narrativa. Ryan não era capaz de se lembrar de todas.

Na textura, começa-se a observar padrões. Alguns são padrões da trama, que podem ser entendidos como se fossem as linhas centrais numa estrada e as grades protetoras nas laterais, que estão ali para garantir que se chegue ao destino sem se perder em desvios e eventos sem importância. Outros eram padrões do tema óbvio, para dar um propósito à história e torná-la significativa, em parte como as regras para a composição de um soneto lhes dão significado, em parte como a verdade do sofrimento humano num blues faz com que ele valha a pena ser cantado.

Os padrões mais difíceis de se entender, os mais intrigantes e geralmente os mais misteriosos são aqueles que surgem do subtexto, não do tema da superfície, mas do significado implícito da história. Quanto menos você pensa nesses padrões, mais você os entende, porque são os padrões das verdades originais, parte dos quais a mente moderna rejeita em nível consciente.

Ao estudar as fotos das três mulheres mortas, pensando nas irmãs sobreviventes, Ryan suspeitava que esse padrão das gêmeas, embora aparentemente a chave para a trama, surgia mais do subtexto e que, quanto mais se concentrasse nele, mais se afastaria da revelação que procurava.

O vento amarelo transformava os sinais de trânsito em pêndulos suspensos sobre cruzamentos, rasgava as folhas mortas de grandes palmeiras, tirava os amarilhos dos estacionamentos e das ruas movimentadas, freava o andamento do carro, assobiava nas janelas e, como um todo, fazia uma exibição tão grande de poder que um pagão poderia jogar cestos de pétalas de flores nesse vento como uma espécie de oferenda para pedir liberação das agruras da próxima tempestade.

Recolocando as fotos no envelope, ele disse:

— George e Cathy, eu vou pegar o avião daqui para Denver. Não sei se vou realmente precisar de alguém comigo, mas há a leve possibilidade de eu enfrentar uma questão de segurança. Eu me sentiria bem mais à vontade se estivesse com alguém que tivesse porte de arma.

— Nós dois temos porte de arma no Colorado — disse Zane —, e Cathy tem o mesmo treinamento que eu tive. Aliás, é bem provável que ela atire melhor do que eu.

— Pode apostar vinte contra um — falou ela.

Ryan perguntou:

— Está a fim de ir ao Colorado, Cathy?

— Eu só trouxe uma muda de roupa na minha bolsa.

— É só isso o que vai precisar. Amanhã mesmo nós vamos voltar à Califórnia.

Na verdade, não parecia muito provável que Ismena Moon, uma mulher de 58 anos descrita como um amor, se revelasse uma ameaça para a segurança física de Ryan.

Queria ter alguém ao seu lado mais pela companhia do que pela proteção. Ele havia sido um solitário neste último ano e a solidão havia cobrado o seu preço.

Denver, em especial, parecia um lugar perigoso para estar sozinho. Em sua última visita, ele chegara confuso, como chegava agora, e havia saído de lá totalmente perplexo, numa situação próxima ao desespero.

Além disso, desde que vira Cathy esta tarde na garagem de Spencer Berghast, Ryan sentiu que havia uma pergunta que queria fazer a ela. Que precisava fazer a ela. Uma pergunta de importância considerável. Ele só não sabia qual era. Sentia a pergunta em formação no fundo de sua mente. Provavelmente ela ganharia a forma final em Denver.

* * *

Quarenta minutos depois de levantarem voo de Las Vegas, acima de Utah, sobre as nuvens e a caminho do Colorado, Ryan pediu licença e foi até o banheiro.

Ele ficou de joelhos e vomitou no toalete. Seu estômago ficara muito tenso à espera da decolagem e havia piorado durante o voo.

Na pia, enxaguou a boca duas vezes e lavou as mãos. Ficou impressionado pela palidez de seus dedos, brancos como ossos.

Quando olhou o rosto no espelho, Ryan viu que estava mais pálido que as mãos, que os lábios estavam sem cor.

Relutantemente, ele olhou nos próprios olhos e por alguma razão pensou em Alvin Clemm e na conveniente escada, no conveniente concreto, na echarpe de seda e no conveniente ataque cardíaco.

Suas pernas bambearam e ele se sentou na privada. As mãos estavam trêmulas. Ele as juntou, na expectativa de que uma ajudaria a firmar a outra.

Não soube ao certo quando foi que se levantou para lavar as mãos mais uma vez. De repente se viu usando a pia, esfregando-as.

Ele estava sentado na privada outra vez quando ouviu umas batidas que fizeram seu coração se acelerar até perceber que era somente a mão de alguém batendo à porta.

— Você está bem? — perguntou Cathy Sienna.

— Sinto muito — falou ele. — Eu estou bem. Sinto muito.

— Você está bem mesmo?

— Um pouquinho enjoado.

— Está precisando de alguma coisa?

— Só de um minuto. Me dê um minuto.

Ela saiu.

Um enjoo no avião não era o diagnóstico correto. Ele estava apavorado, com medo do que iria descobrir depois de aterrissar em Denver, na casa de Ismena Moon, a casa que um dia pertencera a Ismay.

Capítulo 47

Deixando as estrelas e a lua para trás, eles desceram por entre nuvens extensas, uma névoa branca pela janela e então Denver apareceu lá embaixo, brilhando no céu limpo da noite.

De dentro do avião, Ryan ligara para Ismena, dizendo apenas que sua falecida irmã havia lhe feito uma gentileza da qual nunca havia se esquecido e que, como estava em Denver, ele gostaria de dar uma passadinha e saber mais sobre Ismay. Depois de Ismena receber de bom grado a visita, Ryan providenciou um Cadillac Escalade, que o esperava no aeroporto.

A noite de janeiro estava tão gélida que até suas mãos frias estavam quentes, se comparadas a ela. Sua respiração criava uma nuvem em volta dele, bolhas de vapor se mantendo por alguns minutos antes de se dissolverem no ar parado.

O estômago de Ryan havia se acomodado, mas os nervos, não, e, depois que colocaram suas duas pequenas bagagens na mala do Escalade, ele pediu a Cathy Sienna para dirigir. No banco do passageiro, leu o endereço de Ismena do bloco de papel onde estava escrito e Cathy teclou no navegador.

Ela dirigia bem, manejando o grande furgão como se já tivesse andado com ele 80 mil quilômetros até então. Ryan desconfiou que ela era habilidosa não só com uma arma ou um carro, mas com qualquer tipo de máquina ou ferramenta, porque preferia coisas a seres humanos.

O simples ato de dirigir trouxe um pequeno sorriso inconsciente ao seu rosto. Embora ela geralmente guardasse suas expressões para si, nesse momento seu rosto não era uma máscara, mas estava relaxado de um jeito que Ryan nunca havia visto.

— Será que eu preciso saber quem é essa mulher e o que nós estamos fazendo aqui? — perguntou ela.

Ele só lhe contou sobre a gentileza de Ismay Clemm durante a biópsia do miocárdio — e então que descobrira há pouco que a enfermeira morrera 21 meses antes de se conhecerem.

Das várias reações que esperava de Cathy, ela não demonstrou nenhuma. O sorriso leve continuou o mesmo e ela manteve os olhos na estrada, como se ele não tivesse dito nada mais surpreendente do que, a julgar pelo céu que caía, "está prestes a nevar".

— Vinte e um meses. E qual é a sua conclusão? — perguntou Cathy.

— Ismena e Ismay são gêmeas idênticas.

— E você acha o quê? Que foi Ismena quem esteve na biópsia?

— Pode ser. Provavelmente.

— Mas usando o nome de Ismay? Por que ela faria isso?

— Essa é uma coisa que eu quero descobrir.

— Imagino que sim.

Ryan esperou para que ela dissesse algo mais. Cathy dirigiu em silêncio e só abria a boca para dizer "sim, madame" cada vez que a voz computadorizada do sistema de navegação lhe passava uma instrução.

Para o tipo de trabalho que fazia, Cathy havia sido treinada para ouvir cuidadosamente o que um cliente precisava lhe dizer sobre os seus problemas e não ter a menor curiosidade sobre qualquer trecho da história que ele não revelasse. Mas sua capacidade de fingir desinteresse nesse caso parecia quase sobre-humana.

Quando o navegador anunciou a última curva para a esquerda em 300 metros, Ryan reconheceu o parque com as faias e a igreja ao lado.

— Pode encostar — disse ele. — Conheço esse lugar. Se a casa dela for logo ali na esquina, nós podemos ir a pé.

Seus casacos não eram grossos o suficiente para aquele clima, mas o ar continuava calmo, sem o fator ventania. Com as mãos nos bolsos, primeiro eles entraram no parque.

As faias haviam perdido as folhas para o inverno. Os galhos lisos e nus criavam formas geométricas pálidas no céu da noite. Uma neve recente, ainda não pisoteada pelas botas das crianças, cobria a grama, e as trilhas de tijolinho serpenteavam como canais de água escura em meio à branquidão.

— Eu estive aqui uma vez — contou ele à Cathy. — Há 16 meses.

Ela caminhou com ele e esperou.

— Naquele dia, eu tive a minha experiência mais forte de um déjà vu. O ar estava parado como está agora, mas as faias sussurravam, como elas sempre sussurram quando estão com as folhas abertas. E pensei no quanto eu sempre adorei esse som... E aí percebi que nunca tinha ouvido antes.

Um poste despejava luz sobre um banco de ferro. Pedacinhos de gelo caíam da parte da frente do banco e o gelo se formava nos tijolos imediatamente abaixo dele.

— Sentado nesse banco, me convenci de que já havia sentado aqui muitas vezes no passado, em todas as estações do ano e com todo tipo de tempo. E senti a sensação mais poderosa e nostálgica de... amor por esse lugar. Estranho, né?

Mais uma vez o surpreendendo, ela falou:

— Para falar a verdade, não.

Ryan a encarou. Ciente disso, ela não lhe retribuiu o olhar.

— Você está sentindo alguma dessas coisas agora? — perguntou Cathy, observando a arquitetura das faias.

Tremendo, Ryan passou os olhos pelo parque.

— Não. Dessa vez é só um lugar comum.

Eles foram até os degraus da frente da Igreja de Santa Gemma, onde uma lâmpada de bronze na forma de um sino iluminava as portas de carvalho.

— Eu já sabia como era a igreja antes de entrar nela. E, quando entrei... eu me senti como se estivesse voltando a um lugar muito querido.

— Você quer fazer uma visita?

Embora soubesse que não podia ter sido localizado e seguido até o Colorado com tamanha rapidez, Ryan pensou que, se entrasse na igreja, encontraria esperando por ele a moça dos lírios e do canivete, dessa vez sem os lírios.

— Não — respondeu. — Dessa vez não vou sentir nada de especial. Vai ser igual ao parque. Só mais um lugar.

Seus lóbulos começaram a formigar de frio, seus olhos marejaram, e o ar gelado continha um leve cheiro de amônia que queimava nas suas narinas.

Do outro lado da igreja e dos canteiros de faias ficava um grande cemitério. Não havia grade para cercá-lo e os postes de luz iluminavam um caminho central.

— Eu não tinha visto isso antes — disse ele. — Não cheguei a vir até esse ponto. Quando saí da igreja, estava tão... assombrado, acho, que só queria voltar para o hotel. Pensei que tivesse sido envenenado.

Essa declaração pareceu a Cathy Sienna algo mais especial do que qualquer outra coisa que ele tivesse revelado. Enquanto eles caminhavam pelo cemitério em direção à esquina, ela ficou primeiro em silêncio e depois disse:

— Envenenado?

— Envenenado ou drogado com alucinógenos. É uma longa história.

— Independentemente do quanto a história seja longa, envenenado e drogado parece ser um desvio maior de outra explicação.

— Que outra explicação?

Ela deu de ombros.

— Qualquer outra explicação que você não quis considerar.

A resposta dela deixou Ryan perturbado, e, de repente, o cemitério também.

— Aposto como ela está enterrada aqui — falou Ryan.

— Está falando da Ismay Clemm?

— É.

— Quer procurar por ela?

Fazendo uma careta para as lápides na neve, Ryan respondeu:

— Não. No escuro, não.

No primeiro quarteirão da rua seguinte, as casas ficavam só de um lado, dando para o cemitério.

A sexta casa, uma construção vitoriana com cornijas bem-elaboradas e frisos que circundavam as janelas, pertencia a Ismena Moon. A luz do alpendre lhes dava as boas-vindas.

Cortinas de laços nas janelas de mainel e um batedor de latão na porta com a forma de um querubim de grinalda segurando um diadema nas duas mãos davam uma ideia do estilo do interior da casa.

Uma mulher magra e elegante, entre 60 e 70 anos, atendeu à porta. Ela tinha os cabelos brancos, uma compleição leve de café com leite, e grandes olhos castanhos-claros. Seus sapatos pretos formais com saltos largos, vestido de raiom azul com um grande decote redondo e um colarinho estreito branco, punhos brancos e mangas pregadas sugeriam que ela havia acabado de chegar das vésperas ou de outra missa.

— Boa noite, madame. Eu sou Ryan Perry e essa aqui é a minha sócia, Cathy Sienna. Nós marcamos um encontro com Ismena Moon.

— Sou eu mesma — disse a mulher. — Fico tão feliz de conhecer vocês. Podem entrar, podem entrar, vocês estão vestidos para pegar uma pneumonia nesse clima.

Ismena e Ismay não eram gêmeas idênticas ou gêmeas de qualquer natureza.

Capítulo 48

A SALA DE VISITAS ERA ALTAMENTE VITORIANA: PAPEL DE parede de flores; cortinas de veludo em forte tom marrom, justas e enfeitadas; cortinas de laços que serviam como uma transparência entre os painéis de veludo; uma lareira de ferro fundido inclusive com suporte para chaleira, com o consolo e as laterais de mármore preto e dourado; uma cristaleira cheia de copos de colecionador, dois sofás Chesterfield, xaxins com samambaias, esculturas em pedestais; uma mesa lateral coberta por uma toalha e encimada por um trabalho de crochê; e, por toda a parte, uma série de bustos de porcelana esplêndidos e precisamente arrumados, pássaros de porcelana, grupos de fotografias emolduradas e ornamentadas e badulaques de toda a ordem.

Ismena Moon preparou o café, que ela serviu de um bule de prata vitoriano, acompanhado por uma porção generosa de biscoitinhos exóticos que ela chamava de *biscuits*.

Enquanto Ryan esperava um encontro de 15 minutos, no qual ele poderia chegar à verdade dos fatos no dia em que o Dr. Gupta fez a biópsia do miocárdio, Ismena viu a visita deles como uma ocasião para fazer uma social a partir de um de seus assuntos favoritos — sua irmã Ismay —, como fonte de inspiração da reunião. Ela era uma mulher tão charmosa e graciosa que Ryan não poderia decepcioná-la.

Além disso, sua teoria das gêmeas idênticas havia se esvaziado completamente igual a um balão de ar trespassado pelo campanário de uma igreja. Ele precisava de uma explicação sobre como uma mulher morta 21 meses antes poderia ter falado com ele naquele dia. Por um momento, quando descobriu que havia uma terceira irmã, Ismana, sua esperança passou a ser de que *ela* fosse a gêmea, mas na verdade ela era a mais velha das três e havia morrido antes de Ismay.

— Eu entendo como a semelhança dos nomes fez você pensar em gêmeas — disse Ismena. — Mas na verdade todos eles são variações de *Amy*, sabe?, que era um nome bem popular na era vitoriana, com muitos derivados: Amia, Amice, Esmee, e assim por diante.

A era vitoriana, explicou Ismena, havia fascinado a família Moon até a época do seu avô, o Dr. Willard Moon, que fora um dos primeiros dentistas negros a oeste do Mississippi, com uma lista de clientes principalmente brancos. Ismay era de certa maneira menos apaixonada pelas coisas vitorianas do que Ismena, mas como todo mundo na família Moon, ela lia muito e seus livros e autores favoritos eram principalmente do século XIX, e mais especialmente da era vitoriana.

Ismena fez um gesto para uma alcova repleta de livros, que também tinha duas poltronas com abajur.

— A hora em que ela era mais feliz era quando estava naquelas cadeiras lendo um livro.

Enquanto Ismena falava, Ryan havia ido até a alcova para dar uma olhada nos títulos dos livros nas prateleiras, que incluíam as obras completas de Charles Dickens e Wilkie Collins.

Andando entre as prateleiras, ele deu a volta num busto branco de mármore colocado num pedestal.

Ismena falou:

— Aquela era outra de suas coisas favoritas. É claro que tive de colocá-la sobre a porta da sala, exatamente como no poema, mas eu com certeza não me sinto à vontade com uma coisa desse peso pendurada sobre a minha cabeça.

— Exatamente como em que poema? — perguntou Cathy.

— "O Corvo" — respondeu Ismena. — Poe era o seu autor favorito, embora ela gostasse mais da poesia do que dos contos.

Enquanto ela falava, Ryan encontrou a coleção de Edgar Allan Poe.

Ismena recitou o verso de cor:

— "E o Corvo, nada fugaz, quieto se apraz, *quieto* se apraz / No busto pálido de Palas, sobre o meu umbral."

A métrica do poema, as repetições instigantes, as rimas, tudo conspirou para segurar a respiração de Ryan por um momento, não porque o poema fosse novidade para ele — não era —, e não só por ser lírico e brilhante, mas também por causa do estilo inconfundível de Poe, e sua voz essencial parecia se encaixar perfeitamente nos estranhos acontecimentos dos últimos 16 meses.

Enquanto tirava um volume de antologia poética de Poe da prateleira, uma sensação ainda mais poderosa do fantástico tomou conta de Ryan quando ele ouviu Cathy, no espírito do momento, recitar:

— "Uma vez, numa meia-noite lúgubre, enquanto eu refletia, fraco e fúnebre / Sobre um livro mais que curioso de sabedoria perdida..."

— "... Enquanto eu caía, quase dormindo, pequenas batidas vêm surgindo" — continuou Ismena, maravilhada —, "Como alguém que tamborila leve, muito leve, na porta do meu quarto."

— Não tenho muita certeza se eu me lembro — disse Cathy —, mas talvez seja assim: "'É um visitante', murmurei, 'batendo na porta do meu quarto... / Só isso e nada mais.'"

— Mas não seria só um visitante, seria? — perguntou Ismena. — Não numa criação de Allan Poe.

As batidas.

Ismay sabia sobre as batidas.

Depois da biópsia, enquanto ele cochilava na sala de preparação, ela dissera para ele: *Você consegue ouvi-lo, não consegue, garotinho? É claro que consegue.*

Ryan não entendia como ela podia saber sobre as batidas, mas é claro que esse não era um enigma tão grande quanto como podia ter estado lá quase dois anos depois de morrer.

Mas você não deve ouvi-lo, garotinho.

Agora ele abria o livro de poesias numa página qualquer... e viu um poema intitulado "A Cidade no Mar".

— Ismay sabia todos os poemas de Edgar Allan Poe de cor, exceto o "Al Aaraaf". Ela simplesmente não conseguia gostar desse.

Ryan passou os olhos pelos primeiros versos de "A Cidade no Mar" e encontrou uma coisa que se sentiu impelido a ler em voz alta:

— "Mas a luz que vem do mar lúrido / Silenciosamente eleva as correntes / Brilha nos pináculos livres e distantes / Por sobre as cúpulas, sobre as torres, sobre os salões faraônicos / Sobre os templos, sobre muros como os babilônicos..."

Sua voz deve ter estremecido ou de outro modo demonstrara o seu medo, porque Ismena Moon disse:

— Você está bem, Perry?

— Eu tive um sonho assim. Mais de uma vez.

Depois de passar a vista por mais alguns versos, ele ergueu os olhos, percebendo que ambas as mulheres estavam esperando que se explicasse.

Em vez de elucidar, ele disse:

— Srta. Moon, vejo que você tem mais de meia dúzia de cópias das poesias reunidas de Poe.

— Ismay vivia comprando toda vez que encontrava uma nova edição com ilustrações novas.

— Posso comprar uma delas de você? É como se fosse... uma recordação da Ismay.

— Eu nem pensaria em aceitar um centavo — disse ela. — Pode ficar com a que você quiser. Mas você ainda não me disse que gentileza que ela fez que te deixou tão impressionado.

Levando o livro na mão, ele voltou ao sofá Chesterfield no qual Cathy estava sentada e se colocou ali para inventar uma história com uma pitada de verdade. Ele situou a história um pouco antes da morte de Ismay, não fez menção a um transplante de coração, mas em vez disso se atribuiu múltiplas pon tes de safena. Falou de como tivera medo de morrer e de como Ismay lhe dera conselhos tão sábios por uma hora no hospital numa noite, por duas horas na noite seguinte e de como ela se manteve em contato mesmo depois de ele ter saído do hospital, elevando seu moral numa época em que, não fosse por isso, teria afundado na depressão.

Ryan deve ter contado a história muito bem, porque levou Ismena às lágrimas.

— É ela mesma, ela era exatamente assim, sempre se doando.

Cathy Sienna o observou o tempo todo, com os olhos secos.

* * *

Ismena calçou botas que iam até as coxas, vestiu um casaco e atravessou a rua com Ryan e Cathy até o cemitério. Ela os levou até o túmulo de Ismay e apontou a lanterna para a lápide.

Ryan pensou como as coisas estariam diferentes agora se ele tivesse encontrado esse cemitério e essa cova em sua última visita a Denver, antes do transplante.

Capítulo 49

DENTRO DO ESCALADE, RYAN NÃO ESTAVA NEM COM VONtade de conversar, nem capaz de inventar qualquer coisa para dizer. Cathy continuou profissional, sem fazer perguntas.

Pintado com a luz refletida pela cidade, manchado de preto e amarelo-cromo, o céu baixo parecia arder em fogo brando. Como cinzas ao vento, flocos de neve flutuavam sobre o para-brisa.

No hotel, o quarto dela ficava quatro andares abaixo do dele. Saindo do elevador, ela disse "bons sonhos" enquanto as portas se fechavam entre os dois.

Como só estava carregando uma bolsa de mão, ele não precisou da ajuda de um carregador. Quando Cathy o deixou sozinho no elevador, seu estômago se embrulhou e Ryan sentiu como se ele fosse cair no fundo do poço.

Mas, em vez disso, o elevador o levou até o andar que deveria e encontrou sua suíte.

Além das janelas, Denver assomava numa luz lúgubre, como se Ryan tivesse trazido a cidade do mar junto com ele, de dentro do sonho.

Sentado a uma mesa, tomou seus remédios com uma garrafa de cerveja do frigobar.

Quando engoliu os últimos dois tabletes e cinco comprimidos, Ryan abriu o livro de poesias e o folheou desde o início.

Encontrou um poema chamado "O Lago" e era o lago selvagem dos seus sonhos, lindo em sua solidão, totalmente cercado de rochas pretas e pinheiros altos.

Quando voltou a encontrar "A Cidade no Mar", ele leu duas vezes em silêncio e os últimos quatro versos uma terceira vez, em voz alta:

— "E quando, em meio a gemidos que não de homens, / Lá, lá embaixo onde a cidade deve se situar, / O inferno, subindo de mil tronos / Deverá lhe reverenciar."

Mais à frente no livro, ele encontrou seu terceiro sonho num poema chamado "O Palácio Mal-Assombrado".

Ryan não conseguiu encontrar nenhuma cadeia de raciocínio lógico que pudesse explicar Ismay Clemm ou os sonhos inspirados pela obra de seu autor favorito.

Quanto a mergulhar na irracionalidade e evocar alguma explicação sobrenatural, Ryan não tinha a prática de nadar nos mares da superstição. E essa parecia uma hora perigosa para dar tal salto.

Ele não acreditava em fantasmas, mas, se a Ismay tivesse sido um fantasma com uma mensagem para passar, Ryan não sabia como decifrar o significado

Quase deixou o livro sem folhear até o fim, mas se lembrou de como havia posto o fichário no escritório de Barghest depois de encontrar a foto de Teresa — adiando por 16 meses a descoberta da foto de Ismay, 12 páginas depois.

O penúltimo poema do livro, intitulado "Os Sinos", trouxe à mente mais uma coisa que Ismay havia lhe dito. Ryan era capaz de ouvi-la o advertindo quase com a mesma nitidez como se ela estivesse no hotel com ele.

Se ouvir os sinos de ferro, volte para mim.

"Os Sinos", de Poe, tinha quatro partes, e Ryan leu todas, cada vez mais inquieto. A primeira celebrava os sinos tocando nos trenós de Natal. A segunda falava da harmonia dos sinos de casamento. A terceira partia numa direção mais lúgubre, descrevendo os sinos do alarme de incêndio e a tragédia humana que eles podiam anunciar.

A quarta parte falava de sinos de ferro tocados por espíritos maléficos no alto de uma igreja e a ameaça melancólica das suas badaladas.

— "Porque cada som que agiganta. Da ferrugem da garganta / É um sofrer" — leu em voz alta.

Ouvir as palavras faladas lhe perturbava mais do que lê-las no papel e Ryan ficou em silêncio.

Os ritmos extraordinários, as rimas, as repetições do resto do poema trouxeram de volta a cacofonia e o caos dos sinos tocando que o acordaram na cama do hospital na noite anterior ao transplante.

Ele era capaz de ver, era capaz de cheirar, era capaz de ouvir aquele quarto de novo, Wally na janela, olhando para baixo, para baixo, para baixo, para as ondas do som que se elevava, cada superfície brilhando, até as sombras reluzindo e o tremor dos sinos nos seus ossos, no seu sangue, batendo forte em seu sangue, e o cheiro de ferrugem, a poeira amarga e vermelha como uma nuvem, lavando uma onda, depois outra onda, depois de outra onda de forte advertência.

Finalmente, pôs o livro de lado.

Ele não sabia a que conclusão chegar depois de tudo isso. Não *queria* saber a que conclusão chegar.

Ele só sabia que não ia conseguir dormir. Não nas atuais condições.

Mas estava desesperado para dormir um sono sem sonhos. Ryan não aguentava mais ficar acordado.

Então fez uma coisa que o Dr. Hobb não teria aprovado, nem para ele, nem para qualquer um que tivesse recebido um coração transplantado. Ele assaltou o frigobar e se obrigou a dormir com uma série de gim tônica.

Capítulo 50

No começo, dentro do Learjet, Ryan se sentou longe de Cathy Sienna. Como ele havia acordado com uma ressaca e precisava de um tempo para se livrar da dor de cabeça, aliviar o estômago com uma comida mais amena e se aprumar, eles se atrasaram para sair de Denver. A corrida pela pista, a decolagem e a grande curva sobre as Montanhas Rochosas tinham o potencial de fazer o café da manhã subir até a garganta e ele preferiu passar o início da viagem sozinho.

No ar e em segurança, ele foi até ela. O jato tinha uma arrumação como se fosse uma sala de reunião. Ryan se sentou de frente para ela e, depois de concluir um parágrafo, Cathy ergueu os olhos da revista que estava lendo.

— Você tem um autocontrole excepcional — elogiou Ryan.

— Por quê? Só porque fiz você esperar dez segundos enquanto eu terminava de ler?

— Não. Você é muito bem-controlada em todos os sentidos. A sua maneira de fingir que não tem a menor curiosidade é particularmente impressionante.

— Sr. Perry, todo dia, a vida nos proporciona muito mais do que conseguimos entender. Se eu fosse atrás de tudo o que me faz curiosa, não teria tempo para cuidar da parte da vida que *realmente* entendo.

A aeromoça chegou para perguntar se eles queriam um lanche ou alguma coisa para beber. Ryan pediu um pouco de emoção na forma de um Bloody Mary, e Cathy, um café preto.

— De qualquer maneira — prosseguiu ela depois que a aeromoça se retirou —, uma compreensão do que é importante acaba chegando até você, se tiver paciência.

— E o que é importante para você, Cathy?

Ela segurava a revista com um dedo marcando a página em que havia parado, como que esperando voltar para lá num segundo. Agora, deixou a revista de lado.

— Eu não quero ofender, mas das coisas que são importantes para mim não tem nenhuma que eu gostaria de falar com um estranho para passar o tempo num avião.

— Nós somos estranhos?

— Inteiramente, não — foi o máximo que ela concedeu.

Ryan a estudou objetivamente: seu cabelo preto e lustroso, suas sobrancelhas erguidas, olhos grandes e profundos, nariz com um pequeno gancho, até encantador, a boca sensual, o queixo orgulhoso, o maxilar forte mas feminino e mais uma vez aqueles olhos de granito cinzento que faziam você se sentir como se ela tivesse passado um rolo em cima de você e lhe deixado tão fino como uma massa de mil folhas no chão frio de uma padaria. Embora atraente, Cathy não tinha a mesma perfeição física de Samantha; no entanto, alguma coisa nela o deixava convencido de que, de um jeito muito profundo, era parecida o suficiente com Samantha para ser sua irmã gêmea, e isso o fazia se sentir à vontade em relação a ela.

— Um ano atrás, eu fiz um transplante de coração — disse ele.

Ela esperou.

— Estou feliz por estar vivo. Sou muito grato. Mas...

Ele hesitou tanto para continuar que, antes de falar, a aeromoça voltou com o Bloody Mary e o café.

Uma vez com o coquetel na mão, ele já não quis mais. Alojou a bebida num porta-copo no braço da poltrona.

Enquanto Cathy bebericava o café, Ryan disse:

— O coração que eu recebi foi o de uma jovem que sofreu um grande traumatismo craniano num acidente de carro.

Cathy sabia que a falecida Ismay — ou alguém fingindo ser ela — aparecera para ele antes do transplante, e ela sabia que ele tinha tido um sonho, e talvez muitos outros, relacionados à enfermeira. Agora Ryan podia vê-la encaixando as peças desse conhecimento com as pequenas informações que tinha e outras que podia inferir, mas mesmo assim continuou sem fazer perguntas.

— O nome dela era Lily — continuou ele. — O fato é que ela tem uma irmã, uma gêmea idêntica.

— Você também tinha certeza de que Ismay tinha uma irmã gêmea.

— Eu pensei que as gêmeas idênticas eram um ponto em comum e precisava descobrir o significado desse ponto. Mas talvez as gêmeas sejam só um *motif*.

O linguajar dele a deixou desnorteada, mas ela não falou nada.

— De qualquer modo — disse ele —, a irmã de Lily... acho que ela estava dirigindo o carro quando o acidente aconteceu.

— Podemos descobrir isso facilmente. Mas por que isso seria tão importante?

— Acho que ela está consumida pela culpa. Uma culpa que não consegue aguentar. Então está partindo para aquilo que os psicólogos chamam de transferência.

— Transferindo a culpa dela para você.

— É. Porque recebi o coração de Lily, e a irmã me culpa por Lily estar morta.

— Ela é perigosa?

— É.

— Então esse não é um assunto só para uma empresa de segurança. Chame as autoridades.

— Estou relutando em fazer isso.

Os olhos cinzentos de Cathy agora pareciam estar da cor das camadas de nuvens de neve sobre as quais eles voavam, e Ryan não conseguia ver sob a superfície do seu olhar mais do que enxergava o que estava embaixo das nuvens.

Frente ao silêncio dela, falou:

— Você deve estar se perguntando por que eu reluto. Pois eu também me pergunto.

Ele olhou pela janelinha ao lado. Acabou dizendo:

— Acho que é porque tenho um pouquinho de empatia por ela, pela maneira como ela se sente.

E depois de passarem mais uma vez por entre as nuvens de inverno e pelo sol que cegava, Ryan falou:

— Quando entrei nessa, eu não tinha percebido o peso emocional que isso trazia... viver com o coração de alguém. É um grande presente, mas... também é um grande peso.

Por todo o tempo que ele ficou olhando pela janela, ela o observava. Agora que voltava a encará-la, Cathy disse:

— Por que deveria ser um peso?

— É simplesmente um peso. É como se... você tivesse uma obrigação de viver não só por você, mas também pela pessoa que te doou o coração.

Cathy ficou em silêncio por tanto tempo, o olhar fixo na caneca, que Ryan pensou que ela fosse pegar a revista outra vez depois de beber o que restava do café.

Ele falou:

— A primeira vez que nos vimos em Las Vegas, há 16 meses, você se lembra que me disse que eu era assombrado pela minha própria morte, que eu percebia a guilhotina caindo, mas não sabia quem a estava manejando?

— Lembro.

— Você se lembra de ter me ajudado a avaliar os meus possíveis inimigos fazendo uma lista das raízes da violência?

— É claro.

— Luxúria, inveja, raiva, avareza e vingança. O dicionário diz que a avareza é uma ganância insaciável por riqueza.

Ela terminou o café, pôs a caneca de lado, mas não voltou para a revista. Em vez disso, encarou-o. Ryan prosseguiu:

— Você acha que a avareza pode ser uma ganância por algo que não seja dinheiro?

— Um sinônimo para *avarento* é *desejoso*. Um homem pode desejar qualquer coisa que pertença a outro, não só dinheiro.

A aeromoça chegou e perguntou se Cathy queria mais café e se havia alguma coisa errada com o Bloody Mary de Ryan. Ela retirou a caneca e o copo.

Depois da saída dela, Cathy Sienna quebrou o silêncio mútuo e perguntou:

— Sr. Perry, eu tenho que fazer uma pergunta terrível, brutal e direta. O senhor quer morrer?

— Por que é que eu iria querer morrer?

— O senhor quer?

— Não, é claro que não. Eu só tenho 35 anos.

— O senhor não quer morrer? — insistiu ela.

— Tenho medo de morrer.

— Então existem medidas que devem ser tomadas que o senhor já conhece. Mas, além de ir às autoridades, o senhor vai ter que fazer algo mais. Acho que terá que se submeter... ao ato heroico.

— O que quer dizer?

Em vez de responder, Cathy se virou para a janelinha ao lado dela e olhou para baixo, sobre o campo de nuvens de inverno, os sulcos estéreis sob os quais as sementes de neve foram colhidas por um mundo escondido lá embaixo.

A pele dela parecia translúcida à luz da alta altitude e, quando Cathy pressionou alguns dedos no vidro, Ryan teve a sensação estranha de que, se ela quisesse, poderia atravessar aquela barreira como se fosse menos substancial que uma membrana de gaze, até menos sólida que a tensão da superfície de um lago.

Ele não repetiu a pergunta, porque percebeu que esse recolhimento era diferente dos seus outros silêncios, mais contemplativo e, ainda assim, mais urgente.

Quando voltou a encará-lo, ela disse:

— Talvez não haja tempo para o ato heroico. Para ser eficaz para o senhor, ele exige um futuro de obras satisfatórias.

A objetividade do olhar dela, o tom de sua voz e sua sinceridade davam a entender que ela acreditava estar falando claramente com ele, que não havia dúvida no que queria dizer.

Confuso, Ryan não pediu logo para que se explicasse melhor, porque se lembrou do que ela havia dito antes — que a compreensão chega com a paciência —, e ele desconfiou que qualquer pergunta que fizesse agora receberia o mesmo conselho.

— O que o senhor precisa fazer — prosseguiu ela — é se oferecer como vítima. — Talvez ela tenha percebido a perplexidade no rosto dele, porque logo passou a explicar: — Sofra pelas intenções dos outros, Sr. Perry. Se o senhor tiver a coragem e a garra, ofereça-se de vítima pelo resto da sua vida.

Se alguém tivesse pedido que ele colocasse em palavras o curso de ação que Cathy havia acabado de sugerir, Ryan não saberia como dar sentido a tudo isso. No entanto, num nível mais profundo, num recôndito oculto de seu coração, sabia que ela havia lhe plantado uma verdade e que, no devido tempo, iria compreender inteiramente, e só com o tempo.

Sem outras palavras, ele voltou para o assento onde estivera sentado antes de se unir a Cathy e eles terminaram o voo separados.

Passando pelo Arizona e entrando na Califórnia, Ryan pensou que ele não precisava ir para casa, onde a irmã de Lily talvez o esperasse. Ele podia ir para qualquer lugar: Roma, Paris, Tóquio. Ele podia passar o resto da vida fugindo em grande estilo e nunca exaurir sua fortuna.

Entretanto, continuou no avião até o sul da Califórnia, onde o dia estava chuvoso e o mar revolto, a distância.

Na pista do aeroporto, antes de ir para a limusine que Ryan havia providenciado para transportá-la de volta a Los Angeles, Cathy foi até ele e falou:

— O senhor se lembra do que eu disse sobre as raízes da violência. Lembra-se também da raiz fundamental, que é sempre a verdadeira e última motivação?

— O ódio à verdade — respondeu Ryan. — E o entusiasmo pela desordem que dele decorre.

Para a sua surpresa, ela pôs a mala no chão e o abraçou, não como uma mulher abraçando um homem, mas com uma ferocidade que expressava mais do que afeição. Ela cochichou uma coisa no ouvido dele, e então pegou a mala e se dirigiu até o carro que a esperava.

Em sua própria limusine, saindo do aeroporto, Ryan pensou outra vez em fugir. Eles podiam ir de carro até São Francisco. Lá podia arranjar outro carro e dirigir sozinho até Portland e então para o leste, para Boise, depois em direção ao sul, para Salt Lake, e então Albuquerque e Amarillo. Passar uma ou duas noites em cada lugar, numa infinita *road trip*.

Seu celular tocou.

Ele olhou para o visor. Seu pai estava chamando.

Quando Ryan atendeu, o velho falou:

— Que merda é essa que está acontecendo, moleque?

— Pai?

— Qual é o tamanho da merda em que você está metido? Você quer se afundar nela? Quer que eu me afunde com você? *Mas que bosta*!

— Pai, vai com calma. Fica frio. O que está acontecendo?

— É a Violet que está acontecendo, bem aqui, na minha frente. Traga a sua bunda para cá!

Por um instante, Ryan pensou ter ouvido falar que a *violência* estava acontecendo, mas, quando ele registrou a palavra adequadamente, repetiu:

— Violet.

— O que é que você está fazendo com uma puta psicopata dessa laia, moleque? Você simplesmente enlouqueceu? Vem tirar ela daqui. Vem tirar ela daqui agora!

Lily e Violet, irmãs na vida, irmãs para sempre.

Capítulo 51

Cerca de nove anos atrás, Ryan comprara casas para a sua mãe e para o seu pai — Janice e Jimmy —, e lhes dera uma mesada. Levando-se em conta a completa indiferença com a qual eles o haviam criado e o número de vezes que foi pontuada com maluquices e crueldade, não sentia que lhes devia qualquer coisa. Mas ele era famoso, pelo menos no mundo dos negócios; a mídia vivia de pegar no pé de um cara como Ryan e isso seria inevitável se descobrissem que os pais viviam à beira da miséria. Além do mais, havia uma espécie de satisfação em tratá-los melhor do que eles o haviam tratado.

Como Janice e Jimmy se divorciaram quando Ryan tinha 19 anos, ele instalou sua mãe numa casa panorâmica no morro de Laguna Beach e pôs seu pai mais perto, num lugar a meia quadra de Corona del Mar. Janice gostava de brilho e de uma grande área útil, mas seu pai preferia um bangalô mais aconchegante, com "funk e atitude".

Corona del Mar, que era parte de Newport Beach, não tinha uma reputação de funk. Ryan encontrou um bangalô no estilo sítio de 200 metros quadrados com enorme charme, confiando que Jimmy traria muito funk e atitude consigo.

Sem ter certeza da situação que iria encontrar, pediu ao motorista da limusine que estacionasse a um quarteirão de distância e foi a pé até em casa.

A cada passo, considerava recuar até que Wilson Mott pudesse arranjar uma escolta armada.

Os Estados Unidos eram um dos poucos lugares do mundo onde um homem rico podia viver em segurança sem ser rodeado de guarda-costas. Com o interesse de levar uma vida normal, com o máximo de liberdade que pudesse, Ryan só se utilizava dos guarda-costas armados de Mott quando era absolutamente necessário.

Neste caso, embora a prudência recomendasse uma equipe de retaguarda, o instinto lhe dizia que deveria entrar sozinho. O instinto e também um reconhecimento tardio da verdade lhe diziam que, com as suas ações, Ryan havia afunilado os seus muitos possíveis futuros a esse único aneurisma na passagem do tempo, e ou o Destino acabaria com ele agora ou lhe daria uma nova chance. Só ele poderia se salvar.

Ryan abriu um portão branco no meio de uma cerca de madeira e caminhou por baixo de uma treliça coberta de buganvílias em sua roupagem menos exibida de inverno, mas ainda assim com um impressionante spray de pétalas vermelhas vivas como sangue. Um caminho de tijolinho levava a uma varanda com treliças laterais por cima das quais subiam pés de jasmim.

Um serviço de jardinagem mantinha o lugar. Se fosse deixado aos esforços de Jimmy, o gramado já estaria morto e tudo o mais teria se transformado numa embrulhada parecida com o cenário do terceiro ato da *Pequena loja dos horrores*.

A porta da frente se encontrava entreaberta. Ryan não tocou a campainha, mas empurrou a porta e entrou.

Ele mal ia lá, e, por isso, o túnel do tempo sempre o pegava de surpresa e o deixava deprimido. A Era de Aquário já ficara para trás na maior parte do mundo, mas aqui os relógios haviam estacionado em 1968. Os cartazes psicodélicos, as lembranças de Grateful Dead, e Sly and the Family Stone aqui, de Hendrix e Joplin ali, Jefferson Airplane lá, os sinais da paz fluorescentes da Day-Glo, o retrato do presidente Mao, as persianas de bambu ladeadas por cortinas pintadas e, evidentemente, o narguilé na mesa do café.

Jimmy estava sentado no sofá e a irmã de Lily, Violet, se postava sobre ele com uma pistola equipada com silenciador.

Vendo Ryan, seu pai falou:

— Porra, cara, você demorou muito. Estamos no meio de uma crise aqui. O que quer que você tenha feito para armar isso, tem que desarmar agorinha, porque essa puta é uma psicopata séria de doer.

Aos 63 anos, Jimmy não tinha cabelo no alto da cabeça, mas uma quantidade suficiente atrás para fazer um rabo de cavalo. Usava uma faixa no cabelo como um personagem do Snoopy, um bigode igual ao do David Crosby e um colar supostamente usado por Grace Slick. A única coisa nele que não fora copiada de alguém eram os olhos, que pareciam dois buracos queimados, que sugaram a água e as cinzas, o fim de um incêndio, cheio de calculismos infantis, de necessidades e desespero silencioso, olhos inquietos que Ryan só conseguia encarar quando seu velho estava suficientemente drogado, fazendo com que o medo, o ressentimento e a amargura ficassem momentaneamente afogados na euforia química.

— Bamping — chamou Violet.

Ouvindo algo se mexer, Ryan se virou para ver um homem entrar na sala, vindo do corredor. Ele era oriental, do tamanho de Ryan e carregava a sua própria pistola.

Indicando Jimmy, ela falou para Bamping:

— Leve-o para o quarto e mantenha-o quieto até eu acabar aqui.

— Não quero voltar para lá. Não quero ir com ele — disse Jimmy.

Violet encostou a ponta do silenciador na testa de Jimmy.

— Pai — disse Ryan —, faça o que eles estão mandando.

— Que se fodam, bando de fascistas.

— Ela pode estourar seus miolos, pai. O que ele poderia fazer que seria mais definitivo do que isso?

Passando a língua pelos lábios e o fio de bigode que se sobrepunha a eles, Jimmy se levantou capengando do sofá. Era um caco humano raquítico. O assento de suas calças jeans vivia caindo, pois ele não tinha mais bunda e, do lado de fora da camiseta, seus cotovelos pareciam do mesmo tamanho dos antebraços.

— Ela ainda está piorando as coisas para mim — disse Jimmy para Ryan. — Essa puta não me deixa nem fumar um baseado. Manda ela deixar eu fumar um.

— Eu não dito as regras aqui, pai.

— Mas a casa é sua, não é?

— Pai, vai com Bamping.

— Vou com quem?

— Com Bamping. É o nome dele. Vai com ele agora.

— Que diabo de nome é Bamping?

— Não fala uma coisa dessas, pai.

— Quando compraram a sua empresa, levaram os seus colhões também?

— Levaram sim, pai. Levaram tudo. Agora vai com ele.

— Isso é uma merda. Toda essa situação é uma merda.

— Posso garantir que não é nenhum sonho de tangerina.

— E o que é que isso quer dizer?

— Nada.

— Tem que ter algum significado, seu sabidinho.

Finalmente, Jimmy permitiu que Bamping o levasse até os fundos do corredor e dali para o quarto. Uma porta se fechou.

— Agora, com muito cuidado — disse Violet —, tire o casaco.

— Não estou portando arma.

— Com muito cuidado — repetiu ela.

Ele retirou o casaco e o esticou em cima do sofá, onde ela poderia examiná-lo se quisesse. Sob o comando dela, Ryan despiu a camisa e a colocou ao lado do casaco e então girou num círculo com os braços estendidos como se fossem as asas de um pássaro.

Satisfeita de que ele não estava armado, apontou para uma poltrona e disse:

— Sente ali.

Obedecendo, Ryan comentou:

— Engraçado.

— Você está se divertindo?

— Eu não chegaria a esse ponto. Mas é engraçado como tanto os guerreiros da Maior das Gerações quanto os inúteis da que veio depois curtem uma poltrona do papai.

Ele não a reclinou. Ficou ereto e inclinado para a frente.

— Por onde você andou?

— Em Denver.

Ela manteve distância dele, não querendo chegar tão perto quanto estivera de Jimmy.

— Estava fugindo?

— Cheguei a pensar a respeito — admitiu ele.

— Eu não esperava que você viesse até aqui.

— Se eu não viesse, você o teria matado.

— Teria.

— Talvez você ainda faça isso.

— Talvez — falou ela. — Mas eu vou certamente te matar.

— Talvez eu não tenha vindo sozinho.

— Você veio numa limusine que está estacionada a um quarteirão daqui. Lá só está o motorista. Ele está dentro do carro, ouvindo uma música muito ruim e lendo uma revista pornográfica.

Embora o medo de Ryan não tenha diminuído, uma calma peculiar tomou conta dele. Ele não queria nem mais um dia igual ao que tinha vivido nos últimos 16 meses. Havia se salvado da morte certa, mas havia perdido Samantha, o seu senso de propósito e a capacidade da mais pura alegria. Sua convicção da vida inteira de que o futuro valia as auguras do dia, embora não tivesse sido quebrada, havia ficado abalada. Ryan chegara a um momento decisivo. Aqui, ele teria que se erguer para um futuro melhor ou abandonar o jogo.

— Se você vai me matar — disse ele —, poderia fazer a gentileza de me explicar exatamente por quê?

Capítulo 52

As cortinas de bambu, puxadas até o parapeito, tinham uma leve iluminação por trás, pelo dia nublado, mas não permitiam que a luz entrasse para a sala de estar ou para a sala de jantar que ficava atrás de um grande arco. A iluminação vinha de dois abajures de mesa com uma luz bem baixa, das formas sempre em modificação de uma lâmpada de lava, de três velas em vidros coloridos no consolo da lareira e de dois barquinhos de vidro na mesa do café, onde pavios flutuantes queimavam óleos aromatizados.

Mais do que a luz, as sombras é que davam forma ao ambiente, transformando cada canto duro num círculo, estendendo dobras de veludo de falsas cobertas sobre superfícies lisas e conspirando com as velas pulsantes para sugerir que o teto tivesse uma forma ondulada.

A mulher caminhava sem parar por entre os padrões desordenados de luz pálida e de sombras que ocultavam, por nimbos tremulantes e penumbras trepidantes. Seus movimentos lânguidos poderiam parecer letárgicos para alguns, mas não para Ryan, que nela via a inquietude comedida e o poder letal de um tigre.

— Quem é aquele ali? — perguntou ela, apontando a pistola para um pôster.

— Country Joe and the Fish — disse Ryan.

— Não estou vendo nenhum peixe.

— É o nome da banda. Eles mudaram o mundo.

— De que maneira?

— Eu não sei. Foi o que o meu pai me disse.

A luz do abajur iluminou seu rosto de baixo para cima e, com pó e rímel ilusórios, transformou suas feições numa máscara rígida de kabuki.

— Que fedor é esse?

— Velas aromatizadas, óleos aromatizados.

— E o outro cheiro, por baixo desse?

— Provavelmente você deve estar sentindo o cheiro do fumo.

— Maconha?

— É. O cheiro satura tudo. É por isso que queimam velas aromatizadas. Para encobrir.

— E por que ele fuma maconha?

— Eu não sei. Talvez porque sempre tenha fumado.

— Ele é viciado?

— Dizem que não vicia.

— A maconha não te deixa alegre?

— Não sei. Não uso. Mas é o que dizem.

— Ele não é alegre.

— Não. E nunca foi.

Vestida com calças, suéter e casaco pretos, ela era uma sombra se movendo através de sombras. Na maioria das vezes, as várias lâmpadas e velas só confirmavam sua presença quando a luz encontrava suas mãos e seu rosto. Qualquer que fosse a tonalidade de luz que batesse em sua pele, ela era refletida dourada.

Ryan sabia que devia se manter alerta para uma oportunidade de correr e lutar pela arma. Muitas vezes, ela apontava a pistola para longe dele e parecia se distrair pela coleção de objetos nostálgicos de Jimmy.

No entanto, suspeitava que a distração dela fosse mais aparente do que verdadeira, que qualquer abertura que visse fosse apenas uma oportunidade de lhe meter uma bala.

Mostrando outro pôster, ela perguntou:

— Quem é aquele?

— É outro grupo. O Grateful Dead. Eles mudaram o mundo.

— De que maneira?

— Também não sei. Talvez o meu pai possa te dizer.

— Sei onde mora a sua mãe, mas ainda não fui conhecê-la.

— Você vai adorar — disse Ryan.

— Ela é parecida com ele?

— Parecida, mas diferente. Com ela o negócio é álcool e homem, especialmente homens que gostem de álcool.

— Estou pensando em matar vocês três.

Ryan não disse nada.

Perto de outro pôster, ela falou:

— E esse, quem é?

— Jim Morrison e The Doors.

— Eles também mudaram o mundo?

— É o que eu costumo ouvir.

Enquanto Violet se movia por trás dele na parte da sala que ficava às costas da poltrona do papai, Ryan virou a cabeça e começou a se mexer do assento para acompanhá-la.

— Olhe para a frente — ordenou ela, apontando a pistola para a ponta do seu nariz.

Ele fez o que foi mandado.

— Se você virar a cabeça para olhar para trás, eu atiro em você. As pessoas que estão nesses pôsteres, onde é que elas estão agora?

— Não sei. Muitas estão mortas.

— Então o mundo as mudou.

Ele mal podia ouvir seus passos leves. Ela devia ter pegado alguma coisa para dar uma olhada, pois o objeto bateu de leve na mesa quando ela o colocou de volta.

No silêncio prolongado, Ryan procurou na cabeça uma pergunta ou um comentário que pudesse lhe dar algum controle da conversa.

De tão perto que a voz o assustou, logo atrás de sua orelha direita, Violet falou:

— Eu disse o meu nome ao seu pai. Você sabe o nome da minha irmã?

A diferença de tom entre a declaração e a pergunta era a diferença entre uma declaração sem sal e a pergunta aparentemente inocente, mas que procura encurralar, feita por um detetive de polícia. Suas sete últimas palavras eram uma acusação engarrafada e a resposta errada desprenderia o freio e soltaria a sua raiva.

Depois de alguma hesitação, que achou que poderia ser perigosa, ele respondeu:

— Sei. O nome dela era Lily.

— Como foi que você descobriu? Você deduziu das flores ou de alguma coisa que eu disse?

— Não. Eu pedi à família, e também uma foto, e é assim que sei que vocês são gêmeas idênticas.

— A família te mandou uma foto?

— É.

— Mas eu sou a família.

— Bem, nesse caso, acho que foi mandada pelos seus pais.

— Mentiroso — ralhou ela.

Ela bateu na lateral da cabeça de Ryan com o que devia ser a coronha da pistola, e o sangue escorreu de sua orelha esmagada.

Enquanto ele tentava se reerguer na poltrona, o golpe seguinte o atingiu no alto do crânio, desferido com tamanha rapidez depois do primeiro que a agonia na orelha mal tinha começado a se fazer sentir.

Um raio de dor seguiu pelas suturas naturais entre o osso frontal do crânio e os dois parietais. Atrás dos olhos, fechados por causa da dor, ele viu a linha curva e irregular dessas suturas, captadas na escuridão pelo crepitar das faíscas de cobre.

Defendendo-se freneticamente, Ryan protegeu o alto da cabeça com as duas mãos, de modo que o terceiro golpe quebrou seus dedos. Ele gritou, ou pensou que tivesse gritado, porque, mesmo que tenha, o quarto golpe abreviou tudo e o jogou na inconsciência.

Capítulo 53

Ele recobrou a consciência em etapas definidas pela tolerância cada vez maior que sentia à luz. No começo, erguendo-se da escuridão, achou que as luzes a óleo eram insuportavelmente claras, as chamas tão fortes que cada piscada lacerava os seus olhos. Ele não sabia onde estava ou a quem aquelas luzes pertenciam, e sua cabeça era uma massa tão grande de dor que ele não conseguia pensar em que palavras dizer para que os pavios fossem apagados. Ele tornou a perder os sentidos, depois voltou a recuperar, perdeu de novo e, aos poucos, foi se adaptando à luz e recobrou a memória.

Quando se lembrou de quem era, onde estava e em que circunstâncias, Ryan levantou o queixo do peito e focou os olhos em Violet, sentada na poltrona, do outro lado da mesa de café.

— Você sabe o seu nome? — perguntou ela.

Ele podia ouvi-la claramente com o ouvido esquerdo, mas as palavras chegavam ao direito como se água tivesse entupido o canal. Talvez a orelha rasgada só estivesse cheia de sangue e ele não estivesse surdo, de modo algum.

— Você sabe o seu nome? — perguntou ela novamente.

Sua voz se quebrou antes de conseguir falar por causa da garganta seca. Ele puxou um pouco de saliva, engoliu e falou, trêmulo:

— Sei.

— Qual é o seu nome?

— Ryan Perry.

Ele sentiu que ela possuía a técnica de dar uma surra com a pistola sem se arriscar a causar uma concussão, mas que dessa vez havia perdido o controle e estava preocupada de que talvez não conseguisse se divertir tanto como fora a sua intenção original.

— Que dia é hoje?

Ele pensou por um momento e disse para ela.

De uma orelha à outra e do pescoço até a nuca, sua cabeça doía, e não de um jeito que uma simples aspirina pudesse resolver. Além da dor, havia paroxismos maiores, ondas que iam e vinham radiando do seu lado direito até a parte anterior do crânio e, na mesma trilha dessas correntes maiores, ocorriam espasmos rápidos porém ainda mais agudos, seis, oito, dez de cada vez, tatuando uma linha que seguia desde a têmpora direita, passando pela órbita daquele olho, até a parte de baixo do nariz.

Quando ele ergueu a mão esquerda do braço da poltrona, tentando levá-la à cabeça, inalou com um chiado entre os dentes trincados, porque parecia que havia vidro quebrado inserido em seus dedos.

O dedo indicador estava curvado imóvel num ângulo nada natural e o dedo mínimo parecia ter sido esmagado fora de qualquer possibilidade de conserto. Sua mão pingava sangue e o assento de couro brilhava por conta dessa mancha.

Metade do rosto de Violet estava em sombras suaves e metade refletia ouro à luz da lâmpada, mas os dois olhos verdes cintilavam de interesse.

— Vou perguntar mais uma vez. Quem te deu a foto de Lily?

— Disseram que foi a família. Foi mandada pelo meu cirurgião.

— O Dr. Hobb.

— O próprio.

— Quando é que você recebeu a foto?

— Ontem de manhã.

— Domingo de manhã?

— É. E eu percebi que ela era sua irmã gêmea.

— E então você fugiu para Denver.

— Primeiro para Las Vegas e depois para Denver.

— Por que para lá?

Ele não conseguia explicar Ismay Clemm nem para si mesmo, muito menos para essa mulher. Ryan disse:

— Você me esfaqueou no estacionamento. Invadiu minha casa e cobriu cada pista de como conseguiu entrar e sair. Mexeu com as gravações de segurança, abriu fechaduras especiais...

— Um ímã pode abrir esse tipo de fechadura especial. Para você foi um ato de feitiçaria?

— Eu estava assustado. Tinha que ir para algum lugar onde você não me encontrasse, algum lugar em que eu pudesse pensar.

— Que pensamentos você teve em Denver para voltar para casa?

Ele sacudiu a cabeça e isso foi um erro. Uma dor líquida varou seu crânio.

Quando a agonia passou, ele disse:

— Não tem maneira de eu explicar com palavras. Você não iria entender.

— Tente.

— Você não iria entender.

Ryan começou a pensar em usar a mesa do café para dar uma virada na situação. Os dois copos de vidro, se entornados e estilhaçados, podiam jogar óleo incandescente não só nos móveis e no chão, mas também sobre Violet.

Ela disse:

— Eu não esperava que você viesse até aqui.

— É. Você já falou.

— Pensei que você me deixaria matar o seu pai.

— Eu não vim aqui só por causa dele.

— Então para que mais você veio aqui?

Ele não respondeu. Não tinha uma resposta para tudo. No fim, ela iria matá-lo, quer respondesse todas as perguntas ou não.

Violet disse:

— Você nunca se perguntou quem sou eu, além de irmã dela?

— Estou bem certo de que não é uma professora primária.

— O que você está querendo dizer?

— Uma professora igual a ela.

— Lily não era professora.

Como foi dado espaço para a poltrona do papai se esticar ao seu tamanho total de reclinação, ela se encontrava mais longe da mesa do café do que Ryan gostaria. Se estivesse mais perto, poderia ter lançado as pernas, dado um chute na mesa e feito as lâmpadas caírem e se espatifarem no chão.

— Lily era uma costureira.

— Por que ela mentiria sobre o que fazia? — perguntou ele.

Em vez de responder a essa pergunta, Violet falou:

— Eu sou uma agente de segurança. Da segurança do governo. Mas é diferente da CIA e do FBI. Ah, muito diferente,

Sr. Perry. Você nunca ouviu falar dessa entidade, nem nunca vai ouvir.

— Uma polícia secreta?

— Basicamente, sim. Foi uma falta de sorte muito grande você pegar o coração de alguém que tem uma irmã capaz de tomá-lo de volta.

— Eu não peguei nada. Essa é a maneira como você se sente e eu compreendo por quê. Realmente compreendo. Mas eu estava numa lista de receptores e ela, numa lista de doadores, e os nossos corações foram considerados compatíveis. Se não fosse eu, seria outra pessoa.

— A lista em que você estava era a da Rede Nacional de Doadores de Órgãos?

— Isso. Exatamente.

— Quanto tempo você esperou por esse coração, Sr. Perry?

Se ela apontasse a pistola para longe dele, ou se ela começasse a se levantar da poltrona, ou se por qualquer motivo ela se distraísse, ele teria condições de se lançar da cadeira, virar a mesa, derrubar as lâmpadas e, no caos e no meio das chamas, evitar ser alvejado. A cena ficava tocando em sua cabeça, com toda certeza seria algo digno de um dublê de Hollywood, porque havia momentos em que a vida imitava o cinema. Ryan tinha que fazer o jogo dela, mantê-la falando e esperar que ela lhe desse uma oportunidade.

— O Dr. Gupta... me deu um ano para viver. Um ano no máximo. Mas eu poderia ter morrido em seis meses, talvez até menos. Eles não conseguiram encontrar um doador compatível por quase quatro meses.

— Algumas pessoas esperam um ano, até dois — disse ela. — Muitas nunca encontram um doador compatível. Você conseguiu uma doadora perfeita... em um mês.

— Não, quatro. Foram quatro meses.

— Um mês depois de começar a se tratar com o Dr. Hobb.

— Mas isso é porque o Dr. Hobb é um cirurgião excepcional, de renome mundial, com licença para clinicar em vários países. Ele pode fazer com que seus pacientes entrem na Rede *Internacional* de Doadores de Órgãos.

Seus olhos verde-claros aumentaram como se ele houvesse lhe contado algo que ela não sabia, uma informação que agora tivesse de inserir na equação.

— A Rede *Internacional* de Doadores de Órgãos. — Ela assentiu com a cabeça, como que absorvendo essa notícia, mas então os seus olhos voltaram a se estreitar. — Essa lista não existe, Sr. Perry.

— É claro que existe. Eu estava nela. A sua irmã estava nela. Depois que ela sofreu o acidente, eles viram que nós éramos compatíveis e o Dr. Hobb foi chamado.

Ela se levantou da poltrona, mas, como a pistola continuava apontada para Ryan, ele não teve nenhuma chance clara de alcançar a mesa do café a partir da cadeira.

— A que acidente você está se referindo?

— Ao acidente de carro. Ao traumatismo craniano.

Na voz dura e sem inflexão de uma pessoa em transe, Violet disse:

— Lily... num acidente de carro...

Seus olhos verde-claros estavam rígidos, frios e vidrados. Ela se moveu lentamente ao redor da mesa de café, um tigre pequeno, mas não menos predador.

— Escute... as coisas acontecem — disse Ryan. — Elas simplesmente acontecem. Não é culpa de ninguém.

— As coisas acontecem — repetiu ela secamente. — Não é culpa de ninguém.

— Se, por acaso...

— Se por acaso...? — perguntou ela, parando perto da lareira.

— Se, por acaso, foi você que estava dirigindo, você não pode se culpar.

— Você acha que eu estava dirigindo?

Qualquer coisa que Ryan dissesse agora poderia ser a coisa errada, mas o próprio silêncio poderia inspirá-la a atirar nele.

— Eu não sei. Só pensei que isso talvez explicasse... explicasse a intensidade dos seus sentimentos. Explicasse por que... por que nós estamos aqui nessa situação.

Se os olhos de alguém revelassem intenções, os dela diziam que ele era um homem morto. Seu olhar fixo perfurava tanto quanto os cacos de porcelana, os cacos de sua fúria intensa bastante nítidos em seu olhar.

— Eu não estava dirigindo, Sr. Perry, porque não houve acidente algum. Não houve acidente e não houve traumatismo craniano, nem qualquer lista *internacional.* Totalmente viva e absolutamente saudável, Lily foi considerada uma pessoa compatível para o seu caso e *então* a mataram para que você ficasse com o coração dela.

Capítulo 54

Sacudir a cabeça machucada fez com que a dor lancinante se erguesse com mais força, tocando um som interno que era igual a puxar várias vezes a corda mais grave de um contrabaixo e disparando mais pontadas que o deixaram tremendo nas bases. Mesmo assim, Ryan balançou a cabeça e balançou de novo, como que negando o que Violet havia acabado de dizer.

— Por que você viajou até Xangai para fazer esse transplante, Sr. Perry? Por que até Xangai?

— Porque foi lá que aconteceu o acidente. Ela estava sendo mantido viva depois da morte cerebral, e eles a mantiveram assim até eu conseguir chegar lá com o Dr. Hobb e a equipe médica.

— Você sabe o que é Falun Gong, Sr. Perry?

Ele sacudiu a cabeça. Não sabia. Violet deu a entender que ele deveria saber o que era, mas não sabia.

— A Falun Gong é uma prática espiritual que se expressa por meio de certos exercícios e meditações.

— Nunca ouvi falar. Por que deveria?

— Foi fundada em 1992 e proibida em 1999, depois que 10 mil praticantes de Falun Gong protestaram em silêncio contra a prisão e espancamento de muitas pessoas na cidade de Tianjin.

Balançar a cabeça não só exasperava a dor, como transformava os seus pensamentos em geleia, igual a um terremoto jogando o conteúdo todo arrumado das prateleiras de um supermercado no chão, num caldeirão sísmico. Mesmo assim, ele continuou a balançar a cabeça, como se não quisesse que a dor amainasse ou os seus pensamentos clareassem.

— Uma vida espiritual não é uma vida que tenha a aprovação do governo. Metade das pessoas nos campos de trabalhos forçados do meu país pertence à Falun Gong — continuou ela. — Elas são espancadas, trabalham até a morte e são torturadas.

A julgar pelo som de sua voz, Violet havia dado a volta na poltrona do papai e estava atrás dele. Ele levantou a mão e, embora a sua visão clareasse e escurecesse mais ou menos com a subida e o recuo das marés de dor, podia ver com clareza suficiente para confirmar que ela não estava na parte da sala à sua frente.

— Olhe para a frente — ordenou ela. — Não se vire.

Ryan não achava que fosse alvejá-lo por trás, na cabeça. Primeiro ela iria machucá-lo mais e, quando chegasse a hora de acabar com ele, iria querer que estivesse olhando o cano da pistola quando o gatilho fosse apertado.

— Lily era da Falun Gong. Uma garota pobre, doce e sonhadora. Minha irmã gêmea, mas totalmente diferente de mim. A minha mente é mais obscura e o meu coração também.

Como se ela adivinhasse o que ele estava pensando, Violet pressionou o cano da pistola na parte de trás do crânio, o que o obrigou a parar de balançar a cabeça.

— Ai, meu Deus, não faça isso. Você está cometendo um erro.

O cano redondo pareceu imprimir um terceiro olho na parte de trás de sua cabeça, porque quando ele fechou os olhos com os quais havia nascido pôde ver a bala bem no fim do cano da pistola.

— Lily era uma costureira que ganhava um salário de subsistência procurando alguma coisa para abrilhantar e dar sentido à sua vida. A Falun Gong.

Em seu rosto, em suas mãos, na cadeira, seu sangue derramado exalava um leve cheiro que talvez só ele fosse capaz de sentir, e a náusea o ameaçava.

Ela disse:

— Prenderam Lily há dois anos. Eu passei um ano tentando libertá-la, com muita cautela, muito discretamente.

Sua escuridão deu uma guinada como o convés de um navio e ele abriu os olhos, fixando-os na poltrona onde anteriormente ela estivera sentada, obrigando o silêncio do ambiente a lhe afastar a náusea.

— Trabalhos forçados, espancamentos, tortura, estupro. Nem todos os prisioneiros da Falun Gong são submetidos a essas coisas. Alguns são mantidos em boa forma para a hora da colheita.

Ryan deixou um soluço choroso escapar e lutou para se controlar, porque intuiu que, em vez de atrair simpatia, suas lágrimas só inspirariam um desprezo assassino. Sua melhor esperança era se manter frio, o exercício da retidão e um apelo à razão.

— Eu nunca ouvi falar da Falun Gong — insistiu ele. — Nunca.

— Existe um hospital em Xangai que só funciona com dois objetivos. O primeiro é realizar certas... experiências. O segundo é proporcionar transplantes para altos funcionários do governo com a saúde precária ou para estrangeiros ricos que possam pagar o altíssimo preço.

Para sua surpresa, a mulher entrou em foco outra vez, pelo lado esquerdo. Ela apertara o cano com tanta força na base do crânio que Ryan ainda sentia a impressão da arma, mesmo depois de ter sido retirada.

— Três dias antes da cirurgia, eu soube que Lily fora transferida do campo de trabalhos forçados para esse hospital.

Ela manteve a pistola segura com as duas mãos a 1,5 metro dele, mirando sua garganta, mas sem dúvida permitindo ao cano uma margem para subir um pouco na hora do tiro, a bala arrebentando os seus dentes e esmurrando a base de sua cabeça.

— Os rins da minha Lily eram necessários para atender dois camaradas, o fígado iria para mais outro, as córneas para um quarto, enquanto que o coração seria dado a um grande magnata da internet, um dos cem solteiros mais cobiçados do mundo.

Ele estava aprendendo mais uma coisa: que o medo podia tomar posse de tal maneira das emoções de um ser humano a ponto de torná-lo incapaz de experimentar qualquer outro sentimento. Um intelecto cujo único pensamento é a morte, um espírito que não pode mais ter esperança, um corpo no qual não se sente mais a dor das terríveis feridas, apenas o terror, com todas as suas fibras.

— Eu não sabia — gemeu ele, mas as palavras saíram sem serem premeditadas, como um canto ou um lamento que já fora repetido em 10 mil outras situações e agora, com o pensamento lhe sendo negado, era a única coisa que ele tinha a dizer.

— Você sabia — insistiu ela.

— Eu juro que não sabia. — Mais lamentos. — Eu juro que não. Juro. Eu não teria feito isso se soubesse.

— O Dr. Hobb leva pacientes do mundo inteiro. Nos últimos anos, 160 pacientes do Dr. Hobb encontraram um doador compatível em um mês ou até menos que isso. O Dr. Hobb sabe.

— Talvez ele saiba. Eu não posso falar por ele. Não posso defendê-lo. *Mas eu não sabia.*

— Dizem que tantas pessoas já foram colhidas que, no lugar onde os corpos são enterrados, os pés de bambu crescem vermelhos. Bambuzais vermelhos.

— *Eu não sabia.*

Ela abaixou o cano da frente do rosto dele, e o silenciador da pistola só permitiu um som suave e surpreendentemente biológico quando atirou em seu pé esquerdo.

Capítulo 55

O TERROR NÃO ERA CAPAZ DE ANESTESIAR UM FERIMENTO a bala, pelo menos não inteiramente, e não era capaz de estancar o sangue. Mas o ferimento se mostrou menos incapacitante do que Ryan havia imaginado. Ele não produziu espasmos violentos nem lancinantes de dor, não produziu uma agonia, mas sim um sofrimento que limpou seus pensamentos enevoados, que o engolfou instantaneamente num suor da cabeça aos pés, inclusive enquanto um calafrio corria entre o seu estômago e o intestino, sacudindo-o com tremores que faziam seus dentes baterem.

Ele não gritou porque não tinha ar para isso, mesmo assim a mulher falou:

— Se você gritar, faço parar da maneira mais difícil, e então o que vai se seguir será ainda pior do que seria.

Os sons que Ryan emitia às vezes eram baixos e abafados, às vezes finos, trêmulos e patéticos, mas eles não ultrapassavam as paredes da casa.

Em vez de se abaixar até o chão, ele se acomodou na cadeira reclinante, segurando com a mão direita o sapato macio que envolvia o pé ferido, pois percebeu que uma pressão suave fazia a dor diminuir.

— Depois de perder a minha Lily, eu vivi para te encontrar.

Com uma inquietude lânguida e singular, Violet voltou a dar uma volta na sala, como um pássaro negro que entrara por uma porta aberta, um mensageiro alado com intenções impiedosas, procurando agora um pouso permanente.

— Precisei de dez meses para fugir da China. Três de nós desertaram numa missão. Depois, precisei de mais dois meses para chegar aos Estados Unidos, estudá-lo e fazer meus planos.

Atrás do brilho da dor, uma onda negra veio e lavou os pensamentos de Ryan, erguendo-se sobre todas as muralhas de proteção das suas defesas, e, por baixo do medo, a morte inspirava um terror maior do que ele havia experimentado até agora ou que imaginava existir.

— Hobb sabia — disse ela, enquanto andava pela sala.

E agora, tudo o que Ryan pôde dizer foi:

— Ele não me disse nada.

— É claro que ele não disse: "Vamos dar um pulinho até Xangai e abrir uma garota perfeitamente saudável para você."

— Se ele não me contou, como é que eu poderia saber? — implorou, mas a súplica pareceu fraca até mesmo para ele. — Como é que eu poderia saber?

— Pelo que ele deixou implícito.

A isso ele não podia responder nada.

Ela não amenizou:

— E pelo que você inferiu.

A maré negra que atravessava as muralhas há tanto defendidas era a maré da verdade.

A mulher falou:

— Pelo significado implícito de uma lista *internacional* de doadores, pelo significado implícito de uma espera de apenas um mês por uma doadora compatível, pelo significado implícito dos custos astronômicos, pelo significado implícito de um voo de emergência até Xangai, pelo significado implícito de milhares de piscadelas e acenos de cabeça que você deve ter percebido.

A palavra tremeu dentro dele.

— Subtexto.

As ações tinham consequências. Como sempre entendera isso, Ryan vivera amplamente dentro da lei, nos negócios e em sua vida pessoal.

O medo maior e mais devastador que assomava dentro dele, que nunca havia conhecido em seus 35 anos de vida, era o medo de que as suas ações também tivessem consequências além desta vida.

Com a raiva cedendo o lugar a uma determinação calma de fazer justiça, a mulher se aproximou dele, com um decoro grave e solene.

— Fui treinada para passar por uma americana. Para vir um dia até aqui e criar uma célula secreta.

Uma nota de profunda resignação dava forma à sua voz, seus olhos verdes pareciam estar sonhando.

— O *meu* plano secreto era trazer Lily para cá, desaparecer, criar duas novas identidades e realmente virar americana. Agora esse país acabou para mim. E a China também. E eu não tenho mais lugar nenhum.

Ela o encarou pela reta do cano da arma.

Um sangue espesso saía do buraco de bala no sapato de Ryan, sua mão esquerda quebrada na forma de uma garra, sua cabeça doendo como se só estivesse de pé graças a um arame farpado muito bem-apertado. Mas não foi qualquer dessas dores que fez com que ele derramasse lágrimas. O que as expulsava de seus olhos era o reconhecimento da cegueira otimista com a qual havia se comprometido com o Dr. Hobb, que, aliás, era a mesma com que conduzira a sua vida inteira.

Menos para Violet do que para si mesmo, em resposta a um impulso de confissão, ele disse:

— Naquela noite, Samantha me falou que eu tinha que tomar cuidado. "Especialmente você. Sendo quem você é, vai ser preciso tomar cuidado."

— A escritora? — perguntou Violet.

— Ela disse que eu devia simplesmente deixar acontecer, que eu não devia *cuidar disso*, só aceitar, deixar rolar do jeito que as coisas acontecessem.

Mais uma vez, sua dor recuou inteiramente, do mesmo jeito que antes fora contida pelo terror que se sobrepunha a todos os outros sentimentos.

— Meu Deus, ela sabia o que eu era capaz de fazer. Ela sabia quando eu mesmo não sabia. Mesmo quando eu não sabia, ela sabia... e me amava.

Dessa vez, o terror também foi extinto junto com a dor, e ele só teve a capacidade de ter um sentimento, que regia suas emoções, seu intelecto, seu corpo, um sentimento que para ele era novidade, mas mesmo assim familiar: vergonha.

Até este momento, Ryan Perry não sabia que uma coisa dentro de si era podre.

As raízes da violência incluíam a avareza. A ganância.

Ele disse:

— Foi a minha ganância cega que matou a sua irmã.

— Ganância? Você já tem todo o dinheiro do mundo.

— Ganância pela vida.

Ele havia desejado o coração de Lily, qualquer coração saudável, e havia mentido e se escondido de si mesmo.

Violet continuou o observando pela reta do cano do revólver.

Agora, tarde demais, Ryan percebera que, 16 meses atrás, nas primeiras horas da crise, ele havia recebido uma graça extraordinária, uma chance para atingir o insight que Samantha precisava perceber nele, se fossem mesmo se casar: uma consciência de que a vida e o mundo tinham subtextos, significados implícitos e que este significado tinha consequências. Ismay Clemm, uma vítima da ganância do marido e do fascínio de Spencer Barghest pela morte, viajou mais do que de Denver à Califórnia, para tirá-lo de um caminho e levá-lo a outro. Em sonhos urgentes, Ismay revelou a ele os três infernos, mas ele só os entendeu como três enigmas.

— Faltam nove balas — disse a voz dos lírios. — Oito para ferir e uma para terminar o serviço.

Qualquer que fosse a função de Ismay depois de morta, ela havia lhe revelado a mais pura verdade. Ryan agora percebia que ele havia virado a verdade pelo avesso, enrolado e dado um nó nela, até transformá-la num verdadeiro ninho de pombo. Em vez de surpresa, reagiu com suspeita. Viu uma conspiração obscura onde devia ter enxergado graça. Racionalizou tudo com explicações que exigiam envenenadores sinistros, alucinógenos colocados na comida, empregados coniventes, um mundo inteiro que se virou misteriosamente contra ele. Mas só havia um único conspirador: ele mesmo, que conspirara contra si para evitar encarar a realidade de um mundo de eternidade e múltiplas camadas.

Erguendo os olhos para encarar Violet, ele falou:

— A raiz fundamental da violência é o ódio à verdade.

A gêmea viva da falecida Lily deu um tiro na parte superior do peito de Ryan, no lado esquerdo, bem abaixo da omoplata.

Ele ainda estava ali, mas não totalmente, em parte havia sido transportado e removido de sua dor, seu corpo tão fraco que não tinha mais a capacidade de dividir com ele os sintomas de seu sofrimento. Mas dessa vez não nutria qualquer ilusão de que alguém houvesse disfarçadamente lhe dado alguma droga.

— Ismay me deu... uma última chance. Os sinos.

Encontrou os olhos de Violet porque ele achava que lhe devia o direito de ver a vida se apagar dentro dele.

— Sinos? — perguntou ela.

— Meses antes do transplante... Ismay disse que, se eu ouvisse os sinos... devia ir até ela. Mas eu não fui.

— Quem é essa Ismay?

Sem forças e clareza mental para explicar, Ryan simplesmente falou:

— Meu anjo da guarda.

— Eu toquei os sinos.

Ele não entendeu.

— Nos velhos tempos, eles deixaram algumas igrejas de pé — explicou ela. — Só para realizar eventos lá dentro que debochassem do seu propósito.

— Sinos de ferro.

— No dia em que Lily morreu, mandei uma mensagem para ela. Eu disse... que estaria com ela em espírito. Que eu bateria os sinos como meu testemunho.

Ryan se lembrou do sinistro repicar-repicar-repicar. E a sensação terrível de que ele havia cometido um grave erro e que os sinos eram uma advertência.

— Disse para ela que estava tocando os sinos para prometer que eu faria justiça — continuou Violet. — Pedi que ela soubesse, quando ouvisse os sinos, que ela viveria para sempre no meu coração.

Embora com medo da morte, Ryan não pensava que pudesse tirar muito mais da vida. Ele lhe assegurou:

— Está tudo bem. A justiça está sendo feita.

Enquanto falava, ela havia abaixado a pistola. Voltara a erguê-la.

Ryan disse:

— Cumpra a promessa dos sinos.

Ela o alvejou no alto, à direita, também sob a omoplata.

Atingido pelo impacto do tiro, com o cheiro do sangue agora lhe parecendo o agradável aroma do sacrifício, viu sombras por todo o quarto se movendo em direção a ele.

Pouco mais de uma hora antes, no aeroporto, antes de Cathy Sienna entrar na limusine para Los Angeles, ela abraçou Ryan com força e sussurrou em seu ouvido cinco palavras que nunca ninguém havia dito para ele. Agora, pela primeira vez na vida, ele dizia essas mesmas palavras para outra pessoa, com uma humildade e uma sinceridade que ficou grato de encontrar dentro de si:

— Eu vou rezar por você.

Como ele já estava com um pé fora do tempo, Ryan não tinha mais como aferir a exata passagem dos segundos, mas a ele pareceu que Violet ficou lhe olhando um minuto inteiro entre os tiros. Ele estava juntando forças para lhe confortar outra vez quando ela se afastou e disparou contra um dos pôsteres.

Seis tiros continuavam no pente e ela os utilizou nas celebridades mortas, no presidente Mao e na lâmpada de lava, que explodiu luminosamente.

Sem olhar de novo para Ryan, Violet saiu da sala e o abandonou à morte.

Capítulo 56

Quer ele estivesse fraco pela perda do sangue ou pela perda de motivação, Ryan nem tentou se levantar da poltrona do papai, onde se enroscou como um cachorro em busca de sono, as duas pernas recolhidas e a cabeça pousada num dos braços da cadeira.

Quando a lâmpada de lava explodiu, um dos dois abajures de mesa caiu e se apagou com os estilhaços que voaram. Agora amplamente iluminada por velas e por dois pavios flutuando em poças de óleo aromatizante, a sala, embora pouco danificada, parecia estranhamente como uma ruína iluminada apenas pelos últimos focos de fogo de um grande incêndio.

Muito tempo ou imediatamente depois que Violet saiu — Ryan não tinha como ter certeza —, um vulto curvado e rápido entrou na sala, murmurando algo nervosamente e xingando irritado. O vulto se postou sobre Ryan, tocando-o e apertando-o, o hálito ruim o suficiente para ser a exalação de um monstro que comeria qualquer coisa que caísse debaixo de seu nariz, e então foi até um armário alto, azul-safira, pintado com luas e estrelas.

Quando o vulto se curvou sobre ele, Ryan não estava em condições de focar sua visão falha; mas, a distância, agora conseguia identificar o pai.

O armário de luas e estrelas tinha portas em cima e gavetas embaixo. Jimmy puxou uma das gavetas e esvaziou todo o conteúdo no chão.

— Pai.

— Tudo bem, eu sei, tudo bem.

— Chame a emergência.

Carregando a gaveta, ele foi até onde Ryan estava. A luz do óleo refletida transformava seus olhos em lanternas.

— Não posso deixar esses policiais filhos da puta encontrarem as minhas coisas.

Ele soltou o fundo falso de uma gaveta, retirou-o e colocou-o de lado. Depois tirou uma caixa de aço retangular, de 10 centímetros de profundidade, do tipo em que as pequenas empresas guardam o dinheiro que sobra no final do dia.

— Ela atirou em mim.

Remexendo na fechadura do cofre, Jimmy falou:

— Um minuto. Só um minuto.

E da caixa de metal ele tirou sacos plásticos de maconha e haxixe.

— Preciso jogar isso na privada. Depois eu ligo.

— Liga primeiro e *depois* joga isso na privada.

— É muita merda acontecendo aqui dentro. Muita merda. Não posso ainda por cima ser pego com esse troço.

— Pai. Por favor. Liga para a emergência.

Jimmy, correndo pela luz fúnebre e murmurando para si mesmo "preciso jogar isso na privada, preciso jogar na privada, na privada", era uma cópia bastante fiel de Rumpelstiltskin, só que mais demente.

Ryan tentou se levantar da cadeira. Mas desmaiou.

Sirenes se aproximando o acordaram.

Jimmy estava curvado sobre a poltrona do papai, pressionando um trapo à cabeça de Ryan.

— O que está fazendo?

— Preciso estancar o sangue.

O trapo úmido tinha o cheiro de água usada para lavar pratos, mas Ryan não tinha forças para afastá-lo. Ele falou, enquanto o pano flutuava em cima de seu rosto:

— Pai, escute.

— Já estão quase chegando.

— Usaram máscaras.

— Quem usou?

— Invadiram a casa usando máscaras.

— O caralho que foi assim.

— Nós nunca vimos os rostos deles.

— Eu vi os rostos deles.

O rabicho do trapo entrou em sua boca e ele cuspiu.

— Eles vieram... ao endereço errado.

— Fique quieto. Guarde as suas forças.

— Estavam atrás de um tal de Curtis.

— O caralho. Aqui não tem Curtis nenhum.

— Atiraram em mim antes que percebessem isso.

Enquanto as sirenes morriam, Jimmy falou:

— Já estão aí na frente.

Fazendo um esforço sobre-humano, Ryan agarrou o trapo e o jogou longe de seu rosto.

— *Escute.* Essa é a história que contaremos.

Confuso, seu pai falou:

— Precisamos de uma história?

Ryan não iria brincar com Violet e seus dois sócios. E não queria que o pai também brincasse.

— Estamos na maior merda, pai. Precisamos de uma história.

— Máscaras, endereços errados, Curtis qualquer coisa.

— Você tem peito para isso?

— Para enganar a polícia? Fiz isso a vida inteira.

Um segundo depois, os paramédicos já estavam na sala.

Ryan, que há tão pouco tempo queria morrer, ficou surpreso ao perceber, enquanto os médicos se debruçavam sobre ele, o quanto desejava viver.

Capítulo 57

Três anos e cinco meses depois de publicar seu primeiro romance, Samantha lançou o terceiro. A cidade de Lexington, em Kentucky, no final de seu tour promocional por 21 cidades, não era uma parada comum nas agendas dos escritores. Mas ela havia pedido ao editor para incluí-la depois de Atlanta, para deixá-la perto do Rancho São Cristóvão, o que lhe daria uma desculpa para telefonar para ele.

Samantha achava que ele não ficaria à vontade de convidá-la para uma visita se para isso ela precisasse atravessar o país inteiro só com esse objetivo. Ficaria mais relaxado, porém, se pensasse que ela estava mesmo de passagem pelas redondezas. Duas semanas antes, quando ela telefonou, ele pareceu feliz em ouvi-la e conseguiu ser convidada sem ter que insistir muito.

Naquela manhã, ela alugou um carro e entrou no meio da região de Bluegrass, usando estradas vicinais sempre que possível, sem pressa, encantada pela paisagem rural que se desfraldava, os quilômetros e mais quilômetros de cercas de tábuas pretas, cercas de tábuas brancas, paredes de cal, atrás das quais magníficos puros-sangues pastavam em campinas virgens.

O Rancho São Cristóvão tinha uma área de 16 hectares. Suas campinas eram tão exuberantes como as de toda a região, e os cavalos no pasto eram bonitos, embora não puros-sangues. A casa principal ficava longe da estrada municipal, ao final de um caminho coberto por carvalhos antigos.

Cercada por uma grande varanda, essa enorme, mas elegante herdade de Kentucky, branca com detalhes em preto, era protegida do pior sol de junho pelos maiores salgueiros que Samantha já vira na vida.

Havia rampas e degraus que levavam do chão até a varanda. Ela escolheu os largos degraus.

O alpendre era mobiliado com escorregas e cadeiras largas de vime almofadadas. Numa delas estava sentado um garoto sardento e com a cabeça baixa, de cerca de 13 anos, descalço e bronzeado, vestindo bermudas jeans e uma camiseta escrito DOGS ROCK. Ele estava lendo um livro e, como não tinha braços, virava as páginas com os dedos dos pés.

— Ei — disse ele, levantando a cabeça do livro —, alguém já te disse que você é muito bonita?

— Umas duas vezes.

— Qual é o seu nome?

— Sam.

— Com um nome como esse, é melhor mesmo ser bonita. Se eu fosse uns dez anos mais velho, você já estaria no papo.

— Alguém já te disse que as suas cantadas são muito ruins?

— Uma duas vezes — falou ele, e sorriu.

Como se orientada por telefone, ela passou por uma porta de tela e entrou num hall frontal com um belo assoalho bege.

Aqui, os escritórios do rancho se situavam numa atmosfera tão tranquila que todas as portas ficavam abertas.

O padre Timothy estava no escritório, à sua mesa, onde disseram que estaria quando ela chegasse. Alto, de ombros meio curvados, com o rosto castigado pelo sol e pelo vento, ele poderia se passar por um rancheiro ou cavaleiro experiente qualquer se não fosse pelo hábito de monge.

— Como hoje é dia de lavar os cachorros, Binny tem muito a fazer de manhã e, como ele não tinha certeza da hora que você iria chegar, me pediu para levá-la até ele.

— Binny?

— Ah, talvez você não saiba, mas é assim que nós o chamamos por aqui. O nome dele é muito conhecido e ele prefere evitar chamar atenção. E é assim que nos referimos a ele para manter a privacidade.

Em seu primeiro romance, um dos personagens tinha o apelido Binny.

O padre Tim a conduziu pela casa principal até o que ele chamava de parque, que mais parecia uma praça quadrangular no campus de uma faculdade. Três outras casas, parecidas com a principal, porém mais novas, abraçavam a grande área pavimentada, protegida por um bosque de carvalhos.

O parque fervilhava de atividades festivas. Crianças em cadeiras de rodas se sentavam em mesas rebaixadas, realizando todo o tipo de trabalhos manuais. Um grupo de crianças do ambulatório com roupas para praticar caratê recebiam aulas de artes marciais. Uma rodada de leitura também estava em andamento, com crianças sentadas em cima de almofadas num semicírculo em volta de uma freira animada que imitava a surpresa e o medo de um coelho com gestos amplos. E por toda a parte cachorros se espreguiçavam ou brincavam, labradores e golden retrievers, todos vigorosos, bem-tratados e felizes.

— Os irmãos moram na casa grande ampliada — explicou o padre Timothy, enquanto Samantha o acompanhava pelo parque coberto de carvalhos —, e as irmãs têm um convento na parte de trás da propriedade. Essas três outras casas são todas dormitórios, mas nós precisamos construir uma quarta. Nós não dividimos as crianças pelos tipos de deficiência, as paraplégicas das que têm síndrome de Down, de modo que elas possam aprender a apreciar os pontos fortes das outras.

O São Cristóvão aceitava órfãos e crianças abandonadas com necessidades especiais de todos os tipos. As mais novas podiam ser adotadas, mas aquelas que tinham mais de 6 anos, mais difíceis de serem encaminhadas, podiam esperar viver no rancho até virarem adultos.

As diversas atividades dos irmãos incluíam criar cachorros de qualidade para shows. Embora esse trabalho rendesse lucros, os cachorros não vendidos eram considerados tão importantes quanto os que atingiam a glória de vencer concursos ou de encontrar uma casa feliz, porque ficavam no rancho e não só eram companheiros das crianças, mas também treinados para socializá-las e ajudá-las a ganhar confiança.

Atrás do parque, amplos caminhos asfaltados levavam a estábulos e pistas de cavalgada, a mais pastagens cercadas, ao convento e aos edifícios de serviços, onde num deles ficava o escritório de veterinários locais e o centro de tratamento de cachorros.

O padre Tim acompanhou Samantha até a lavagem de cachorros, abriu a porta e disse:

— Não vou me meter no encontro de vocês. Você vai reconhecer o Binny. Como dizem as crianças, se ele tivesse mais uma orelha caída, seria igual aos cachorros.

O grande ambiente incluía pias de banho, mesas de tratamento e secadores de cachorro. Um golden retriever estava sentado no secador, com um olhar triste, como que aprisionado. Ryan, auxiliado por um menino com síndrome de Down de cerca de 15 anos, passava um gel adstringente nas orelhas de um labrador preto que já estava seco.

Sem ter percebido ainda a presença de Samantha, Ryan disse para o menino:

— Vá buscar a coleira dele, Rudy, e o leve de volta para a irmã Josephine.

Rudy respondeu que sim, e então viu Samantha e sorriu. Ryan sabia o que aquele sorriso queria dizer e se virou.

Ele usava botas de borracha e um avental do mesmo material por cima de calças cáqui e de uma camisa verde de tricô. Samantha nunca o tinha visto vestido com tão pouca preocupação com estilo — e ele jamais parecera tão elegante.

Como ela não tinha certeza de como isso iria se desdobrar, ficou emocionada e feliz de perceber que, ao vê-la, seu rosto se iluminou em nítida alegria.

— Olha só você — disse ele. — Meu Deus, você está aqui.

O jeito como ele lhe olhou trouxe lágrimas aos olhos de Sam e, ao perceber isso, Ryan a ocupou, apresentando-a a Rudy, e então a Ham, o labrador que precisava ser levado à irmã Josephine.

— O Rudy aqui — disse Ryan — vai ser um grande tratador de cachorros. — O menino escondeu a cabeça, tímido. — Ele já é bastante bom, menos naquela hora em que você tem que espremer as glândulas anais.

— Irc — fez o garoto.

Quando Rudy saiu levando Ham, Ryan falou:

— Deixa eu tirar essa roupa e me lavar. Nós vamos almoçar. Eu preparei. O almoço, quero dizer. — Ele sacudiu a cabeça. — Você está mesmo aqui. Não saia daí. Tire a Tinker do secador, já acabou. Ela é minha. Vai almoçar conosco.

A retriever ficou grata de ser libertada e duplamente agradecida por uma massagem na orelha e no queixo.

Ryan tirou o avental, deixou-o pendurado, descalçou as botas, amarrou um par de tênis de corrida e então esfregou as mãos e os braços numa das pias grandes e profundas de lavagem de cachorros.

— A Tinker é maravilhosa — disse Sam.

— É a melhor que tem. Ela se pergunta por que ficou comigo em vez de com um garoto que passaria o dia inteiro jogando a bola para ela.

— Tenho certeza de que ela adora você.

— É claro. Porque sou o cara com os biscoitos.

Ryan pegou na mão dela com tanta naturalidade que pareceu que eles nunca haviam se separado e Tinker os conduziu para fora, em torno do prédio e por uma escada externa até a varanda do segundo andar.

O apartamento dele era menor do que o que ela tinha na península de Balboa: cozinha e sala num espaço apertado, e o quarto definitivamente minúsculo.

O almoço se constituiu de galinha fria, queijo, salada de batata ("eu faço uma salada de batata campeã"), tomates e pepinos frescos. Juntos, Ryan e Samantha prepararam a mesa na varanda.

Ao contrário da varanda que ela tinha em Balboa, essa aqui não dispunha de um pimenteiro que abraçava todo o lugar, mas tinha teto. A vista era para um campo de beisebol e pastos cercados mais atrás.

— Como está indo o seu livro? — perguntou Ryan.

— Continua vendendo bastante.

— Fantástico. Eu falei, não falei? Você não é autora de um sucesso só.

Eles conversaram sobre o mundo editorial, sobre o que ela estava escrevendo agora e sobre o Rancho São Cristóvão, do qual, aparentemente, ele seria capaz de falar por vários dias e nunca acabar com o suprimento de histórias cativantes.

Samantha tinha ido verificar se Ryan estava bem e feliz, porque para ela era muito importante que ele estivesse. Quando um homem chega ao ponto extraordinário de doar toda a fortuna, você tem que se perguntar se ele não fez isso guiado equivocadamente por uma visão romântica de que veria os problemas desaparecerem junto com o peso da riqueza, só para descobrir que o mundo é muito mais difícil sem uma conta corrente sem limites. Mas ele parecia estar mais feliz do que Sam ousara imaginar e ela sabia que não estava só representando, porque continuava a ser tão fácil de se ler como um livro do Dr. Seuss.

— Os dias, as semanas e os anos aqui são tão cheios, Sam. Sempre tem cachorros que precisam ser lavados, estábulos para se pintar, grama para se cortar e sempre há as crianças que pensam que só eu posso resolver os problemas delas porque tenho uma orelha de cachorro. Eu adoro as crianças, Sam. Meu Deus, elas são incríveis, lutam tanto com as limitações que têm, mas nunca reclamam.

Ele poderia ter consertado a orelha com uma cirurgia plástica, mas, por razões que ela só poderia imaginar, Ryan havia escolhido viver com ela desse jeito. A mesma coisa com as cicatrizes na cabeça: tufos de cabelo se eriçavam contra os que estavam em volta ou simplesmente não cresciam. Uma má resposta do nervo do pé esquerdo fazia com que ele o arrastasse um pouco, embora não mancasse; ele andava com a graça habitual, adaptando-se ao pé como se tivesse nascido com o problema. Continuava a ser o homem mais bonito que ela já conhecera na vida e agora possuía uma beleza doce que não existia antes que não tinha nada a ver com a aparência.

Conversaram a tarde inteira e, embora Samantha não tivesse a menor intenção de perguntar o que acontecera no dia em que a sua vida mudara tão radicalmente, ele acabou tocando no assunto e, pela primeira vez, ela ouviu tudo o que Ryan lhe havia escondido: Ismay Clemm, os sonhos, a busca paranoica por conspirações que por um tempo ele achara que incluíam a mãe de Sam e até mesmo ela. Ele falou de sua cegueira e de seus erros com tamanha facilidade e humildade — até com um certo humor melancólico —, que tornou essa a narrativa mais emocionante que ela já tinha ouvido na vida, não só pela maneira como os fatos o haviam mudado tão profundamente, como pelos próprios fatos em si.

Samantha não questionou nenhum dos elementos sobrenaturais da história, uma vez que, apesar de nunca ter visto pessoalmente um espírito, para ela o mundo sempre havia sido um lugar de infinitas camadas, e todas as pessoas, com suas falhas, uma comunidade de santos em potencial. E, na maioria das vezes, a graça nos é oferecida não na forma de uma visita como a de Ismay, mas na forma de pessoas como nós. Gente como Cathy Sienna, que sabia que Ryan precisava ser informado sobre as raízes da violência, mesmo que ele não fosse pensar nelas até ser tarde demais e que depois, no voo que os trouxera de Denver, dissera que ele deveria oferecer seu sofrimento e suas realizações pelos propósitos dos outros, que era exatamente como ele estava vivendo agora, sem a expectativa de uma última misericórdia, mas na esperança de que outras pessoas pudessem recebê-la.

Samantha já havia sido apaixonada por ele uma vez e ainda o amava. Esse era um tipo de amor diferente, emocional, intelectual e espiritual, como antes, mas não sensual. Através do sofrimento, Ryan havia aprendido a amar a verdade e, nesta tarde, ela percebia que este amor à verdade havia lhe proporcionado um entendimento sobre ela que ele nunca havia tido antes, um entendimento tão completo que talvez fosse a única pessoa no mundo que realmente a conhecia. Durante essa tarde espantosa, seu amor por Ryan ficou ainda mais forte e ela se perguntou se em sua vida voltaria a conhecer algo parecido.

No fim da tarde, quando chegou a hora de se separarem, os dois sabiam e se levantaram da mesa. Ele e Tinker acompanharam Samantha de volta até o rancho, passando pelos estábulos e pelas pistas de cavalgada, pelo quadrilátero, até o carro dela estacionado em frente à casa principal.

Enquanto caminhavam, Ryan disse:

— Tem mais uma coisa que eu preciso dizer a você, Sam, e eu sei que você vai discutir, mas eu peço desde já para cortar essa. Sem comentários. Sem discussão. Apenas ouça. Eu sou um grande fã dos seus livros, afinal de contas, de modo que você me deve muita cortesia. E uma escritora precisa manter os seus fãs felizes.

Ela percebeu pelo tom deliberadamente leve que o que ele precisava dizer era mais importante do que qualquer outra coisa que eles tivessem conversado a tarde inteira. Com seu silêncio, Samantha assentiu.

Pegou na mão dela outra vez e caminharam alguns passos antes de ele dizer:

— Olhando tudo o que aconteceu lá atrás, por muito, muito tempo, nunca consegui entender por que um cara como eu era tão importante para o universo para que alguém mandasse para mim Ismay Clemm ou por que eu receberia todos os sinais que poderiam evitar que eu me tornasse o receptor do coração de uma garota morta e com a vida dela na minha consciência. Por que *eu* deveria receber tantas chances quando estava tão claro que eu não era um cara que iria aproveitá-las ou sequer percebê-las? E então, um dia, há não muito tempo atrás, eu soube. Lendo esse seu terceiro livro, eu soube. Foi por causa de você, Samantha. Recebi todas essas chances por sua causa.

— Ryan...

— Você prometeu não fazer comentários. Veja, o negócio é o seguinte. Você é uma pessoa encantadora. Mais do que encantadora, você é a própria personificação da graça. E o que você faz da sua vida é importante. É necessário que você seja feliz, porque, sendo feliz, vai mostrar o caminho a muitas outras pessoas através dos seus livros. Seja feliz, Sam. Encontre alguém. Case. Tenha filhos. Que mãe incrível você vai ser. Tenha filhos, Sam, abrace a vida e escreva os seus livros brilhantes. Porque, se houver alguma esperança para mim, quando a minha hora chegar, não é porque doei tudo o que tinha e não é porque eu vivo entre monges, mesmo não sendo um e jamais podendo ser. Não, se houver uma redenção final, vai ser porque passei pela sua vida sem te deixar marcada e sem diminuir quem você é. E agora, por favor, sem comentários. Nem um.

Eles chegaram ao carro dela e Samantha não sabia se conseguiria falar ou dirigir. Mas entendia o que ele queria dela, o que precisava. Então, encontrou dentro de si mesma a profunda coragem de não fazer qualquer comentário sobre o que Ryan lhe dissera, e, em vez disso, sorriu e encontrou alguma coisa para dizer que permitisse terminar o assunto num tom mais leve.

— Você ainda não me contou... qual era o filme do William Holden que vivia te acordando e te fazendo achar que guardava uma mensagem.

Pelo sorriso e pela leve gargalhada dele, ela sabia que tinha feito a pergunta certa.

— Deus deve ter mesmo senso de humor, Sam. E, com certeza, Ele ficou tão irritado comigo que tentou martelar na minha cabeça um sinal que só poderia ser menos óbvio do que um arbusto pegando fogo. O que importava não era o tema do filme. Era o título que poderia ter me feito pensar, se eu tivesse aproveitado a deixa e me dado ao trabalho de pesquisar. — Ele fez uma pausa para dar efeito. — *Satan Never Sleeps*... pois é, satã nunca dorme.

Ela achou graça, mesmo sendo de um tipo que machucasse.

Ryan a abraçou por um momento e Samantha o abraçou; ela beijou seu rosto e ele beijou-lhe a testa.

Saindo dali, ela olhou uma vez no retrovisor e o viu na rua, observando-a se afastar. Sam não conseguiu mais olhar para trás.

Na estrada secundária, quando encontrou uma abertura no acostamento onde podia estacionar, parou o carro.

Um campo sem cerca subia em direção a três carvalhos. Ela seguiu pela campina até as árvores e se recostou na maior das três, escondida do tráfego da estrada, lá embaixo.

Por muito tempo ela chorou, não tanto por ele e muito menos por ela, mas pela condição de todas as coisas e pela maneira como o mundo poderia ser, mas não é.

Quando chegou a hora, Samantha se encontrou pensando em nada mais do que nos passarinhos e seus cantos, e no som da brisa nos galhos do alto dos carvalhos e nos raios de sol, claros e puros, que atravessavam as árvores, encontravam a grama e a acariciavam.

Sam então se levantou e voltou para o carro. Precisava voltar para casa. Tinha um novo livro para escrever. E uma vida para encontrar.

Este livro foi composto na tipologia Adobe Caslon Pro,
em corpo 11/15,25, e impresso em papel off-white,
no Sistema Cameron da Divisão Gráfica
da Distribuidora Record.